囚われた人妻捜査官 祐美子

母娘奴隷・黒い淫獄

筑摩十幸

挿絵／asagiri

KILL TIME COMMUNICATION

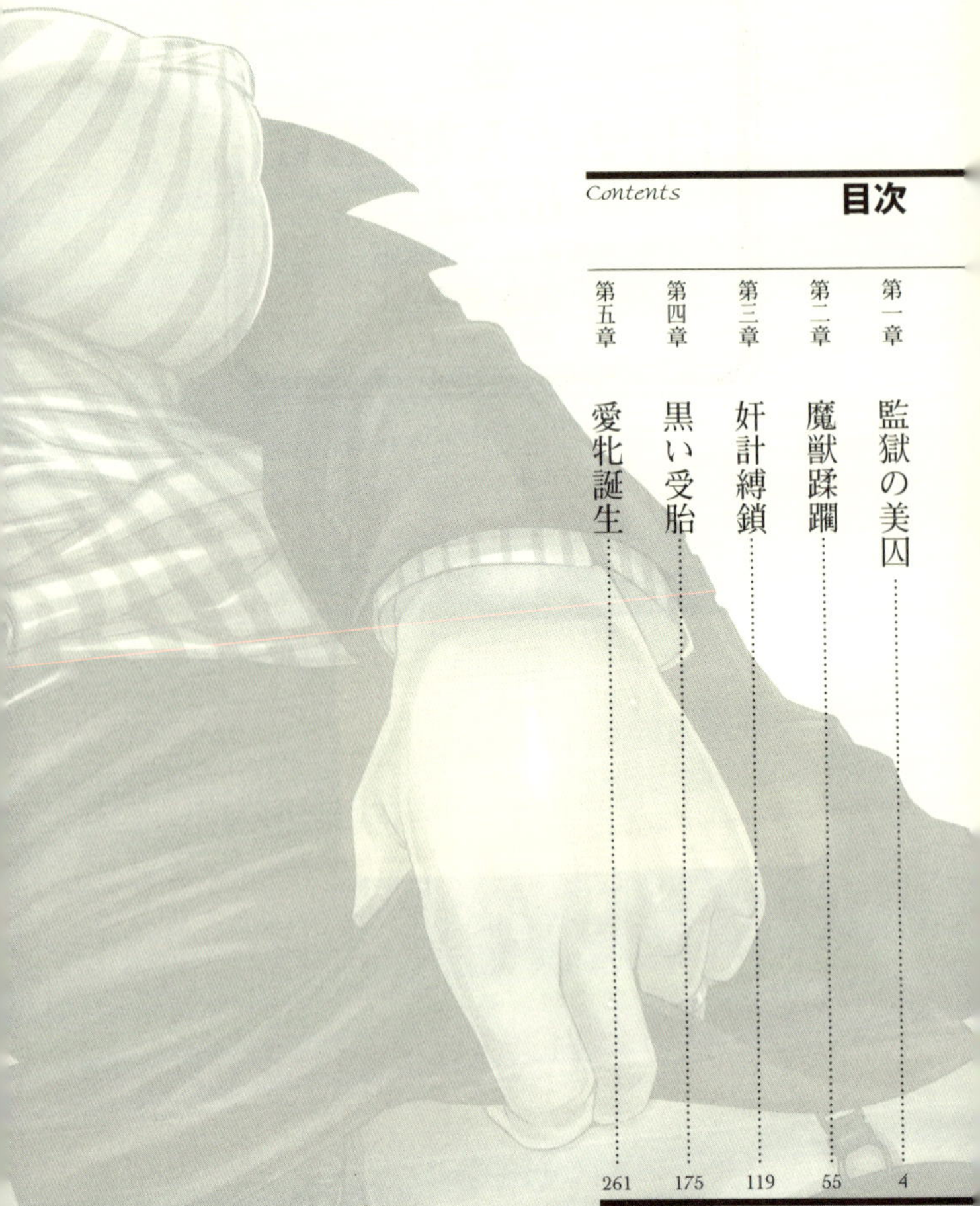

Contents

目次

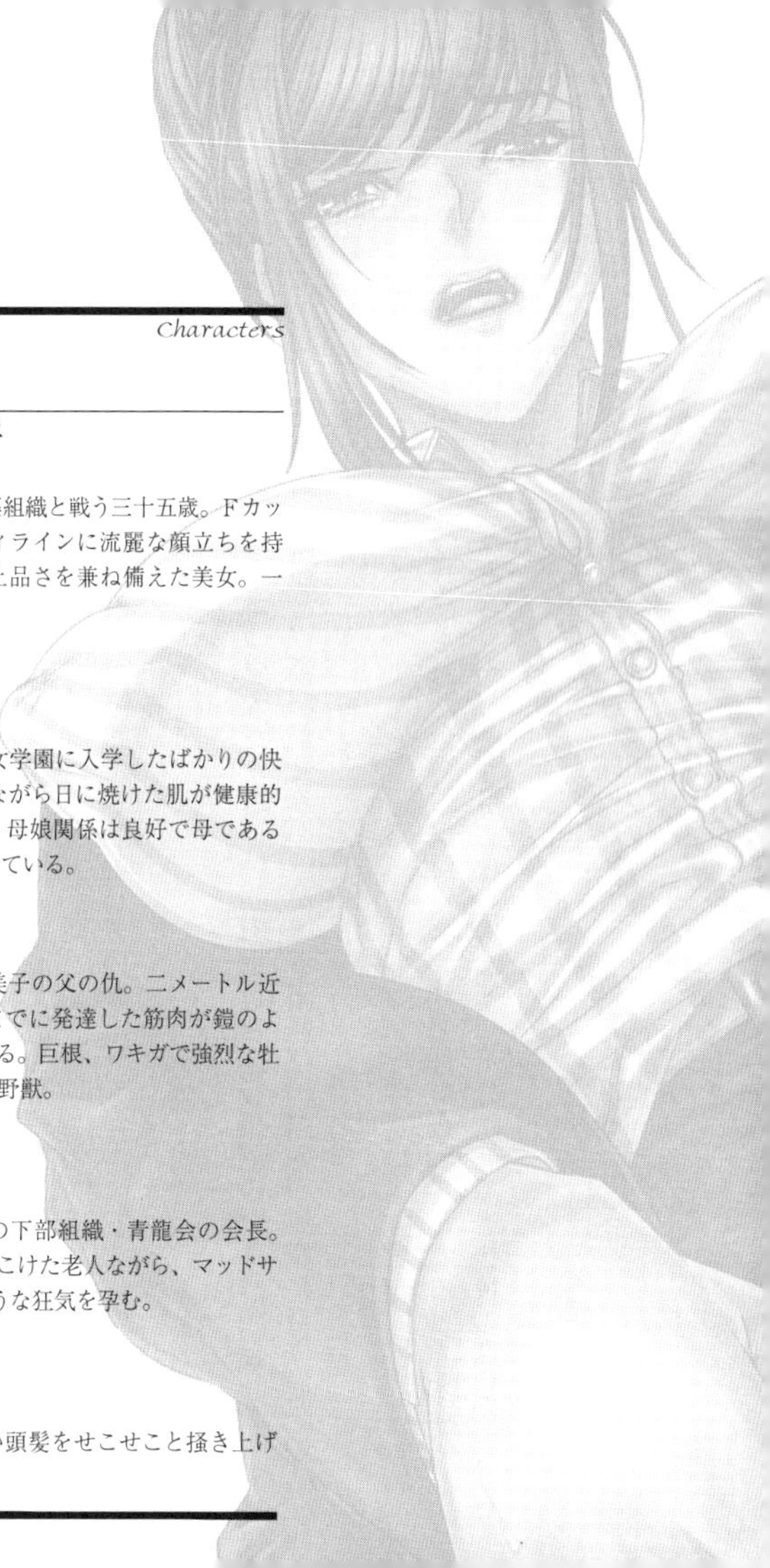

登場人物

Characters

羽村 祐美子
(はむら ゆみこ)

捜査課長として麻薬組織と戦う三十五歳。Fカップの肉感的なボディラインに流麗な顔立ちを持つ、意志の強さと上品さを兼ね備えた美女。一人娘のいる人妻。

羽村 楓
(はむら かえで)

祐美子の実娘。H女学園に入学したばかりの快活少女。やや小柄ながら日に焼けた肌が健康的な魅力を醸し出す。母娘関係は良好で母である祐美子に憧れを抱いている。

ボブ

黒人の殺し屋。祐美子の父の仇。二メートル近い長身に、異様なまでに発達した筋肉が鎧のように全身を覆っている。巨根、ワキガで強烈な牡の匂いを放つ凶暴な野獣。

金城
(きんじょう)

広域暴力団日向組の下部組織・青龍会の会長。八十歳くらいの痩せこけた老人ながら、マッドサイエンティストのような狂気を孕む。

中村
(なかむら)

祐美子の部下。薄い頭髪をせこせこと掻き上げる出っ歯の中年男。

第一章　監獄の美囚

バシッ！　ピシィィッ！　パシィィッ！

「うあっ！　うぁっ！　ンくううっ！」

蒸し暑く薄暗い牢獄に、鞭の音と女の悲鳴が交互に響き渡る。コンクリート打ちっ放しの壁は厚く、わずかな脱出の可能性さえも断絶していた。

「オラッ！　オラッ！　オラァッ！」

バシッ！　バシッ！　パシィィンッ！

鞭を振るうのは屈強な肉体を持つ黒人だ。逞しい筋肉を包み込む褐色の肌には興奮の汗が滲み出し、見開かれた瞳と、歪んだ笑みを浮かべる歯並びの白さが異様に目立つ。

「あぁっ！　うううっ！　ぅくうっ！」

鞭打たれているのは逆さづりにされた全裸の美女。スラリと伸びた脚線や、むっちりと熟れた臀部、Fカップはあろうかという豊満な乳房など、その状態でも抜群のスタイルの持ち主だとわかる。

「次は、こいつダ、羽村祐美子《はむらゆみこ》」

鞭を捨て、今度は刷毛を擦りつけていく黒人の男。

「ううぅぐっ……むあぁぁぁううぅぅっ！」

刷毛には塩が塗られており、ミミズ腫れが浮くほど痛めつけられた肌に、焼け付くような激痛を生む。

「グフフフ。苦しめユミコ、もっと苦しメ」

「く……う……うう……」

本来なら透き通るように美しい白肌も、鞭の痕で紅く染まり、夥しい汗で油を塗ったようにヌラヌラと濡れ光っていた。

「こんな事……なんとも、ありませんっ……ハアハア……ううぅっ」

苦しげなうめき声を噛み殺し、羽村祐美子と呼ばれた美女はキッと拷問人を睨みつけた。長い睫が飾る瞳は黒曜石のような光を放ち、戦う意思を見せつける。

町を歩けば十人中十人の男が振り返るであろう理知的な美貌も、今は壮絶な表情を浮かべている。しかしそれが美しさを損なうことはなく、むしろ彼女の内面的な美徳、聖性とでも呼ぶべき高貴さを醸し出してもいた。

「フフフ。イイ根性だナ。電流を流セ！」

抵抗すら楽しむ様子で次の拷問の指示を出す。

部下の男がレバーをガチンッと上げた、その直後——

バリバリバリバリバリィィッ！

「あきゃあぁぁぁぁぁぁっっ！」

けたたましい悲鳴が地下牢の壁を激しく叩いた。祐美子の身体には、乳首やクリトリスなどにクリップ形の電極が取り付けられており、そこへ高圧電流が流されたのだ。

「ヒィィッ！　アヒィィィッ！」

吊られた裸体がビクンビクンと感電しながら反り返り、黒髪が乱れて汗の滴が飛び散った。盛り上がったお尻も、しなやかなふくらはぎも、引き締まったウェストも、筋肉がデタラメに痙攣して引きつった。

後ろ手に縛られた拳がぎゅうっと握られ、つま先が開いたり丸まったりを繰り返す。網膜に七色の星が散って、意識がズタズタに引き裂かれていく。

「うわ、えげつない責めだな……」

「だ、大丈夫ですか、ボブ様。死んじまうんじゃ……」

情け容赦ない連続責めに、周囲の部下の男たちも躊躇するほど。だがボブはまったく余裕の態度で、タバコに火を着けている。

「止メロ」

「はあっ……はあっ……ああ……はあぁ……ああう……」

ようやく電流責めが止まった時には、祐美子はぐったりと釣られた人魚のように全身を弛緩させていた。

「喋る気になったカ？　ユミコ」

拷問が始まって六時間。未だに情報を得られていないが、黒人は歪んだ笑みを浮かべていた。恐らく女性を苦しめ、虐げること自体に興奮を覚えるサディストなのだ。

その証拠にズボンの前は、あり得ないほど大きく盛り上がっている。

「ハア、ハア……う……うう……だ、誰が……話すもんですか……ハアハア……」

それでも気丈に祐美子は反抗を続ける。女を苦しめて悦ぶような悪党に屈するわけにはいかない。絶対に負けられない理由があるのだ。

「ククク。イイゾ、その顔。沈めロ」

ボブの命令で滑車がガラガラと回転し、祐美子の両足を吊っている鎖が降下する。

「やめ……あむぅっ！」

ザブンと下に用意してあった水を張ったドラム缶に、頭から突っ込まされた。既に息も絶え絶えのところに水責めは、あまりにも過酷だった。

(あああ……死ぬ……し、死んじゃう……)

上半身を完全に水没させられ、あまりの苦しさにつま先がピクピク痙攣する。

(どうして……こんな……？)

朦朧としていく頭に、数日前の出来事が浮かんできた……。


「羽村さん！　羽村捜査課長！」

車から降りた祐美子に、カメラとマイクを構えたマスコミが殺到する。

「今回も素晴らしいご活躍でした！」

「市民に向けて、どうか一言！」

近年、日向《ひゅうが》組という広域暴力団が勢力を拡大し、それに伴って全国で抗争が起こっていた。激しさを増す諍いの中で被害は構成員同士にとどまらず、一般市民も巻き込まれる事態に発展していた。また覚醒剤や大麻が芸能界やスポーツ界にも広く蔓延し、社会不安が増大していた。

そんな時、彼女が麻薬捜査特別課に配属され、多くの違法な組織を壊滅させていった。これまで逮捕した密売人は百人近いだろう。先頭に立って指揮を執る姿は女性とは思えないほど凜々しく勇敢であり、市民からの人気も極めて高い。

そしてまた、その美しい容姿も民衆の心をつかんでいた。意志の強さと上品さを兼ね備えた流麗な顔立ち。今年で三十五歳、女子校生の娘がいるとは思えないほど整えられたボディライン。漆を塗り重ねたような艶やかな黒髪……。

まるで神話に登場する戦の女神のように毅然としながら、すべてを包み込む地母神のような優しさも兼ね備えている。必然的にワイドショーの数字がとれると目論んだマスコミ連中も集まってくるのだ。

「市民の命と財産と安全を守るのは我々の義務です。私は捜査課の長として当然のことをしているだけです」

内心辟易としながらも、背筋をピンと伸ばして答える祐美子。目立たない濃紺のスーツに身を包んでいても、その存在感は抜群で、他の捜査官よりも注目を集めてしまう。

「噂されている新型の魔薬『エンジェルフォール』についてはどうお考えですか？」

「薬物検査にもひっかからないとか？」

「……必ず正体を突き止め、根絶してみせます。私がいる限り、この街で犯罪者に好き勝手はさせません」

毅然と答えたものの、エンジェルフォールに関しては正直、頭の痛いところであった。エンジェルフォールとは、主成分もいまだに不明、製造拠点も流通ルートもつかめていない謎の新型魔薬である。自我を失わせるほどの強い快楽を与え、人間をまるで生きた人形のような洗脳状態にしてしまうという。

これによって多くの女性が狙われ、強制的に風俗嬢やＡＶ女優へと堕とされ、またあるときは性奴隷として海外に売られていった。

さらに公表されていないが、捜査に送り込んだ女性潜入捜査官が行方不明となるという最悪の事態も起こっていた。

（あれだけはなんとかしなければ……）

多くの事件を解決してきた彼女であったが、真の目的は『エンジェルフォール』であった。

「最後に一つ！　政界へ進出なさるという噂もありますが、本当でしょうか？」

「待った！　事件以外のことは……」

男性捜査官が質問を遮ろうとした時
「我々は……私、羽村祐美子は……」

祐美子が口を開いた。

「市民を守る矛であります。しかし残念なことに、あの魔薬の問題も含めて、現在の司法、行政では対応しきれない部分もあるのです。それを変革する……別のアプローチ……盾の役割も、私の視野には入っています」

「おお、それではやはり……」

「特に若い女性への性暴力、これがひどい状況。先進国にあるまじき状態です。昨今では騙されて契約を結ばされ、無理矢理AVに出演させられるという被害が多いと聞きます。このような女性の尊厳を踏みにじるような悪事を、絶対に許してはなりません。違法な風俗とAVの根絶、これをマニュフェストの一つに掲げたいと思います」

どよめきと同時に無数のフラッシュが瞬き、光の洪水を美人捜査課長に浴びせかけた。


「いやはや。課長、まずいですよ」

翌日。祐美子がデスクに着くと部下の中村《なかむら》がヒソヒソと話しかけてきた。

手にした新聞には「羽村祐美子、知事選に出馬表明」と派手な見出しが踊っていた。

「選挙のことは地盤が固まるまで伏せておくようにと、大沢《おおさわ》先生から言われていたじゃないですか」

薄い頭髪をせこせこと掻き上げる出っ歯の中年男。祐美子が着任する前から捜査部にいた男で、あまりぱっとせず、仕事も大してできない冴えない男だ。自分を見る目が妙にいやらしく感じられるのは、気のせいだろうか。

「いずれわかることです。大沢先生には私から謝っておきます」

つい口が滑ってしまったのだが、後悔はしていない。これは祐美子にとって宿命とも言える戦いなのだ。

「まあ、大沢先生とは課長のほうが付き合いも長いでしょうからね」

「………」

卑屈な笑みを浮かべる中村がデスクから出て行く。と、それを待っていたかのように携帯電話のベルが鳴った。果たして、大沢からだった。


その日の夜。

「お母様、スゴイ。もう学校中で噂だよ」

夕飯の支度をしていると、娘の楓《かえで》が興奮気味にじゃれついてくる。今年H女学園に入学したばかりの快活な少女だ。テニス部に所属しており、日に焼けた肌が健康的な少女の魅力を引き立てている。一年生にしてはやや小柄で胸なども発育途上だが、それもこの体育会系少女には似合っていると言えるかも知れない。

自慢の母親を見つめる瞳は期待と矜持に満ちて、キラキラ輝いている。

「僕も驚いたよ。こんな新聞やテレビでニュースになるなんてね」

いつもは冷静な夫の圭三《けいぞう》も興奮気味だ。文筆業を営む彼はもっぱら主夫業もこなしてくれる。多忙な祐美子にとっては、身も心も癒やしてくれるなくてはならない存在だ。

もともと淡泊なほうで、祐美子が課長に昇進し忙しくなってから夜の夫婦生活はすっかりご無沙汰となり、そこがちょっぴり物足りないところではあった。時には少し強引に……と思う時もあるが、優しい夫にそれは期待できないところだ。

「あ、見て見て。またニュースやってるよ」

ちょうどテレビではそのニュースをやっており、楓は喜んでいるが祐美子には面映ゆい気持ちだ。

「そう言えば大沢先生は？　まさか対立なんてことはないよね」

大沢はかつて祐美子の父が代議士をやっていた時、秘書だった男だ。

父が亡くなった後、その地盤を引き継ぐ形で立候補し当選した。一家の大黒柱を失って困窮していた祐美子たちを支援してくれたのも彼なのだ。

「それが地盤も譲って応援してくれるって。私は違う区から立候補するつもりだったけど……。ついにこの時がきたのかって、感慨深そうだったわ」

「へえ、おじさまったら心広～い。カッコイイ！」

「まあ、そうだろうね。地元の人たちも君を待ち望んでいたんだ。期待に応えるのもいいんじゃないかな」

「そうね、でもちょっと大袈裟かも」

ちらっと見たテレビ画面には「仇討ち」などの勇ましいテロップが上がっていた。

二十年前、祐美子の父は暴力団追放運動の先頭に立って活動していた。暴力と賄賂で荒れていたこの街がクリーンで、誠実な雰囲気に生まれ変わったのは彼の功績が大きい。

しかしその代償は大きく、自家用車に仕掛けられた爆弾で暗殺されてしまった。犯人は暴力団日向組に雇われた傭兵崩れの男だと言われているが、事件後海外へ逃亡し今も捕まっていない。

祐美子が捜査官を目指したのも、憎き日向組を壊滅させるためなのだ。

(でも……)

しかし祐美子がいくら頑張ったところで、所詮は一個人の力。できることには限界があった。トカゲのしっぽ切りというが、いくら末端の組織を潰しても、日向組本体には近づけない。

(そう……私の闘いは、これから始まるのよ)

政治の世界から、より大きな力で巨悪を叩く。宿命の対決は新たなステップを踏み出すのだ。

「あ、お母様。また恐い顔してる」

「え？　あら、ごめんなさい」

娘に指摘され、慌てていつもの優しい母と妻の顔に戻る。幸せな今の家庭に、過去の陰惨な思い出を持ち込みたくない。

「うん、そうそう、お母様は笑った顔のほうが魅力的だよ。ね、お父さん」

「ああ、そうだね。祐美子は笑顔が素敵だよ」

「も、もう。あなたまでっ。からかわないで」

冗談だとわかっていても、夫からそんなことを真顔で言われるとドギマギしてしまう祐美子だった。

「アハハッ。お母様、顔真っ赤だよ」

「も、もうっ！　いい加減にしなさいっ」

三人の明るい笑い声が、いつまでも響いていた。

数日後。『女性を守る会』が主催する講演会に招待された祐美子は壇上で熱弁を振るっていた。

「……このように、暴力団による犯罪は都市から地方へと移行しつつあり、地方捜査機関もこれまで以上の強化が必要だと思われます」

「そして子供や女性、高齢者といった社会的弱者を狙った犯罪が増加しているのも事実です。特に今問題になっている女性への売春やＡＶへの出演強要などは絶対に許せません。この状況に対応するには、警察力だけではなく法の整備が必要なのです。そのために私は戦っていきたいと思います」

挨拶を終えた祐美子に会場から大きな拍手が起こる。彼女たちはいずれ本格的な選挙活動を開始した時に、大きな後ろ盾となってくれるだろう。

心地よい高揚感に包まれながら階段を降りていると……

「キャ〜〜〜〜〜〜〜〜〜〜ッ！」と絹を裂くような女性たちの悲鳴が鳴り響いた。

何事かと振り向いて息をのむ。

「な……!?」

講演用のスクリーンに、全裸の女性が映っているではないか。さらにその女性の顔には見覚えがあった。

「あれは……け……剣崎《けんざき》さん……なの……!?」

一年程前行方不明になった捜査官、剣崎聖実《きよみ》に間違いなかった。直接の面識はないが、有能な捜査官としてその名は各部署に伝わっており、祐美子もいつか共に仕事がしたいと思っていたのだが……。

『はあ、はあ……イイ……はぁん……ぴちゃ、くちゅんっ』

鮮やかな刺青を彫られた裸身には、複数の男たちが群がり、女性器はもちろん、唇も肛門も、穴という穴を犯し尽くそうとしていた。

「止めて、早く止めなさい！」

進行係のスタッフはオロオロするばかりで、対応できない。その間にもおぞましい映像は流れ続ける。

『ああ……聖実は……捜査官のくせに、息子のオ、オチンポで……妊娠した……いやらしい……そ、相姦マゾです……ハアハア……息子と結婚して……あああ……息子の奴隷妻になれて……あぁぁ……とっても……し、幸せです……はぁんっ』

背筋が凍るような内容に、思わず卒倒しそうになる。お腹が膨らんでいるのは、聖実が妊娠させられているからだったのだ。しかも、彼女の言葉を信じるなら、血の繋がった息子の赤ちゃんを……。

『ハアハア……祐美子さん……ああ……つ、次は……ハアハア……あ、あなたの番です……あぁぁぁ……イクッ！　イっちゃうぅ～～～っ！』

呻き声を上げて仰け反り、エクスタシーの痙攣に襲われる聖実。牝獣のような咆哮の直後、画面はブラックアウトした。

「……聖実……さん……」

会場内は静まりかえっていた。常識を遥かに超える内容で、思考が停止してしまったのだろう。

「か、課長、大変です」

そのとき中村が駆け寄ってきた。小声で耳打ちされた祐美子の表情が強ばる。

「爆破されたそうです……その……課長のご自宅が……」

「なん……ですって？　私の家が⁉」

クラッと目眩を感じ、倒れそうになるが必死に両足を踏ん張る。頭をよぎるのは二十年前の悪夢。

「急用ができましたので失礼します！」

駆け足で講演会を抜け出し、そのまま駐車場へ続くエスカレーターへ向かった。すぐに携帯電話を掛けたが、自宅はもちろん夫の携帯にも通じない。

「乗ります」

ちょうどドアが開いていたエレベーターに慌てて飛び乗る。中では見慣れない黒人の男と二人きり。

普段の祐美子なら警戒しただろう。だがあのビデオと爆破の連絡で、完全に冷静さを失っていた……。

「ユミコだナ」

「⁉」

ハッとしたときには遅かった。ドスンと重いパンチをみぞおちに叩き込まれ、身体がくの字に曲がる。

（しまった……）

そのまま祐美子の意識は闇の中へ沈んでいった。

「起きロ」

　バリバリバリバリィィッ！

「はひぃっ！　あきゃあぁううううっ！」

　強烈な電撃を浴びせられて祐美子は覚醒させられた。

「ハア、ハア……」

　水責めの途中で失神してしまったのだろう。逆さ吊りからは解放されたものの、一糸まとわぬ姿で十字架に磔にされ、乳首とクリトリスには電極クリップが噛みついている。まだまだ地獄の責め苦は終わりそうにない。

「なかなか頑張るのぉ、捜査官殿」

「!?　あ、あなたは……？」

　闇の中に小柄な人物が立ち上がる。年齢は八十歳くらいだろうか、痩せこけた牛乳瓶の底のような分厚い丸眼鏡の老人が、黒人の後ろから影のように現れた。頭ははげ上がり、着ている白衣もヨレヨレだ。さらにその背後に白衣とマスクを着けた助手のような連中を従えている。さながらマッドサイエンティストと言ったところだろうか。

「儂は金城《きんじょう》。青龍会の会長をやっておる」

「青龍会……」

　その名は聞いたことがあった。主に横浜で活動し、日向組の下部組織で香港マフィアとの間を取り持つ形で利益を上げている。武器や麻薬の密輸、さらには女性の人身売買や臓器売買までこなす凶悪な連中だ。

「こんなことを……いくら続けても無駄です……ハアハア……私は何も喋りません」

今は管理職ではあるが、肉体の鍛錬は欠かさない。それに元々は最前線で活躍した捜査官である。拷問に対する訓練も十二分に受けているのだ。

「そのようじゃな」

皺だらけの眼をさらに細めてつま先から頭のてっぺんまで、金城のいやらしい視線が何度も上下する。まるでナメクジが這い回っているかのようなおぞましさだ。

「データを」

「はっ。羽村祐美子三五歳。身長一六二センチ、体重五五キロ。スリーサイズは八八・六五・九〇。Fカップ。血液型はAB型。出産経験は一回です。健康状態も良好」

「う……」

いつの間に計測されたのか。助手が読み上げる数値は正確だ。

「フムフム。いい身体をしておる。乳もたっぷりと膨らんで、肌のつやも申し分ないわい」

あれだけ激しく責められたにもかかわらず、祐美子の肌は雪のような白さと、水晶のような艶を取り戻していた。あたかも祐美子の不屈の精神を表しているかのよう。

蜂のように細くくびれたウェストから、下半身へと続くラインは極上の壺のように美麗。下腹や太腿には、鍛えられた筋肉の上に柔らかな女の皮下脂肪が敷き詰められ、熟れた女の色気をムンムンと放っている。

「特に……この尻が良い」

背後に回った金城がニヤリと嗤う。十字架から大きくはみ出した双臀はムッチリと熟れており、皮下脂肪と筋肉とが絶妙の割合で生み出す、究極の双曲線を描いていた。

「出産を経験すると女はより味が良くなる。動物的に、すなわち牝として身体が完熟されるのじゃ」

「牝だなんて……女性を馬鹿にするようなことを言わないでっ。あなたみたいな人は絶対許しませんっ。必ず法の裁きを下してあげます！」

あからさまに女を見下す態度に、激しい怒りを覚える祐美子。女の敵を具現化したような男に負けるわけにはいかない。

「いい顔をする。フフフ、熟れた肉体に金剛石のような高貴な精神……実に素晴らしい。実験用の牝としてぴったりじゃ」

「じ、実験ですって……？」

「そうじゃ。儂が独自に改良を加えた新型『エンジェルフォール』の実験じゃ。ヒヒヒ」

金城の眼が眼鏡のレンズの向こうでキラリと光る。

「従来のエンジェルフォールは主に肉体を淫らに改変していくものじゃったが、儂が開発しているのは、脳の中枢部に作用して強制的に発情させ、愛情を喚起させるモノじゃ。愛こそは人間の最強の感情であり、それを制御できれば、人間を思いのままに操れるというわけじゃ」

口元には狂ったような、醜く歪んだ笑みが浮かんでいた。

「ごく普通の主婦を暗殺者に仕立てることもできるぞ。フヒヒ、コイツを完成させれば、日向組における儂の権限はさらに拡大されるじゃろう。そのためにお前に協力してもらうぞ」

神聖な愛という感情をコントロールし、意のままに操るなど狂気の沙汰だ。

「狂ってるわ……わ、私は……ハアハア……あなたの思い通りにはなりませんッ」

「それがなるのじゃよ。お前も観たじゃろう。元捜査官、剣崎聖実の姿を」

「く……剣崎さん……」

怒りや恐怖や驚きといった様々な感情が渦巻き、全身に鳥肌が立つ。気丈でプライドが高く、男すら圧倒するほどの格闘術も身につけていた聖実が、禁断の相姦に溺れるまで淫らな女に作り替えられてしまった。いまだに信じられない衝撃的な映像だった。

「ヒヒヒ。新型魔薬が完成すればお前はボブに夢中になり、どんなことでも言うことを聞くようになる。選挙に出ようなどと思わなくなるはずじゃ。ヒッヒッヒッ」

「グフフ……ユミコ」

黒人の拷問人がニヤニヤと嗤う。

「なんて恐ろしいことを……そんな事をされるくらいなら、舌を噛んで死にますっ」

「そうはいかんぞ」

金城がパチンと指を鳴らすと、黒服の男たちに鎖をひかれて一人の少女が地下室に連れられてきた。

「ああっ！　楓！」

「お母さん！」

なんとそれは愛する娘の楓だったのだ。制服姿に乱れはなく、まだ乱暴はされていないようだ。

「夫もまだ生きておる。警察の病院に入院しておるわ」

スマートフォンに映し出されたニュース記事によると、夫は重体とのことだ。

「あ、ああ……あなた……」

爆破事件で家族が生きていたのは幸いであったが、それを喜べる状況ではないことも確かだ。

「たとえ警察病院でも、儂らの監視から逃れることはできん。家族の命は、お前次第ということじゃ。ヒヒヒ」

「うう……っ」

悔しげに唇を噛む祐美子。聖実ですら堕落させられてしまった恐るべき魔薬。それに堪えられるか、まったく自信がない。だが家族を人質に取られては、逆らうことはできない。

「わ、わかりました……言うことを聞きます……」

「だめよ、お母様！　私のことはいいから、こんな奴らに屈しないで！」

母親譲りの気丈な性格で、徹底抗戦を訴える楓。普段なら誇りたくなる娘の態度だが、今は相手が悪すぎる。

「シャラップ！」

黒人のビンタがバシッと弾ける。軽い一撃でも華奢な少女にとっては、顔が仰け反るほどの衝撃だ。

「やめて！　娘にひどいことしないで！」

「ならば、新型魔薬開発のため実験用の牝になると誓うのじゃ。この誓約書を読み上げてもらうぞ」

「くうう……」

これではまるで実験動物ではないか……人間扱いすらされないという屈辱と恐怖が胸を締め付ける。しかし愛する家族のため、今は堪えるしかない。

(落ち着くのよ……もうすぐ助けが来るハズ……それまで堪えればいいのよ)

課長の祐美子が行方不明となれば、マスコミも黙っていないし捜査部も全力で動くだろう。わずかな希望を信じて、そこに賭けるしかない。もちろん賭け金は己の心と身体だ。

「わ、私……羽村祐美子は……ハア、ハア……人間としての権利をすべて放棄し……新型エンジェルフォールの……開発のため……じ、実験用の……め、牝に……なることを、誓います……うう……青龍会と金城様に……絶対服従し……どのような恥ずかしい命令にも従います……」

「ハアハア……万が一逆らったときには償いとして……ああ……か、解剖され……ぞ……ぞ、臓器売買に……かけられても……うう……文句はありません……う……これでいいでしょっ」

心臓が凍り付くような内容の誓約書を読み切ると、祐美子はギュッと唇を噛んだ。捜査官になって以来、これほどの屈辱は味わったことはない。怒りと悔しさで身体が震えるほどだ。

「よしよし」

そうしている間に、金城の手によって股間にルージュが塗りつけられ、人体実験と臓器売買の二枚の誓約書がクチュッと押し当てられる。

「あううっ」

「マン拓で契約成立じゃ。牝らしくていいじゃろう。ヒヒヒ」

誓約書と祐美子の顔を交互に見比べながら、嬉しそうに嗤う金城。その目は人間を見る目ではない。完全に実験用の家畜を品定めする目つきだった。

「ああ……お母様……そんな……いや、いやぁ」

学生であっても、人体実験や臓器売買の恐ろしさは理解できるのだろう。すっかり青ざめ、小さな身体をブルブルと震わせていた。

「大丈夫よ、楓。私はどんなことをされても負けません。必ずみんなを救い出してみせるから」

不安を少しでも取り除こうと、優しく微笑んでみせた後、祐美子は金城の方へ向き直った。

「約束は守ってもらいます。私の家族には指一本触れさせません！」

「フフフ。いいじゃろう。娘を奥の部屋へ連れて行け。やさしく丁寧にな」

黒服の男に連れて行かれる娘を見送りながら、祐美子は硬く心に誓う。

（あなた……楓……必ず助けるから……待ってて……）

覚悟を決めた祐美子の心は、自分でも驚くほど平静だった。凛とした表情で十字架の上から宿敵たちを見下ろす。その姿は神々しい聖女のようであった。

祐美子は『実験室』と書かれた部屋に連れてこられた。暗く冷たい空気が充満しており、ここで命を落とした女たちの悲鳴が聞こえてくるような気がした。白衣の助手たちがジロジロとこちらを見ているのも不気味だ。

「フフフ。では早速始めるとしようかの。ボブよ、こっちへ来い」

祐美子の前に、あの黒人の男が仁王立ちする。身長は二メートル近いだろうか。

異様なまでに発達した筋肉が鎧のように全身を覆っており、首は女性のウェスト並に太い。肩や腕もアメフトの防具のように肥大して、指の一本一本にまでごつい筋肉と腱が発達している。腹筋は見事なまでにくっきりと六つに区画整理されていた。

それらを包み込む褐色の肌は油を塗り込んだように黒光りし、ワキガなのだろうかムンムンと強烈な牡の体臭を放っていた。まさに凶暴な野獣といったところだ。

しかし祐美子を怖れさせるのは肉体だけではない。拷問を受けたからこそわかる嗜虐欲、凶暴性、残忍さ、そして女に対する異常なまでの執着。一生刑務所に閉じ込めて、社会から隔離すべき存在だと思える。

「その男がお前のツガイとなる相手じゃ。筋肉増強剤、ホルモン剤、あらゆる薬品を使って儂が鍛え上げたモンスターじゃよ。ついでに精力も絶倫よ。フフフ、これほど逞しい牡と相思相愛になれるのじゃから、嬉しかろう？」

「ラブユー、ユミコ。グフフフ」

ガマガエルのように下品に嗤うボブ。何の知性も感じられない、恐らく女を快楽の対象としてしか見ていない、最低最悪の男だ。こんな男を好きになるなど天地がひっくり返ってもあり得ないだろう。

「フン……馬鹿にしないで。私が愛しているのはあの人だけです。私たちの愛は永遠に変わりません。クスリなんかでどうにかなると思ったら大間違いです」

「フフン。いつまで頑張れるか見物じゃの」

壁に掛けられた拷問器具の中から、ガラス製の器具を選ぶ。大きめの注射器のような円筒の内部には薄桃色の液体が満たされている。刻まれた目盛りからすると容量は一〇〇ccくらいか。

「う……それは……まさか……」

「新型エンジェルフォールを十倍に薄めたモノじゃ。何しろ強力で、血管注射するとほとんどの女はすぐに発狂して壊れてしまったからの。少しずつ浣腸器で直注入するのがベストじゃよ」

「魔薬を……か、浣腸ですって？」

てっきり注射されるのだろうと思っていた祐美子は驚きの声を上げてしまう。針を刺されるのも恐ろしいが、浣腸も同じくらいおぞましい。何より排泄器官を責められる羞恥は、他にはないものだ。

「もちろん肛門の性感開発も兼ねておる。フヒヒ」

浣腸器を愛おしげに手で撫で回し、ニタニタと嗤う金城。本当に女の尻を責め、辱めることが好きなのだろう。

「さあ、そこに上がって四つん這いになれ」

指さす先には跳び箱のような形をした革張りの台があった。

「うう……」

悔しくても惨めでも、今の祐美子に逆らうことは許されない。唇を噛みしめながら、拘束台に俯せに乗る。

「大人しくしろよ、捜査官様よ」

「それにしてもいい女だ。楽しみだぜ」

助手の男たちが、素早く祐美子の手足を拘束台のベルトで固定していく。馬の背にしがみつくような格好で、お尻は後方に突き出されている。これでは恥ずかしいところが全て丸見えになってしまう。

「ヒヒヒ。なんともいい尻じゃ。スベスベしてムチムチして、たまらんわい。無駄な贅肉ではない、上質な女の脂が乗った極上霜降り肉と言ったところじゃな。ヒヒヒ」

舌なめずりしながら双臀を撫で回し、感嘆の声を漏らす金城。

「肛門もいい感じじゃ」

深い谷間の底にひっそりと息づく可憐な花。綺麗な放射状に広がった皺に乱れはなく、桃色を含んだセピア色の粘膜もとても柔らかそうだ。恥ずかしそうに、時折きゅっと窄まる仕草は、締め付けの良さを期待せずにはいられない。

何十年にも渡って女体を使って淫らな実験を繰り返してきたが、これほど見事なアヌスは数名もいなかっただろう。間違いなく最高レベルの逸材、希少なダイヤの原石だと言えた。

「うう、見ないでっ……そんなところっ！」

カアッと頬が焼け付くように熱くなる。女にとって肛門を見られるのは、性器を見られる以上に恥ずかしいことなのだ。これまで出産の時以外、他人の目に晒したことのない排泄器官を息がかかるほどの距離で覗き込まれて、全身の血が逆流しそうになる。

「こんな素晴らしい尻の穴を見ないわけにはいかんわい。徹底的に調教し、あの剣崎聖実にも負けない、最高のアナルマゾ娼婦に仕立ててやるぞ」

血走る目玉をギラギラさせながら、嘴管をアヌスにスッと突き入れた。

「くうっ！　いやっ！」

「暴れるとガラスが割れて、大変なことになるぞ」

牽制しながら、シリンダーを押し込んでくる。

「あ、あぁぁ……やめなさい……うう……いやよ……やめ……つ、冷たい……あぁぁうっ！」

チュルチュルと魔薬液が注入されてくる。冷たく異様な感覚に、お尻から背中までサアッと鳥肌が立った。

「ヒヒヒ。五〇……六〇……七〇……まだ実験段階じゃが、これだけで百万円くらいはするのじゃぞ。ありがたく飲み干せぇ」

「う、うう……そんなもの……もう入れるなと言って……ううう……はあはあ」

直腸内に広がる冷たさは、すぐさまジワッと広がる熱に変わった。

(何……こ、この感じは……？)

続けて強いアルコールを飲まされたような酩酊感が、身体全体を包み込む。頭の芯が痺れて、全身から力が抜けていく。拘束台に突っ伏したまま、ハアハアと喘ぐことしかできなくなった。

「よし、効いておるようじゃな。ヒヒヒ」

一〇〇ccすべて注入し、浣腸器を引き抜く。高価な新型魔薬を飲まされた肛門はすぐさまキュッと窄まって、清楚なたたずまいを取り戻していた。

「ううっ……こ、これくらい、なんともありませんっ……ハアハア……私は……特殊な訓練を……受けていますッ……ハアハア……卑劣な……ク、クスリなんか……効きませんっ」

捜査官の意地とプライドが、このまま悪に屈することを許さない。家族や聖実のような犠牲者を救い出すまで、何があっても負けるわけにはいかないのだ。

「ほほう。十倍に薄めてあるとは言え、たいしたものじゃわい。これは責め甲斐があるというもの。フヒヒ」

祐美子に睨まれても、金城はその抵抗を楽しむかのように嘲笑う。

「どれ、味を確かめてみるか」

「ひっ⁉ な、何を……あぁぁっ！」

尻タブに近づく吐息を感じて慌てて振り返ると、金城が舌を伸ばして迫ってくるではないか。なんとか逃れようとしても、拘束ベルトはまったく緩まない。黄ばんだ歯並びの中から伸びる長い舌は、毒蛭のような気味悪さだ。

「クフフ……これが……羽村祐美子の尻の穴か……」

「はううっっ！　だめ……ああう……や、やめてっ！　そんなところ、汚い……ああっ！　気持ち悪いぃっ！」

ビチャッと舌が触れた瞬間、悪寒が背中を走り抜けサアッと鳥肌が立った。しかし逃れるすべはなく、括約筋を締め付けるのが精一杯の反抗だ。

「うむ、美味じゃ。最高の味じゃ」

鼻を尻の谷間にねじ込むようにして、祐美子の尻を味わい尽くそうとする金城。

ピチャ、クチュ……ピチャピチャァッ。

「う、あぁ……やめ……やめなさいっ……はひっ……いやらしい男！　くうぅぅっ！　あなたは……さ、最低の変態です！　あはぁうっ」

いやらしく舌が上下するたび、くすぐったいような異様な感覚が、気も狂わんばかりの羞恥と共に駆け上がってくる。かつてない感覚に驚いた尻タブが、きゅっとえくぼを刻んで強ばるが、金城の舌は吸血蛭のようにぴったり吸い付いて離れない。

「気持ちいいじゃろう。やがてここは、性器をも超える快楽の泉と化すのじゃ」

「ぁうウン……馬鹿なこと……言わないで……はぁあああ……ハアハア……そんなこと……あるはずないでしょっ……ううう……もう、しつこいっ……いつまで舐めて……ああぁ！」

ヤニ臭い唾液を塗りつけながら、金城の舌と唇がグチュグチュ蠢く。蕾の周辺を焦らすようになぞられ、中心部をツンツンとついばまれ、そうかと思えば白い尻肌に吸い付いてキスマークを着けてくる。巧みな技に翻弄され、アヌスがジンジンと痺れ、お尻全体もポウッと火照ってくるのだった。

「もうとろけてきたわい。ほれ、これはどうじゃ」

ブチュウウウウゥゥ～～～～～ッ！

「う、うう……そんな……あぁぁっ！　な、なにを……あひいいいいっ！」

目も眩むような快美に肛門を貫かれ、ギクンと仰け反る祐美子。

菊門にぴったりと唇を密着させた金城が、そのまま強く吸引してきたのだ。思わぬ攻撃にお尻が跳ね上がり、ガクガクと震えてしまう。

(こんな、お尻なんかで……？)

予想を超える強烈な刺激に突き刺され、戸惑う祐美子。

憎むべき魔薬商人にアヌスを舐め回されるなど、普段なら激しい嫌悪を覚えたであろう。だが魔薬の効果だろうか。恥ずかしさや屈辱感を超えて、痺れるようなこそばゆさが、腸内奥深くまでジンジンと伝わってくる。それを快感などと思いたくはないが、淫熱はジワジワとくすぶりながら女の中心である子宮へと近づく気配を見せていた。

「どうじゃな。アナルの快感に目覚めてきたか？」

口の周りをペロリと舌なめずりしながら、丸眼鏡を光らせる。

「ハアッ……ハアッ……ち、ちがいます……感じてなんかいません！　ううう……っ」

拘束台に顔を擦りつけ大きく喘ぐ。いつしかうなじは汗ばみ、ほつれた黒髪を張り付かせていた。

「グフフ。こっちを見ロ」

気がつくとボブが前に立ち、ズボンを下ろして、肉棒をつかみ出していた。

「ッ⁉」

あまりの巨大さに目を剥く祐美子。拘束台はちょうどボブの腰の高さに合わせてあり、文字通り目と鼻の先である。

（な、なんて大きさなの……）

長さも太さも夫の倍近くあるのではないだろうか。黒光りする亀頭は鶏卵より一回り大きく、ミミズのように太い血管がのたうつ胴部も子供の腕くらいの太さと長さだ。根元に重そうにぶら下がる陰嚢に収まっているのは、恐らくキウイくらいあると思われる睾丸だ。うっそうと茂る陰毛はジャングルのようで、ツーンと鼻を突く性ホルモン臭が漂ってくる。

「舐めロ」

「い、いやですっ。そんな不潔なこと！」

「夫には毎晩していたじゃろう？」

「そ、そんな変態みたいなこと、私たちはしませんッ！」

祐美子も夫も奥手で、そちらには疎かった。もちろんそういう行為があることは知っていたが、自分とは無縁の話だと思っていた。

「ボブはお前の愛しい恋人になるのじゃからな。しっかりサービスして唇の処女を捧げてやれ」

「ううっ……いや……恋人だなんて……穢らわしい……うくぅ」

頬にグリグリと押しつけられ、慌てて歯を食いしばる祐美子。愛してもいない男の生殖器官を口にするなど、絶対にあり得ない汚辱の行為だ。

「フン。それよりも汚いところを舐められて悦んでおるくせに。無駄な抵抗はやめて、口を開くのじゃ」

「悦んでなんて……あぁ……いません……う、ううンっ」

祐美子はがっしりと歯を噛み縛って侵入を許さない。

人質を使って脅迫されれば何も抵抗できないのだが、それは敵にとっても奥の手だ。最後のカードを切るまで、一分でも二分でも遅らせて、救出が来るまでの時間を稼ぐ。それが祐美子のとれる唯一の戦略だった。

「ならばこっちの口から調教を始めるとしよう」

指先にピンク色の薬品を塗り始める。もちろん魔薬入りのローションだ。

「ひっ、何を……きゃあっ」

肛門に違和感を感じ、頭が跳ね上がる。振り向くと金城がアヌスに指を突き立てているではないか。節くれた枯れ枝のような人差し指が、ローションを潤滑にしてスムーズに潜り込んでくる。

ヌプッ……ヌプッ……ズプズプズプ……ッ。

「ククク。初めてのくせに、よくほぐれておるわ。ホレホレ、エンジェルフォールを直接塗り込んでやるからのぉ」

「あううっ……やめ……やめなさいっ……ひあぁぅ……気持ち悪い……抜きなさい！ぅあああ……漏れちゃうっ……だ、だめぇっ！」

自分でも触れるのをためらわれる箇所に指を挿入され、内側まで愛撫されてしまう。魔薬浣腸でただれた肛門粘膜には、たまらない刺激だった。

「う、うあぁぁ……あ、あつい……くううっ……焼けちゃうっ」

灼熱感と共に便意が膨れ上がり、全身の毛穴から汗が噴き出して、ベルトで拘束された手が白くなるほど拳をギュウッと握りこんだ。魔薬の濃度も高いのか、浣腸の時以上に粘膜が焼き尽くされていく。

「良い反応じゃ。気持ちいいか？」

「ハアハア……そ、そんなわけないでしょっ！　ううう……気持ち悪いだけですっ！」

「これからうんとよくなる。お前も舌を出して舐め舐めするのじゃ。抵抗していると、このままぶちまけることになるぞ」

第二関節まで突き入れた指先をグリグリと捻るように動かされ、祐美子は屈辱と便意に喘がされた。排泄器官を嬲られるのは肉体的な辛さよりも精神的なダメージが大きく、惨めな敗北感に襲われるのだ。

「舐めロ、牝」

ボブにも黒髪を捕まれて頭もがっしり固定される。物凄い握力で、抵抗すれば頭髪が毛根ごと抜けてしまいそうだ。

「諦めるのじゃ祐美子……フヒヒ……早く終わらせたほうが楽じゃよ」

指を抜き差しさせながらアドバイスする金城。淫靡なマッサージと内側からの便意とに背中を押されて、祐美子はオズオズとボブの肉棒に舌を差し出した。

「う……く……くやしい……ぴちゃ……あうう……くちゅん…ううっ…」

舌先が触れた瞬間、最初に感じたのは熱さ。続けて塩苦い味と、鼻が曲がりそうな強烈なアンモニア臭だった。

(うう……くさい……それになんて……ひどい味……)

これまでの人生で口にした最低最悪の味覚だった。こんなことを自らする女性がいるなど信じられない。ますます異常で野蛮な男たちへの怒りを燃やす祐美子だった。

「もっと舌を動かすのじゃ。そんなことではボブは満足しないぞ」

「や、やればいいんでしょう……うぐっ……ピチャピチャ……はあはぁ……」

こみ上げてくる嘔吐感を抑えながら、懸命に舌を這わせていく。丸くなめらかな亀頭の先端からは、透明な汁がジワジワと滲み出して、まるで邪悪で不気味な異世界の怪物のよう。とても夫と同じ男性器とは思えなかった。

「カリの裏側も舐めるのじゃ」

「んっく……はあっ……あぁん……カ、カリって……はぁっ……くううっ……こ、これでいいの……？　ぴちゃぴちゃぁっ……はあぁ」

亀頭の肉傘に舌を滑らせると、ピクッピクッと巨根が反応し、黒人が「オウッ」と気持ちよさそうな声を上げた。どうやらそこが性感帯らしい。

しかしそこには恥垢も溜まっているため、祐美子にとっては苦悶がますます大きくなるばかりだ。

「よしよし、次は陰茎の裏筋……尿道に沿って舐めるのじゃ」

抜き差しに回転も加えて、執拗に肛門を嬲る金城。ただ責めているわけでなく、祐美子の肛門構造を理解するための触診も兼ねているのだ。

「うぅっ……や、やるから……はあはあ……もう指を抜いてっ……うう……くちゅくちゅンっ」

生まれて初めての肛門調教に喘ぎながら、黒い巨根の下に頭を潜り込ませる。コンクリートのように硬い胴部の裏側に、少し柔らかい部分が縦一本に走っていた。ぷっくりと膨らんだ感触のソレが、尿道に違いない。

「はあっはぁっ……ぴちゃ……ぺろっ……れろっ……あぁぁ……はぁぁうん」

どす黒い巨根は天を突くようにそびえ立っており、自然と下から仰ぎ見るようにして奉仕する格好になる。

（す、すごい……なんて……大きいの……こんなもので犯されたら……）

そのせいでペニスはより雄大に、圧倒的迫力で目に映り、祐美子は本能的に威圧される思いだった。想像するだけでまだ犯されていない聖域がズキンと疼いてしまう。

「キンタマも舐めてもらおうかの」

「あくぅ……うう……く、くさい……うむむ……っ」

根元の陰毛が密集する地帯に近づくと、さらに体臭がきつくなった。まるで獣のような臭いが鼻腔を突き抜け、目に染みる。思わず涙が滲むほどキツイ臭いだ。

さらに陰毛も一本一本がまるで針金のように太く、それが舌に絡みついてくるのだからたまらない。嘔吐感が繰り返し襲ってきて、胃がひっくり返りそうだ。

「唇で玉を包み込むようにするのじゃ。そこにはお前を孕ませる子種がたっぷり溜まっておるからのぉ」

魔薬ローションを塗った指を二本に増やして、ズブリと肛径を抉る。

「あううっ、いたいっ……ああ……裂けちゃうっ」

肛門粘膜をむごく拡張され、祐美子は羞恥と屈辱に美貌を歪めた。老人の指は関節が際だっており、ゴツゴツと擦れる感じがおぞましかった。

「クスリが効いておるから、そんなに痛くはないはずじゃ」

抗議などまったく無視して肛門責めを続行する。二本の指は根元まで完全に、祐美子の中に没していた。

「初めての調教で金城様の指二本くわえ込んだぞ。さすがエンジェルフォールだな」

「それもあるが、あの女の尻が相当な名器って事だろう」

助手たちが覗き込み、興奮気味の感想を交換している。アナルバージンの祐美子がきつい金城の責めを受け入れていることが驚きだ。女の扱いに慣れた彼らにとっても祐美子は極上の獲物であり、貴重な実験材料なのであった。

「ううう……ク、クスリなんか……効かないと……あああ……言ってるでしょうっ……ハアハア」

「そうかそうか。さすが捜査官様じゃのぉ。それでこそ責め甲斐があるというもの。ヒヒヒ」

皮肉っぽく嗤いながら、魔薬をさらに奥にまで塗り込むようにねちっこく責め立てる金城。

指先に感じる感触は単なる排泄器官ではない。指を食いちぎらんばかりに締め付ける収縮性、それでいて時折見せる包み込むような柔らかさ、明らかに極上の名器の素質を秘めた牝肉であった。感受性も豊かなようで、初めてなのにすぐ下の膣肉はしっとりと潤いを湧かせ始めている。

「これほどの名器を持っていながらまったく触れられていないとは、もったいない。

なんとしても儂の手で感じさせて、開花させてやるぞ」

「あうう……何をしても無駄です……ハアハア……あううっ……お尻なんかで……絶対感じたりするものですか……はあぁあっ」

否定するものの、アヌスから奇妙な疼きが波紋のように広がり、そのたびに背筋がビクッと震えてしまう。呼吸も徐々に乱れ、腋の下もじんわりと汗ばんできた。

（うう……私の身体……どうなって……）

それに加えて、今にも失禁してしまいそうな切迫感が直腸いっぱいに膨れ上がる。かといって肛門を閉めれば、金城の穢らわしい指を強く感じることになってしまう。

（うう……とにかく……早く終わらせないと……）

諦めて分厚い皮に包まれた睾丸を下からぱくりと口に頬張る。ズシッと顎に感じる重量感や睾丸の大きさに驚かされ、牡としての生殖能力を思い知らされる。万が一この男に犯されるようなことがあれば、一回で妊娠させられてしまうのではないか。

「う、ぐ……むぅう……はあぁ……んむちゅ……じゅぱぁ……はああ」

何度もえづきながら、屈辱奉仕を続ける祐美子。

（ああ……頭が……だんだん……ボウッとして……）

魔薬の効果が徐々に出てきたのか。嫌悪感や抗おうという気持ちが急速にしぼんでいく。瞳は理性の光を弱めて、命じられるままに陰嚢への愛撫を続ける。

「オオ……イイゾ……ユミコ……グフフ」

一旦ペニスを離してボブが嬉しそうに嗤っている。もちろん祐美子のテクニックは稚拙で、とても満足いくモノではないだろう。

それでもとびきり美しく上品な人妻が、一生懸命己のペニスを磨き上げている姿には、欲情せずにはいられない。

「よし、そろそろくわえロ」

「えっ？　ンあぁ……あむぅぅっ！」

ハッと我に返った時には、唇が巨根によって押し広げられていた。

「むぐう……い、いひゃ……あむっ……ひゃめ……んぐぅっ」

慌てて口を閉じようとしても遅かった。楔のように侵入した亀頭が、抵抗を無視して荒々しく押し入ってくるのだ。

（ああ……なんなのこれは……お、大きい……大きすぎますっ！）

先端だけでも顎が外れそうな巨大さに口腔が埋め尽くされる。せめて噛みついてやろうかと思うのだが、すでに身体は魔薬に冒されてしまったのか、あらゆる筋肉が脱力しつつあった。

「もっと、口を開けロ」

「んぶぅぅ……くふぅっ……いや……あふぅ……ひゃめ……あおおぉ……うぅぅん」

あまりにも長大なため、今の祐美子には亀頭部をくわえるだけで精一杯。小鼻を惨めに膨らませて、苦しげな呼吸を繰り返すばかり。息苦しさを物語るように、拘束台に固定された手や脚に痙攣が走った。

「フフフ……順調なようじゃな」

祐美子の様子を冷静に観察する金城の眼が光った。

上の口は苦しみながらもボブの超巨根を迎え入れ、肛門も金城の舌と唇の愛撫でいやらしく濡れ光り、今では指二本を余裕でくわえ込んでいた。

「あの……い、いかがですか金城様。祐美子の尻の穴の具合は？」

待ちきれないと言った様子の助手たちが拘束台を取り囲み、ふくよかな祐美子の双臀をのぞき見る。

「最高じゃ。これほどの尻は見たことがない。お前たちも少し触ってみるか？」

機嫌が良さそうな金城は、アヌスから抜け出させた指をペロリと舐める。

「よ、よろしいのですか！」

「指だけじゃがな」

「オオッ、やったぜ！」

金城の言葉に驚喜し、十人の助手が祐美子の後ろに一列に並ぶ。

「では俺から……へへへ」

魔薬ローションを塗った指先を、ヌラヌラ輝く窄まりの中心へ押し当てていく。

「うあ……ああ……ううっ」

どんなに括約筋を締め付けても、指の侵入を防ぐことはできなかった。抵抗はあっさりと砕かれて、野太い男の指をくわえ込まされてしまう。

「オオオ、こ、これは素晴らしいアヌスだ！　なんという温もりと柔らかさ……最高ですよ！」

「そうじゃろう、そうじゃろう」

「ううむ、ずっとこうしていたいけれど……」

二度三度とかき混ぜた後、男は名残惜しそうに指を引き抜いた。

「ううぅっ」

本当に実験動物にされてしまったような屈辱に呻く祐美子。しかし恥辱の触診は始まったばかりだ。

「どれどれ、次は私だ」

「なんていい手触りだ。本当にコレは肛門なのか」

助手たちは代わる代わる指を挿入し、祐美子の中を弄んでいった。長い指、細い指、ごつい指……様々な男の指で押し開かれ、かき混ぜられ、調べられる。

「ンあぁ……ハア……ハア……うぅんっ」

次から次へと男たちの指をくわえさせられ、既に一〇〇ccほど浣腸されている肛門内をかき混ぜられていく。そのたびに粘膜はますます敏感になり、得体の知れない疼きも大きくなっていく。グルグルと鳴動し、過激に荒れ狂う便意も祐美子を苦しめた。

(こんなことで……負けない……私は……絶対に……)

頬張らされた巨根に悲鳴さえも封じられたまま、拘束台の上で身を強ばらせ、堪え続ける美しき女捜査官。

「ハアハア……うう……もうひゃめなさい……はぁう……むう……」

十人全員の触診を終えたときには、祐美子は息も絶え絶えに追い込まれていた。そのたびに追加で塗り込まれる魔薬ローションの効果も絶大で、意識が朦朧としてきた。

「ホッホホッホッ。良い具合にほぐれてきたな」

バターを塗ったように妖しく輝く菊華に眼を細める。だがあれだけの責めにもかかわらず、中心は硬く窄まったまま、決壊を防いでいた。魔薬に対する精神と肉体の潔癖さは、金城が舌を巻くほどだ。なんとしても家族を守りたいという祐美子の気持ちの表れだろう。

「ふうむ、それにしてもここまで堪えるとは、たいしたものじゃ。この先どう変わるのか……本当に楽しみじゃわい」

「……ボス。俺もユミコの尻を……」

「焦るな。いきなりお前の相手では壊れてしまうからのぉ、後のお楽しみじゃ。準備ができるまで待っておれ」

焦れったそうにしていたボブだったが、金城の意味深な言葉に一応納得したようだ。

「ではもう少し追加してみるかの」

「う、む……んぐぐっ！」

金城が新たな浣腸器を用意するのを見て、祐美子はハッとして美貌を引きつらせた。内容量は二〇〇cc。さっきの倍もある。

（これ以上入れられたら……漏れちゃう）

破滅の予感に括約筋がキュッと窄まる。魔薬も恐ろしいが、腸内で暴れ回る便意もまた脅威だったのだ。

「ぷはぁっ……やめなさいっ、これ以上は……んむっ、うぐぅっ！」

抗議しようとしても、すぐさまボブの巨根で口を塞がれてしまう。

「今度は濃度二〇％じゃ。堪えて見せよ、羽村祐美子」

いやらしい笑みを浮かべながら金城が浣腸器を構える。

「う、ううっ……ひゃめて……あぁぉ……んむぅ〜〜〜〜〜〜〜〜〜〜っ！」

小指の先ほどもある嘴管が肛門をくぐり抜け、新たな魔薬がチュルチュルと注ぎ込まれてくる。ただれた腸粘膜に、濃度を増した魔薬浣腸の刺激は染みた。

（あああっ！　熱いっ！　さ、さっきと全然違う……お尻が燃えちゃうぅっ!!）

溶けた蝋を流し込まれたような猛烈な熱流が、直腸からS字結腸に向かって駆け上がってくる。まるで炎をまとった蛇が潜り込んでくるような凄まじい激感だった。濃度が二〇％にあがっただけでこれほどの威力とは。

「ヒッ、アヒッ……ヒィィンッ！」

拘束台の上でお尻がギクンギクンと跳ね、強ばる指先が拘束台をギリギリと引っ掻いた。白い背中に夥しい汗が噴き出して、滝のように流れ落ちていく。

「激しいのぉ。じゃが漏らすんじゃないぞ。なんと言っても四百万円分じゃからな」

便意を押し戻すようにして注入される魔薬浣腸液が、祐美子の腸内でぶつかり合い、渦を巻く。いくら身体を鍛えていても内臓までは鍛えられない。どうやって堪えれば良いのかもわからず、ひたすらお尻を左右に振りたくるばかりだ。

「オオオォ……いい声ダ。もっと鳴ケ、牝」

興奮したボブが頭を両側から押さえながら腰を振り、巨根をさらに深くねじ込もうとする。

ズブッ……ズブッ……ジュブブッ……ズブリッ！

「おおっ……んむっ……ふぐっ……あむぅうっ！」

舌を巻き込みながら、喉の奥をガンガンと突き上げるイラマチオで目眩を感じるほど。その上ボブの興奮に伴って鈴口からカウパーが大量に吐き出され、カリの裏からは恥垢がボロボロとはがれ落ち口中に広がった。味と臭いはさらに濃厚に、強烈になって祐美子を悶絶させた。

（あうう……息が……苦しい……臭い……ああ、お腹が……苦しくて……し、死んじゃうっ……）

まるでゾンビの腐った肉棒で食道を抉られているかのようで、胃がねじれそうな嘔吐感が何度もこみ上げる。だがそんな苦しさの中にも、甘ったるいような奇妙な感覚が芽生え始めていた。

(なに……これは……?)

巨根に擦られる顎の裏側や舌の粘膜に、痺れと疼きがまざったような不思議な感じが広がってくる。頭の中が桃色の霧に包まれて、苦痛や苦しさが曖昧になってくるのだ。

「う……ううっ……むぐっ……ひゃめ……はむぅ……あぁぁむ、くちゅん……ろうして……こんな……はあぁぁ……」

窒息しそうな苦しさも、喉奥を抉られる辛さも、鼻が曲がりそうな異臭も、だんだん気にならなくなっていく。意識は七色の迷宮を彷徨い、瞼が重く被さる瞳は、ぼんやりとボブの下腹を見つめている。

「やっと効いてきたようじゃな……さすが手こずらせるわい。フフフ」

拘束台の上でクッタリと横たわる祐美子を見て、金城とボブが顔を見合わせてニタニタと嗤った。ここまで新型エンジェルフォールに耐性を見せた女は初めてだったからだ。しかしそれは祐美子が優れた実験台であることの証拠でもあった。

「やれボブ。クスリが効いている間に、お前のデカマラの臭いと味を祐美子の心と身体に刷り込むのじゃ」

「オーケー、ボス」

祐美子により大きなダメージを与えようと、ボブはラストスパートに突入する。女性器を犯すような激しいピストンをか細い喉にむごく撃ち込む。

「あぐっ……むぐっ……おおおぉ……き、効いてなひ……うぐっ……おおぉ……クしゅリなんかに……私は……はむぅっ！　んぐ、ふむぅっ！」

気力を振り絞って必死に抵抗を続ける祐美子。祐美子自身は気づいていないが、それまで亀頭をくわえるだけが精一杯だったのに、今は半分近く唇に没していた。

そして変化は身体の各所にも現れている。汗まみれの裸身がローションを塗ったようにヌメヌメと輝き、浣腸で責められている双臀もほんのりと色っぽいピンクに染まっていた。

「すげえ……見ろよあの尻を」

「ああ……なんて色っぽいんだ」

助手たちも作業の手を止めて祐美子に見とれていた。

ボブの腰ふりに合わせるようにして、金城がシリンダーを小刻みに押し込んでくる。ビュッビュッとリズミカルに注入される浣腸が、今にも漏れてしまいそうな暴圧と、身体の内側で激しく衝突した。

(だ、だめぇ……ああ、あついぃ……熱いのがぁ、どんどん入ってくる……うう、漏れちゃう……だ、だめぇ！)

いくら魔薬に冒されていても、人前で漏らすのは女としてプライドが許さない。全

身全霊の力を括約筋に集中させ、決壊を防ごうとする。必死なあまり、まなじりはつり上がり上品な柳眉も辛そうに折れ曲がる。

「ボブのチンポはデカくて臭かろう。じゃが、いずれそのニオイが大好きになる。そのデカマラも根元まで呑み込めるようになるじゃろうて。フヒヒヒ」

「んぶっ……むぐっ……あうぅぅ」

（いやよ……私は……そんな風にならない……！）

前後から挟み撃ちにされ、身も心も押し潰されてしまいそう。ボブの巨根に蹂躙されて顎は感覚がなくなるほど疲弊させられる。ドクッドクッと浣腸液が注ぎ込まれるたび、肛門粘膜は燃えさかる松明を突っ込まれたような灼熱感に襲われた。

（ああ……な、なんなの……この感覚は……？）

魔薬で敏感になっているのか。唇は黒人の逞しい巨根の形状を、お尻では浣腸器を目で見るように感じ取ってしまう。それほど敏感になっているのに、苦痛がどんどん減っていくのが却って恐ろしい。

魔薬の効果に追い打ちを掛けるように、猛烈な便意が迫り来る。それは灼熱のマグマが、火口へ向かってジリジリせり上がってくるかのようだった。

「う、ううむ……んぐっ……はぁうん……はあぁ……お、お腹が……むふぅぅうっ！　あぁぁっ！　も、漏れるぅっ！　んちゅくちゅんっ」

ペニスを吐き出し、必死に訴えるものの、悪鬼たちに情けなどあるはずがなく、むしろ悦ばせるだけだった。

「合計で五百万のクスリをそう簡単に出されてたまるものか。漏らしたら娘を臓器売買にかけるぞ」

「あぁぁ、そんな……だめ……娘には……手を出さないでぇ……あぁぅうっ」

絶望を突きつけられてブルブルと胴震いが止まらなくなる。締め続ける括約筋は痺れきって、極限の痙攣にヒクヒク戦慄いていた。

「さぼるナ、ユミコ。ハアハアッ……ハアアッ！」

休む間もなく長大な剛槍が再び唇を犯す。ボブの息づかい、勃起ペニスの小刻みな拍動などから、汚辱の瞬間が迫っていることを本能的に感じ取る。

（あぁぁ……出される……出されちゃう……この男の……ア、アレを……）

夫の精液すら口にしたことはないというのに、恐怖と屈辱にうなじが総毛立つ。なんとか逃れようと首を振るのだが、豪腕に挟まれた頭はほとんど動かせなかった。

「フフフ。一つ言い忘れておったが、そのボブは二十年前にお前の父を爆殺し、今回お前の自宅を爆破した男なのじゃ」

（なんですってッ!?）

おぞましい事実を教えられて、憤怒と驚愕とで全身の血が逆流する。

「う、う……むぐぐっ……いひゃぁぁ……んんっ、んむぅ～～～ッッ！」

（そんな……そんな男のモノを飲まされるなんて……死んでもいやぁッ！）

押さえられた頭を振りたくろうとするが、ボブの万力のような握力にはどうやっても勝てない。そんなわずかな抵抗は、むしろ爆弾魔の黒人を悦ばせるだけだった。

「観念するのじゃ羽村祐美子。父と夫の憎い仇の特濃ザーメンを……たっぷりと飲むのじゃ！　ヒハハハッ！」

興奮した金城が皺だらけの顔を歪ませて嘲笑する。老齢ゆえ精力はさほどない。そのぶん有り余る執念をボブという屈強な男の肉体を借りて果たそうというのだろう。

「あうっ……むぅんっ！　ら、らめ……いや……いひゃぁっ……んむふぅっ！」

「グオオオォォッッ！　イクゾォォッッ！　ユミコォォッ！」

漆黒の獣のように吠えたボブが、腰を一層深く突き入れて、煮えたぎる牡精を解き放った。

ドビュッ！　ドビュッ！　ドビュルルルゥゥ～～～～ッッ！

「んむうぅっ⁉　あむぐぅぅ～～～～っっ！」

大量に撃ち出される特濃ザーメンにむせ返る祐美子。熱くドロドロとした粘汁が舌や歯茎に絡みつき、食道へと雪崩れ込む。さらに飲みきれない精液が鼻腔に逆流し、強烈な牡臭に鼻が腐り落ちてしまいそう。

「ヒヒヒ！　飲めぇ！　一滴残さず飲むんじゃ！」

それに合わせるように、金城もシリンダーをグイグイと押し込んできた。

（いやっ、いやぁぁっ！）

鼻も喉も白濁に埋められてまともに息もできなくなる。さらに腸管までも魔薬に満たされて、魔薬とザーメンの濁流の渦で溺れてしまいそう。吐き出したくとも、極太に唇を塞がれていてはそれも叶わず、飲み下す以外に手がない。

「んぐっ……むぐっ……ごきゅっ……ごくっ……ごくんっ！」

必死に喉を鳴らし、おぞましい生殖液を嚥下していく祐美子。お尻の穴もヒクヒクと蠢いて、魔薬浣腸を受け入れていく。

「いいぞ、飲め飲め羽村祐美子。それでこそ牝じゃ！」

ついに最後の一押しを押し切る。

「んぐぅっ！」

ズンッと下腹に響く衝撃に仰け反る。エンジェルフォールを三〇〇ccも注入されたお腹がグルグルと鳴動し、便意が一気に駆け下った。

「あ、あ……あぁ、もう……もうらめぇっ！　あぅおおぉおっ！」

金城が浣腸器を引き抜くと同時に、肛門はフジツボのように盛り上がる！　花が咲くように捲れ返らせた中心部から、桃色の浣腸液が飛び散った。

ブシャアアッ！　パシャパシャパシャアッッ！

「漏らしよったか。だらしないのぉ。ホッホッホッ」

「いひゃあぁ……み、見ないれ……あぁおぉ……見ないれぇっ……あ、あぁぁ、ああぁっ」

必死に括約筋に力を込めようとしても、下半身が痺れたような状態で締め付けることができない。ぽっかりと口を開けたアヌスは壊れた蛇口のように垂れ流し状態だ。

ブシャッ、ブシャアアッ！　ドバ、ドバァァッ！

「ひぃいっ……あうっ……見ないで……あひっ……私を見ないでっ……あぁぁむっ」

ヒクヒクと痙攣したかと思うとドッと薬液をしぶかせ、最後には開きっぱなしになった肛門から、内容物までもウネウネとひり出してしまうのだった。

「クハハハハッ。牝メ、最後の一発ダ」

惨めさに打ちひしがれる間も与えず、ボブはトドメの射精を祐美子の美貌にぶちまけた。

ドバドバドバァァア〜〜〜ッ！

「ンあああぁ……いやあぁ……あああ……」

（……ああ……お父様……あなた……）

額から眉、鼻筋から唇まで、顔全体を屈辱のザーメンでパックされてしまう。これ以上ないほどの敗北感を味わわされながら、祐美子の意識は白い闇に沈んでいった。

第二章　魔獣蹂躙

祐美子は夢を見ていた。

夫の圭三とまだ幼かった楓と一緒に、那須高原に旅行に行った時の夢だ。

「お父さん、お母さん、早く！」

草花や動物など自然が好きな楓は、元気に駆け回っている。それを見つめる夫の優しい眼差し。握った掌から伝わる温もりが、仕事で疲れた心を癒やしてくれる。

（あ、だめよ楓！　そっちは危ないわよ）

池の近くに身を乗り出している娘を止めようとして、祐美子は自分が足を滑らせてしまった。

（きゃあっ！）

場面が暗転し、それまでの青々とした草原はかき消え、夫も娘もいなくなっていた。

（……ここは？）

井戸の底のような出口のない薄暗い洞窟。湿った石の床を何かが這いずりながら近づいてくる。それは真っ黒い闇を具現化したような蛇だった。

祐美子の身長を遥かに超える長さで、太さも女性の手首くらいはある。表面の鱗は不気味な粘液で覆われてヌメヌメと光り、目も鼻もない頭から、赤い舌だけがチロチロと伸びているのも気持ちが悪かった。

（いやっ、いやぁっ！）

幼い頃近所の子供のいたずらで蛇をけしかけられて以来、トラウマになるほど祐美子は蛇が嫌いだった。逃れようとするも手足は頑丈な鎖に繋がれて、身動きとれない。

その間に黒蛇は祐美子の脚に螺旋状に巻き付き、粘液の跡を塗りつけながら這い上がってきた。しなやかなふくらはぎから、引き締まった膝の裏、むっちりと熟れた太腿へ……。

（～～～～～～っ！　そ、そこはだめよっ！）

そしてあろうことか、邪悪な蛇は祐美子のお尻の谷間に潜り込み、小さな菊蕾にその楔状の頭を押しつけてきたではないか。

（ひいいっ！）

恐怖に引きつる美貌を仰け反らせて括約筋に力を込めるのだが、なぜか下半身は重く痺れたまま力が伝わらず、蛇の侵入を防ぐことができない。

ズブ……ズブ……ズブズブゥゥッ。

粘膜を押し広げられ、黒い蛇が祐美子の肛門内へと潜り込んできた。かなりの太さだが蛇の体表を包む粘液のせいだろうか、痛みはほとんど感じない。

（いや！　蛇は……蛇はいやぁっ！）

黒髪を乱して絶叫する祐美子。一体どこまで入ってくるのか。長大な蛇は祐美子の腸を遡り、奥へ奥へと入り込んでくるのだ。

（はぁうっ⁉）

叫びが唐突に途絶える。何かに喉を塞がれたのだ。しかも内側から……。

（う、うそ……）

瞳が見開かれ、ガクッと反り返る喉が内側から盛り上がっている。ガクガク戦慄いた唇が大きく開かれて、桃色の舌がピクピク痙攣した。

（あ……あぁ……あぉぉぉぉっ⁉）

リングのように丸く広がった唇から、ドッとよだれの塊が溢れだし、それにつづけて黒く長いモノが姿を現す。それは……黒蛇の頭だった。肛門から侵入した蛇が身体を貫通して口から這い出してきたのである。

（あ、ああ……あぁぁ……）

ズルッ……ズルッ……ズズズズ……ッ！

白目を剥いて拘束された手足を痙攣させる祐美子。口から出てきた蛇は今度は下へ向かって這い出し、白い喉、柔らかく豊かな乳房、くびれた腰に巻き付いてくる。あたかも愛撫するかのように、あるいは自分の牝なのだと主張するかのように。

ついに股間へと達した蛇は、鎌首をもたげてニタリと嗤った。蛇が嗤うなどあり得ないが、祐美子にはそう見えたのだ。

（ああ……やめて、そこは……そこだけは……！）

哀訴もむなしく、黒蛇は鞭のように素早くしなり、真下から祐美子の媚肉をズブリと貫いた！

「ひぃぃ、きゃぁぁぁっ！」

悲鳴と共に目を覚ます祐美子。いつの間にか眠らされていたようだ。

「……ここは……うぅっ」

そこは頑丈そうな鉄檻の中だった。本当に家畜にされてしまったようで心が重い。

「楓は無事かしら……」

とにもかくにも囚われた娘のことが気になった。我が身を担保に娘の無事を約束したが、あの悪鬼どもが約束を守るかは怪しいモノだった。

「なんとか出られないかしら……きゃっ⁉」

身を起こそうとした祐美子だったが、何かにお尻を引っ張られて尻餅をついてしまう。

「うう……こ、これは……？」

細いチューブのようなものがお尻に挿入されており、その一端は鉄柵に引っかけられた薬瓶に繋がっていた。瓶の中身はわからないが、得体の知れない液体が点滴のように直腸へ少しずつ注入されているのだ。

「うう……よくも……こ、こんなものを……っ！」

チューブを引っ張って抜こうとしたが、お尻の中で大きく膨らんでいるようで、どうやっても抜けそうになかった。

「昨日あれだけ責めてやったのになかなか元気がいいのぉ。やはりお前は最高の実験用牝じゃ、ヒッヒッヒッ」

そこへ金城がボブを引き連れて入ってきた。

「く……これを抜きなさいっ」

「心配せずともそれは滋養強壮の栄養剤じゃ。へばってしまっては、実験ができないからの」

「うう……狂ってる……あなたは狂ってるわっ！」

嫌悪と怒りを込めて金城を睨みつける。悪を憎むこの気持ちがある限り、決して祐美子の心は折れない。凛然としたオーラは立ちこめる陰湿な空気すら吹き飛ばすほど。

「お前の美しい尻が儂を狂わせるのじゃよ。フフフ、さて精をつけたところで実験じゃ」

「デロ、牝」

鍵が開けられ、ボブが檻の中に腕を突っ込んできた。

「くう……いやよ！　放しなさいっ！　穢らわしい手で触らないで！」

昨日知らされた事実、この黒人の男こそが親を殺し、夫を傷つけた爆弾魔なのだ。

敵意や嫌悪感は昨日よりも遥かに大きくなっており、怒りにまかせて、ボブの腕に爪を立て、指に噛みつこうとする。もちろん勝てるわけはないのだが、少しでも時間を稼ぐため、窮鼠猫を噛むという感じの捨て身の反撃だ。

「オウッ……ボス……とっても、元気ネ」

さすがのボブも苦笑いを浮かべていた。本気を出せばあっさり制圧できるのだが、実験を前に怪我をさせるわけにはいかないのだろう。

「ホッホッホッ。こいつは栄養剤が効きすぎたか。じゃじゃ馬め」

金城はそんな祐美子の抵抗を楽しそうに見ている。

「じゃがそろそろ大人しくしてもらおう。娘のこと、忘れたわけではあるまい？　祐美子」

「はあはあ……うう……卑劣な……」

娘のことを言われると、さすがにこれ以上抵抗することはできなかった。女を商品や実験動物としてしか見ていない男たちだ。大切な娘に何をされるかわかったものではない。

「わかりました……私の身体……好きにしなさい」

覚悟を決めた祐美子の凜とした声が牢獄に響いた。

再び実験室に連れ込まれた祐美子は、白いベッドの上に座らされていた。

といってもまともな格好ではない。両手は背中で後ろ手に拘束され、余った縄尻が乳房を上下から二巻きずつ、挟み込んで絞り出している。さらに両脚もあぐらを組んだ形に折りたたまれ、両足首をまとめて縛めたロープが首に掛け回されていた。

「まずはエンジェルフォールからじゃ。濃度は二〇%、量は二〇〇〇ccでよかろう」

まだお尻に挿入されたままのチューブを、別の薬瓶につなぎ替える。まるで一升瓶のような巨大さで、充填されている桃色の液体は、おそらくおぞましい新型魔薬だ。

「に、二〇〇〇ccですって……!? そ、そんなの無茶苦茶ですっ」

昨日わずか三〇〇ccで失神に追い込まれたのに、二リットルなどあり得ない量だ。それだけ大量の魔薬を注入されたら死んでしまうだろう。

「心配せずとも、今日一日掛けてゆっくりじっくりと注入してやる。魔薬なしでは生きられない身体にしてやるからのぉ。ではいくぞ、羽村祐美子」

コックを捻ると、透明のチューブの中を薬液がツウッと駆け下りて、祐美子の肛門内へ届いた。

「う、あぁ……やめ……くうっ……あ、あ……熱い……あううぅぅんっ」

特有の灼熱感が直腸粘膜に染みるが、昨日ほどの苦痛はない。その代わり、妖しげな肉のざわめきに、祐美子はくるまれていく。

(なんなの……この感じは……?)

点滴のように、一定の間隔で微量の魔薬が腸内に送り込まれる。そのたびに淫熱がジワリと広がり、身体の奥に向かってジリジリと延焼してくる。心拍もわずかだが早まっているようだ。

「どうじゃ、昨日より気持ちがいいはずじゃが」

「うう……そ、そんなこと……ありません……はぁ、はぁ……クスリで女性を思いのままにしようなんて……ハアハア……そんな歪んだ野望は、私が打ち砕いてみせます……くうっ」

　気丈に否定して弱みを見せまいとする祐美子。一見大人しく淑やかな印象の祐美子だが、胸の奥には熱く燃える正義の闘志を秘めている。そんな強気なところもまた祐美子の魅力だった。

「フフフ、相変わらずいい顔をする。その顔が快楽と被虐に染まるところを見てみたいモノじゃ。やれ、ボブ」

　ボブがベッドに上がり込み、あぐら縛りの祐美子の前に仁王立ちした。既に服はすべて脱いでおり、巨大な一物は隆々と勃起している。

「フェラチオからダ」

「うう……っ」

　いきなり黒髪を鷲づかみされ、逞しすぎる剛棒を唇に押し当てられた。

（またこの男の相手を……）

　昨日知らされた事実……この黒人の男こそが自分の父と夫の仇であると言うことを思い出し、はらわたが煮えくりかえる。だが娘が人質に取られている今、どんなに口惜しくとも、命令に従うしかなかった。

「くわえロ」

「く……う……んぶふぅっ！」

唇が限界まで押し開かれ、顎の関節が外れそうになる。舌を押しのけて荒々しく侵入し、祐美子の粘膜とプライドを同時に蹂躙していく。

「う、うぐ……むふっ……あうぅ……くふぅんっ」

ズンッズンッと極太ピストンを撃ち込まれて息が詰まる。むせ返るような牡臭も相変わらずで、祐美子を苦しめた。

「グフウ……もっと深くダ……ハアハア」

「もっと舌を使うのじゃ。昨日教えたじゃろう？」

お尻に潜り込んだチューブをツンツンと引っ張りながら金城が迫る。

（くっ……勝手なことを……）

屈辱的な命令に美貌を歪めながらも、オズオズと舌を絡めていく。巨大なプラムのような亀頭を舐め回し、敏感な鈴口周辺を集中してくすぐってやる。

「んちゅ……くちゅ……むふっぷはぁ……はむぅ……んんっ、くちゅン」

がっぽりとくわえ込むと、息苦しくなって小鼻が膨らんでしまう。紅潮した頬が、内側から巨根に突き上げられて盛り上がり、唇の端から涎が溢れだして、顎から首筋へと流れ落ちていく。

「ウマイか、ユミコ」

「はあはあ……そんなわけ……ちゅっ……くちゅっ……ないでしょ……はあ、ぁむ……反吐が出そうよ……はぁ、あむ、くちゅぱっ」

憎まれ口を叩きながら奉仕を続ける祐美子。

(うう……何か……変だわ……)

ボブの野獣のような体臭に対して、さほど嫌悪を感じなくなっている。ペニスをくわえ込む深度も深くなっており、いつの間にか全体の五分の三まで受け入れられるようになっている。

「そんなことを言いながら、うっとりした顔をしておるではないか。ボブのチンポが気に入ったのじゃろう?」

「はぁ……あむ……勘違い、しないでっ……ん、ぐ、むうっ……きらい……はあはあ……こんなこと、大嫌いですっ……んふっ、むちゅんっ」

金城に指摘されてギクリとする祐美子。

(そんなはずない……この男は……憎むべき仇よ……好きになんて……なるハズがないわっ!)

動揺を隠すように、陰茎の根元へ舌を滑らせ、陰嚢に顔を埋めるようにして舐め回す。昨日教えられたボブの性感ポイントをたった一度で、しっかり覚えている自分に違和感を覚える。

「フフフ。まあ良い。逆らえば逆らうほど、お前の身体はより淫らに作り替えられていくのじゃからな」

嗤いながら金城が魔薬点滴のピッチを早めてきた。

「う、うぅ……ぴちゃぴちゃ……ああ、はあ、あぁぁぁっ！　お、お尻が……あぁぁう……燃えちゃう……はあはぁ……ちゅっ、くちゅぱぁ……はぁんんっ」

注入される魔薬が増え、腸内の灼熱感がグンと増す。下腹全体が淫熱に包まれ、祐美子は喘ぎながら腰をぶるぶるっと震わせた。

（だめよ……弱気になっては……気持ちをしっかり持たないと……）

精神を集中させようとするのだが、目の前に桃色のベールが降りてきて、視界がぼやけてくる。おぞましい魔薬の酩酊感が全身に絡みついてくる。

ポタリ、ポタリ、ポタリ……。

リズミカルに落ち続ける魔薬の滴。

今はまだ十分堪えられる。だが岩に染み込む清水のように、エンジェルフォールは少しずつだが確実に、祐美子の心と身体を浸食してくる。一体いつまでそれに堪えられるのか、不安が徐々に膨らんでくる。

「はぁむっ……んちゅ……んぶっ、んむっ……あぁぁ……クしゅリ……なんかに……あううぅっ……負けない……じゅぱっ、じゅぱっ……ふあぁぁ……っ」

前後に頭を激しく揺さぶられ、食道付近までガンガンと突きまくられる。そこに魔薬の効果が加わって、意識が朦朧としてきた。

「ベリー・グッド、ユミコ。ご褒美ダ」

豪腕でガシッと頭を両側から挟み込み、勃起を最奥まで深く突き入れる。どす黒い肉棒が祐美子の口腔内でビクビクンッと跳ねた。

ドビュドビュッ！　ドビュルルルルゥウウッ！

「あぐぅぅっ！　ンおぉぉおうううぅぅっ！」

濃厚なホルモン臭をまき散らしながら、流れ込んでくる白濁精液。窒息しそうな苦しさに、後ろ手縛りの手がギュウッと拳を握りしめる。

「んっ……んんっ……むぅっ……むぐっ……ごくっ……ごくん……っ」

頬が膨らむほどの大量射精を吐き出すこともできず、飲み下すしかない。食道を降りていった粘っこい牡液が、重量感を感じるほど胃に溜まっていく。

(悔しい……また……この男の精液を……)

憎い仇の遺伝子を引き継ぐ生殖液は、言うなればこの男の分身である。飲み込んでしまったザーメンはやがて消化吸収され、祐美子の肉体の一部になってしまうのだ。まるでボブの所有物にされていくようで、想像しただけで気が狂いそうだった。

「フッフッフッ。うまく飲み込めるようになったな。二回目でボブのザーメンを飲み干した女はお前が初めてじゃよ。思った通り、お前はボブと肉の相性がいいようじゃ」

「う……っ」

金城に指摘され、昨日よりも楽に精液を飲んでしまった自分に驚く。たった一日で身体はこの悪魔のような黒人に馴染んでしまったというのだろうか。

「ハアハア……相性が良いだなんて……ち、ちがいますっ……今だって吐きそうよっ」

巨根を吐き出した祐美子は、ゼエゼエと喘ぎながら反論した。吐く息までもザーメン臭く、こんなことを繰り返されれば、臭いが染みついて一生とれなくなってしまうのではないかという気がした。

「じゃが、お前の身体は発情し始めておるようじゃぞ」

「えっ？　きゃぁっ！」

あぐら縛りのまま、ベッドの上に仰向けに転がされた。隠しておきたい女の秘所が、悪党どもの目に晒されてしまう。

「乳首もクリトリスも少し充血しておるぞ。それに……」

ニタニタと嗤う金城の細い指が、聖域に忍び込む。あぐら縛りにもかかわらず、左右の陰唇はぴったりと閉じ合わさり、祐美子の身の堅さを表しているかのよう。

「さ、触らないでっ！　穢らわしい！」

「触らなければ実験にならんわい。フヒヒ」

抗議の悲鳴を軽くいなし、金城は大陰唇を左右に掻き広げる。ピチッと音がしてサーモンピンクの粘膜が爆ぜた。

「やはり濡れておるわい」

金城の言葉通り、媚肉全体が充血してほんのりと赤らみ、膣孔からは女の蜜がトロリと流れ出していた。

「ううっ……うそよ……そんなこと、うそですっ！」

「うそなものか。ホレホレ」

金城の指先が浅く蜜穴を抉り、かき混ぜてきた。

クチュ、クチュクチュ……クチュン……ッ。

湿り気を帯びた粘着音は、祐美子が女の反応をしてしまったことの動かぬ証拠だった。

（ああ……そんな……どうして）

捕らえられて以来、女性器はほとんど責められていないし、今日もまだ触れられてもいない。にもかかわらず、濡れてしまったなんて……これも魔薬の効果なのだろうか。

「グフフゥ。ボス」

ボブが舌なめずりしながら近づいて、祐美子の聖域を覗き込む。爛々と輝く目が、獲物を狙う肉食獣のように殺気立っており、祐美子を震え上がらせた。

「いいぞ、お前の牝じゃからな。存分に貪るがよい」

「イエッサー」

「うう……いや……近寄らないで！」

あぐらの脚を持ち上げられ、媚肉がほぼ天井を向くほど身体を折りたたまれる。完全に無防備にされた花園に、野獣が舌を伸ばしてきた。

ピチャ……ピチャ……ピチャ……ピチャ……ピチャ……ッ。

「うぁっ……そんな……だめぇっ……うっくぅ……あぁぁっ！」

タラコのように分厚い唇をべちゃっと押しつけながら、牛のように巨大な舌で秘園をこじ開けてくる。熱く湿った感触が、粘り着いてくる。

「うぅ……や、やめなさい……んむっ……うっくぅっ！」

予想を遥かに超える激感で背中がギクンッと反り返る。ボブの口は大きく、祐美子のヴァギナ全体をすっぽりと口に納めることができるのだ。

「グフフッ……グフッ……オオ……ベリースィートネ……グチュッ、グチュッ」

唾液をまぶしながら、巨大な舌を器用に使って陰核の包皮を押し剥いていく。そして敏感になった肉芯をベロリと舐め上げた。

「ううぅ……あぁぁッ……ハアハア……だ、だめ……ンあぁぁっ……やめ……なさいっ……うぅっ！」

ボブの舌がクリトリスの上を往復するたび、電流のような快美がツーンツーンと恥丘に突き刺さる。夫にもされたことのない愛撫で、身も心も翻弄されていく人妻捜査官。

「仇の男にマ◯コを舐められて、気持ちがいいのか」

「う、うっ……そんなことは……あぁぁ……ありませんっ……はぁ、あぁ……そこから……口を離しなさいっ！」

「グフフ。ユミコ、また濡れてキタゾ」

すぼめた唇で、クリトリスをチュウウゥゥッと吸引される。

「～～～～～～ッ！」

脳天に突き刺さるような快美を撃ち込まれて、瞼の裏に火花が散り、思わず甘い悲鳴が迸りそうになる。

「グフフフ。ラブリーネ」

反応に気を良くしたボブがチュパチュパと唇を上下させ、バキュームクンニを繰り返す。ボブは肺活量も凄まじく、陰核が根こそぎ引っこ抜かれてしまうのではないかと思うほど。

「あっ、あぁぁっ、いや、吸わないで……あひっ！　いやぁぁッ！」

どんなに悔しくて、相手を憎んでいても、魔薬で敏感になった身体は勝手に反応して愛液をジワジワと湧かせてしまう。そんな浅ましい自分の身体が信じられなかった。

(魔薬に……こんな男たちに……負けてはだめよ！)

必死に自分を鼓舞するのだが、あぐらに縛られたつま先が反り返ったり丸まったりを繰り返し、汗ばむ美貌が切なげに仰け反り、噛みしめきれない唇から、色っぽい声が漏れてしまう。

「フヒヒヒ。ボブの舌使いはなかなかのモノじゃろう。もっともっと濡らすのじゃ、祐美子。この男はマン汁が大好物なのじゃからな」

「う……うう……そんなの……狂ってるわ……あひっ……ンあぁぁっ！」

野太い舌を膣孔にズブリと挿入されて、拘束された裸身をビクビクと戦慄かせる祐美子。舌とはいえ、夫のペニスにも匹敵するほど大きく、体温も高いのだ。まるで野生の狼に貪り食われているような錯覚に襲われる。

ピチャ……ピチャピチャ……クチュッ……ジュルルゥウッ！

（いやあ……の、飲まれてる……私の……!?）

何度も舌を突き刺しされるたび、大型犬がミルクを飲むような水音が派手に響く。金城の言うとおり、ボブは女の愛液を啜り飲んでいるのだ。

「ハアハア……う、うあぁ……飲まないで……んんっ……ハアハア……は、恥ずかしい……あううっ」

「ボブ、味はどうじゃ？」

「ユミコのラブジュース、とっても甘い。最高ネ、ボス」

口の周りをベトベトにしながら、いやらしい笑みを浮かべるボブ。飲まれるたび、この男のモノにされていくような気がして、祐美子は絶望の吐息を漏らしてしまう。

「ジュース、とてもいっぱい。どんどん湧いてくル」

嬉しそうに眼を細めた後、さらに蜜を搾り取ろうとクンニ責めを再開させる。

「あ、あぁぁ……ハアハア……も、もう……やめ……んんっ……あぁあ……やめなさいと言ってぇ……はあはあ……あぁんっ！」

「マン汁がたっぷり出るのも新型エンジェルフォールの効果じゃよ。普通の三倍くらいは出るようになるハズじゃ」

肛門に挿入されたノズルをツンツンと引っ張って、金城が自慢げに嗤う。

こうしている間も浣腸によって魔薬が肛門に送り込まれ、ジリジリとトロ火であぶるような淫熱が、身体の内側から祐美子を狂わせようとする。

「あああ……そんなのいやよ……ハアハア……ぁはあぁぁんっ」

膣穴から溢れだした愛蜜はお尻の方に垂れて、ベッドにまで大きなシミを作っていた。お漏らししたと言ってもよいくらいの量なのだ。それを見られるのが恥ずかしくてたまらなかったが、止めようと思っても自分で止められるものではない。

ボブの舌が深々と差し込まれ、カズノコ状の天井を擦り舐められると、高圧電流のような快美がビリビリと走り抜け、膣肉がキュウウッと収縮する。そのたびに新たな愛液が湧き出して、ビュクッと黒人の口の中へ噴き出してしまうのだ。

「モットダ、モット飲ませロ」

子宮に届きそうなほど舌を深くぶち込み、鼻の頭でクリトリスをグリグリと刺激してくる。体力だけでなく、様々なテクニックも駆使して祐美子を追い詰めていく。

「はあ……はあ……ヒッ……もう……あはぁっ……飲むなと言ってるでしょっ……あ

ああっ……こ、この変態……ケダモノォっ……やめなさいぃぃ……あぁぁ……っ！」

「何を言っておる。これくらいは普通のプレイじゃ。旦那はしてくれなかったのか」

「はあ、はあ……あの人は……ううっ……こんなこと……しませんっ」

夫は淡泊なほうだったので、これほどねっちこい愛撫を受けるのは生まれて初めての経験だった。

「フフン。これだけいい身体をしておきながら、今まで本当の女の悦びを知らずに生きてきたとは、運がなかったのぉ。これからは儂らが、タップリと教えてやるからのぉ。ヒヒヒ、ボブよ、そろそろやっていいぞ」

「イエッサー」

顔を上げたボブが満面の笑みで応える。女の蜜を吸い取ったせいだろうか、股間にそびえ立つ巨根から沸き立つ牡のオーラに祐美子は圧倒される。

(な、なんて大きさなの……！)

口に頬張らされた時も息が止まりそうだったのに、今はさらに一回り大きく勃起している。あんなもので犯されたら、女の大事なところを壊されてしまうのではないかという恐怖で背筋が凍り付く。

「いくゾ、ユミコ」

あぐら縛りのロープを解いて両脚をM字に押し開く。

「やめて！　あなたなんかに犯されるなんて、死んでもいやよっ！」

なんと言っても相手は父を殺し、夫を傷つけた男だ。そんな男に犯されるなど、死にも勝る屈辱だと言って良い。怒りと嫌悪で強ばる美貌を左右に振りたくる祐美子。だが悪魔のような殺人鬼に慈悲の心などあるはずがない。怯える祐美子の表情にますます嗜虐の炎を燃え上がらせ、亀頭先端を膣孔に押し当てた。

「ひぃっ！　あああ……やめなさい……そんなの……絶対、入らないわっ！」

恐ろしさに身を捩ろうとするのだが、なぜか身体に力が入らない。蹴り飛ばしたい脚も脱力して、だらしなく開いたままなのだ。

（か、身体が……動かない……？）

「無駄じゃ、エンジェルフォールがよく効いておるからな」

「うう……そんな……」

直腸へ点滴のように送り込まれる魔薬が祐美子の身体の自由を奪っていたのだ。凶悪な魔獣に捧げられる生け贄にされたような心境だ。

「諦めて犯されるのじゃ。一度火が着いたら、その男を止めることは誰にもできん」

「ハアッ、ユミコ……ハアアッ！」

獣のように歯をむき出しにし、荒い息を吐き出しながら、黒い影が覆い被さってくる。それと同時に、どす黒い肉棒が蜜孔にジワリと埋まってきた。

「うっ……あっああっ……い、痛い……んんむっ……裂けるぅ……はあはあぁ……痛いぃ……っっ！」

あまりの大きさに悲鳴を上げてしまう祐美子。まるで処女を奪われているかのような初々しい反応が凶暴なボブをいっそう興奮させる。

「ハア、ハアッ……モットダ……モット奥マデ……ハアハァアッ！」

グイグイと腰を押し出し、剛直をねじ込んでくるボブ。

「うぅ……ンむっ……やめ……くぅあぁ……いたい……はあぁっ！」

粘膜が限界まで引き伸ばされ、青い静脈が薄く透ける。メリメリという音が聞こえてきそうな凄まじい侵攻だ。

それでもクンニで十分に濡れてしまった蜜襞は驚異的な柔軟さを見せて広がり、身に余るほどの巨根を迎え入れ始めた。

「もっと力を抜くのじゃ。子を産むときよりは楽なはずじゃぞ」

「あ、ぁあ……ダメ……抜いて……うぅぅむ……きつい……ハアハア……いっ……いたいぃ……っ！」

少しでも苦痛から逃れようと、身体がずり上がる。それをボブが肩を押さえ込んで引き戻し、インサートを強行する。そしてついに一番太いカリの部分が膣内にズブズブと潜り込んだ。

「はひぃいっっ！」

ズキーンと聖域に響く衝撃で、脳内に赤い火花がバチバチと散った。

（ああ……裂けちゃうっ！）

丸太の杭を打ち込まれているような凄まじい圧迫感で、息もまともにできなくなる。肉の楔を打ち込まれ、身体を真っ二つにされていくようだった。

「グフフ、イイゾ……ユミコ……フウゥ……ッ」

一旦腰の動きを止めて一息つくボブ。粘膜が巨根に馴染むのを待っているのだ。ただ力任せに犯すのではなく、女の扱いにも慣れている感じだ。

「初めては痛いモノじゃよ、フヒヒ。じゃが儂のクスリを使えば、そんな痛みも快楽へと早変わりじゃ」

魔薬浣腸の調整弁を操作して、注入量を増加させる金城。

「あひぃっ！　そんな、また……クスリがお尻にぃ……あ、熱いぃ……はあ、あああぁ……こんなのだめぇッ！」

トクットクットクッと魔薬が注入され、腸内に渦を巻く。息つく間もなく責め立てられて、失神寸前に追い込まれていく。

「あ、あ……ああ、あ……はあぁ、はあ……な、何……これ……頭が……」

身体が浮遊感に包まれ、まるで生温かい羊水の中をたゆたっているかのよう。意識も朦朧としてきて、周りの風景もぐにゃりと歪む。

「グヘヘ。プリティベイビー」

魔薬が効き始めたのを見計らって、ボブが侵攻を再開させた。

前後に短いスライドを繰り返しながら、一ミリずつ膣内に填まり込んでいく。結合が深まるにつれて、中に溜まっていた愛液がドプッと溢れ出した。

「はあ……あぁ……いや……ううう……やめ……て……ぁくうンっ……い、いたい……ハアハア……いたいぃいっ……あぁぁむっ」

「もう痛みはないはずじゃ。存分に黒人のデカマラを味わうが良い」

「そんな……はあはあ……私の身体……あううっ……おかしくなって……はあぁぁッ」

金城の言うとおり、痛みは薄紙を剥がすように消えて、代わってとろけるような肉の快美がジワジワと湧き起こってきた。もちろん苦痛が完全に消えたわけではないが、それを遥かに超える法悦で、蜜壺の内側が埋め尽くされていくのだ。

「これで、どうダッ」

ボブの体重を乗せた一撃が、ズンッと子宮口に突き刺さる。ついに巨根に最奥まで掘り抜かれてしまったのだ。

「アヒィィィッッ！」

強烈な突き上げを食らって子宮がせり上がり、胃が口から飛び出しそうになる。強ばる指がベッドシーツを引き裂かんばかりに握りしめた。

「あああ……あ、あなた……ごめんなさい……ハアハア……私、こんな男に……ううっ」

とうとう犯されてしまった。しかも夫を殺そうとした憎むべき男に。

申し訳ない気持ちで胸がいっぱいになり、悔し涙が目尻を濡らす。

「ユミコ、嬉し泣きネ。グハハァァッ！」

祐美子の悲しみなどお構いなしに、ボブが本格的に腰を振り出す。両脚を肩に担いでの屈曲位だ。

ズブッ……ジュブッ……ズブブッ……ヌプヌプッ……ジュプンッ！

「あっ、あああぅ……やめ……むうぅっ……やめなさい……ンあぁぁっ！　く、くるしい……はあううっ！」

両膝が顔の横に来るまで身体を折りたたまれ、息苦しさが増す。さらに垂直に打ち込まれるピストンはボブの体重が乗って破壊力が倍増、ボーリングマシンのような凄まじい衝撃だった。そのまま背中まで貫通され、身体をベッドに縫い付けられてしまうのではないかと思うほどだ。

「いずれ旦那のことなど忘れて、ボブといちゃつくようになるわい」

ムッチリと突き出された桃尻を撫で回していた金城が、浣腸用ノズルを淫具のように操りアヌスをこねくり回す。

「あひぃぃっ！　だめ……中で……あぁぁ……こ、こすれて……ンあぁぁっ！」

魔薬を浣腸されながら、ノズルと黒人の巨根とが薄膜を隔てて擦れ合う異様な感覚に、祐美子は頭を左右に振りたくってイヤイヤする。

（ああ……なんて……すごいの……）

柔襞を押し広げる太さ、子宮を押し潰さんばかりの圧力、それでもまだ三分の一は外に出ているという長大さ。どれをとっても愛する夫のセックスとは次元の違う迫力だ。

「どうじゃ、すごかろう。これが本当のセックス。本物の牡のチンポじゃ」

「グフフ。ユミコ……ファックユー」

グローブのように大きな手が乳房を鷲づかみ、ゴム球を潰すように揉みしだく。分厚い唇を被せて、祐美子の唇を奪おうとする。

「く……ううっ……いやっ！　ちがう……あ、あぁぁ……こ、こんなの……ただの……レ、レイプです……強姦よっ……あぁぁっ！」

双乳が変形するほど荒々しく玩弄される。普通は痛みを感じるところだが、魔薬の効果なのか、胸筋も肋骨も溶かされ、心臓を揉み込まれているような錯覚に襲われ、抵抗力はがくんと落ちてしまう。

「ユミコ。キス」

「んむぅぅ～～～っっ！」

顎の力が緩んだのを見計らって、ボブの太い舌が口腔内へ侵入する。毒蛇のように蠢きながらヤニ臭い唾液をドロドロと流し込んできた。

「んぐぅっ……いひゃぁ……ンむうぅっ！」

（いやっ、いやぁっ！）

規格外の巨根、包み込むような巨大な掌、口をすべて覆い尽くす唇。どれをとっても圧倒的で、ボブの逞しさ、牡としての優秀さを教え込まれているような気がした。

「フフフ。レイプされて気分を出しておるのは、どこのどいつじゃ」

嘲笑った金城が、黒い巨根に占拠された膣孔に指を這わせ、検診を始める。

「マン汁の分泌はいいようじゃな。裂傷もなしじゃ。よしよし」

丸眼鏡の分厚いレンズを光らせて、満足そうに頷く金城。

「おお、素晴らしい成果です！　金城先生」

「普通ボブのモノをくわえ込めるようになるまで二週間はかかりますからな。一晩でこれだけ馴染むとは、さすが新型エンジェルフォールですね」

助手たちも歓声を上げ、祐美子とボブの絡みに見入っていた。

貞淑な人妻の柔肌の上に覆い被さる、醜悪な大男の毛深い肌。混じり合う白と黒のコントラストが残酷にも妖しい美しさを醸し出していた。

「ぷはあっ……はあっ……あうっ……ぬ、抜いて……あぁぁ……もう、抜いてっ……私の身体から……出ていって……あうっ……ううぅむっ！」

二つ折りにされた身体では呼吸もままならず、そのうえ濃厚なディープキスで口も塞がれてしまうのだからたまらない。

「ううぅ……キスはいや……あぁぁむ……もうひゃめ……んちゅ、むちゅ、くちゅん」

舌と舌とを絡められ、引き抜かれるほど吸引される。そうかと思えば、ヤニ臭くねばつく唾液を送り込まれ、無理矢理嚥下させられてしまう。

　その間も巨根は子宮口周囲にちりばめられた性感帯を開発しようと執拗に責め立て、乳首を指の股に挟んだまま、双乳をねちっこく撫で回す。

（あああぁ……何かが……く、くる……きちゃう……っ）

　実は祐美子は、夫との性交渉でオルガスムスを体験したことがなかった。生まれて初めて感じる、腹の底からこみ上げる切迫感に戸惑いを隠せない。

（こないで……こないでぇっ！）

　なんとか逃れようとイヤイヤと首を横に振り、背筋を反り返らせる。

　祐美子ほどの美人妻が黒人に犯され、酸欠で美貌を赤く染め、苦しそうに眉をたわめ、小鼻を精一杯広げて堪え続けている。そんな苦悶の表情までもが美しく、男たちのサディズムを煽ってしまうのだ。

「フフフ……なんという牝じゃ。これは期待以上じゃわい」

　金城は数年ぶりに勃起した自分の股間に驚いていた。

　これまで数え切れないほどの女を食い物にしてきた金城でさえも、ついつい祐美子に見とれ実験を忘れてしまうほどだった。

「おっと、もうすぐ五〇〇ccか。ボブ、ここらで一回気をやらせるのじゃ」

　魔薬浣腸の量を的確に操作しながら金城が命じると、ボブが一気呵成に責めこんできた。

「ハッ！　ハッ！　ハッ！　ハッ！　グフフ、ユミコ……アイラブユー……グハハッ……ハッ！　ハッ！　ハッ！　ハッ！　ハァァッ！」

ズブッ、ズブズブッ、グチュッ、ズブブゥゥッ！

「ひっ……ふぅああ……は、激し……ぅあああ……奥に当たって……ンあああぁ～～～～～っっ！」

鼻息をまき散らしながら、獣さながらに腰を振るボブ。愛液の飛沫を飛ばしながら、長大な獣根が、麗しい人妻の中に出たり入ったりを繰り返す。

（うあぁ……こんなに……すごいなんてぇ……）

抜かれるときには内臓を引きずり出されそうな寂寥感に襲われ、逆に押し込まれるときには、黒い肉棒でお腹の中をすべて満たされるような錯覚に襲われる。夫の愛のあるセックスとはまったく違う、肉欲そのものの獣のような交わりだ。

「あ、ああ……もう……もう……あああ……やめ……う、ぅうっ！　はぁうんっ！」

ズーンズーンという衝撃が脊椎を震撼させて、脳幹を揺さぶる。それが祐美子の感覚を狂わせるのか、ボブにチュウチュウ吸われる唇も、魔薬をドクドク注入される肛門までも、得体の知れない妖美な痺れに包まれていくのだった。

「さあ親の仇に犯され、ウンチを漏らしながら無様に気をやるのじゃ、羽村祐美子。ヒヒヒ」

祐美子の心を弄びながら浣腸ノズルを少しずつ引き抜いていく。肛門が内側から捲れ返る、腸内で膨らんだバルーンが少しずつ姿を現してきた。

「あ、ああ、あぁぁっ……い、いやぁ……あぁぁ……そんなことは……死んでもいやですっ……あううっ……お尻だめ……抜かないで……ううン……も、もれちゃうから……ンあぁぁっ！」

媚肛を強引に開かれる苦痛と恥辱。さらに拡張される刺激が排泄欲求を爆発的に増大させ、祐美子を悶絶させた。

「グハハアッ……漏らせ、ユミコ……オラオラッ……ハアッ、ハアァァッ！」

以心伝心、金城の狙いを察知したボブが、祐美子のお腹に手を当ててグイグイと押し揉んできた。巨根のピストンも腸を狙って圧力を増し、内から外からお腹を責めまくるのだ。

ジュッブブッ！　ズププッ！　ジュプジュプッ！　ドチュンッ！

「うぐう……ヒッ、ヒィィ～～～～ッ！」

金城に浣腸され、ボブに深く抉り込まれ、便意の苦しさと子宮が張り裂けそうな圧迫感とが混じり合い、火花を散らして交錯する。

そしてそれらは未知なる妖しい感覚となって、貞淑な人妻捜査官の身体の奥底に眠る何かを目覚めさせようとするのだった。

「あう、あううっ……もうやめて……ハアハア……ああ……あなたたちは、人間じゃない……ケダモノの……あうぅん……ケダモノよぉっ……あぁぁあんっ」

もうどこを責められているのかもわからなくなり、祐美子は半狂乱になって叫び喚いた。今感じているのはただれるように熱い肉の疼きのみ、その淫熱に押され、祐美子の腰がヒョコヒョコと上下に揺れ始めた。

「ククク。おまえはそのケダモノとつがいになり、牝に堕ちるのじゃよ」

「あっ……ああっ……牝なんて……あぁぁ……いや、いやぁ……」

煮えたぎる熱い肉悦の渦の中に、怒りも復讐心もプライドも、すべてが飲み込まれ粉々に咀嚼されていく。

「腰を振り出したぞ。もうすぐイキそうだな」

「デカブツのボブに初めて犯されて気をやるなんて、たいした女だ」

「ボブもめちゃくちゃ気持ちよさそうじゃないか。よほどの名器なんだろうぜ」

助手たちも息をのみ、祐美子が果てる瞬間を見逃すまいと目を皿のようにして見入っていた。

(あぁ……き、気をやるって何なの……私……どうなってしまうの……？)

男たちの言葉の意味はわからない。だがそれが卑猥なことであろうことは想像できた。そして、もうすぐ我が身に訪れるであろう事も……。

「はあ、はあぁ……あぁぁ……なに……これは……あうう……何かが……きてる……ううんっ……身体が……あ、熱い……はあ、はあぅん」

ブルブルッと胴震いし、持ち上げられた太腿からふくらはぎにかけて、小刻みな痙攣が何度も走った。蜜肉も夥しい愛液を溢れさせてしまい、極太ピストンもかなりの深さまで受け入れられるようになっていた。

「ウヘヘヘッ。ユミコ、プリティーベイビー」

ボブが醜い顔をさらに歪ませて不気味に嗤う。彼の大きすぎるペニスは主に拷問用であり、普通の女が受け入れることはまずできない。セックスできたとしても、そのときにはだいだい身も心も壊れてしまっていることが多かった。

それが目の前の祐美子は、巨根をしっかりとくわえ込み、あまつさえ快楽を感じている。そしてその肉の柔らかさ締め付けの一体感は、これまで味わったことのない最高の快楽をボブに与えてくれている。しかも女優と言っても通用するくらいとびきりの美女なのだから嬉しくないはずがない。

そのうえエンジェルフォールの実験とはいえ、夫婦の契りを結ばせてくれるというのだ。まさに一生に一度あるかないかの幸運であり、それを逃す手はあり得なかった。

「ユミコ、俺のモノダ……ハアッハアッハアッ」

美しき獲物を自分のモノにするべく、両膝を持ち上げている豪腕で、祐美子の肩をつかんでグッと引き寄せる。肉棒でズボズボと突きまくれば、二人の身体は密着し、結合もこれまでないほど深まった。そのままの体勢でピンと尖った乳首にもむしゃぶりついていく。

「んあううっ！　いやぁ、こんな格好……あぁっ！」

何もかも、女のすべてが剥き出しにされ、晒し者にされる。さらに腹部が圧迫されて排泄欲求が極限まで高まった。

「あああ……漏れる……んぁっ……あう……だめ……も、もう……きちゃうぅ……あぁあぁっ！」

この異常な柔軟性もエンジェルフォールの効果なのか。両膝が肩に触れる、ほとんど二つ折りにされた過酷な体位で串刺しにされて、ふしだらな声を抑えきれなくなっていく。

（どうして……こ、こんなことされて……レイプされてるのに……相手は殺人犯なのに）

憎むべき性犯罪で妖しい雰囲気に流されていく自分が信じられない。それは夫に抱かれる時とはまったく違う、別次元の獣の交尾だった。全身の細胞一つ一つが燃え、背中やうなじ、腋の下からも、これまでかいたことのない熱い汗が噴き出す。ガチガチと噛み潰される乳頭から稲妻のような電撃が放たれ、肺腑を貫通し心臓を直撃する。

「あ、ああ……ひっ……く、くる……はあはあ……こ、こわい……あああっ……こわいっ……はあぁああっ……こないでぇっ」

「フフフ、イクのは初めてか祐美子。それがアクメじゃよ。ボブのチンポを搾って、最後はイクと言うのじゃぞ」

金城の声が虚ろな頭の中に呪文のように響く。得体の知れない衝動に突き動かされ、祐美子は錯乱気味に腰を振り、親と夫の仇の巨根をキリキリと食い締めた。

「ウォオオオッッ！　出すゾォォ！　ユミコォォ！」

「ヒッ！　いやぁ！　な、膣内《なか》には……膣内には出さないでっ！　それだけはやめてえっ！」

悲痛な叫びも届かず、獣のように咆哮するボブがトドメの一撃を子宮にぶち込む。

子宮口にぴったり押し当てられた鈴口が口を開き、尿道内を灼熱の射精液が駆け上がった！

ドビュッ！　ドビュッ！　ドプドプドプドプゥウッッ！

「アヒィイイ〜〜〜〜〜ッッ！」

魂が蒸発しそうな悲鳴を上げて、祐美子はおとがいをガクンと反り返らせた。

煮え溶けたマグマをぶつけられたよう熱く重々しい衝撃が子宮の底にズンッとぶつかり、一瞬からだが浮き上がるかと思うほど。

「こっちも気持ちよくさせてやるぞ。そりゃ」

金城がアヌスを塞いでいた魔薬浣腸のノズルをズボッと引っこ抜く！

膣内射精と排泄という二つの本能的動物的な快感を、魔薬によって一つに融合して味わわせ、祐美子の精神と肉体に忘れられないほど深く刻み込むつもりなのだ。

「そ、そんな……あああぁ〜〜〜〜〜〜〜〜〜〜〜〜ッ！」

ブシャッ！　バシャバアシャバシャアアァァァッ！

ぽっかり広がった肛門から、大量の浣腸液が太い水流となって迸った。

「あっ、ああっ、あぁぁっ！　あひぃ……ど、同時になんて……うぅあぁぁっ！」

憎むべき男に犯され、あまつさえその精を注がれてしまったというのに。その絶望と悲哀までもが、魔薬浣腸のおそるべき排泄快感に押し流されて、頭の中が真っ白に漂白されていく。女の品位も捜査官の矜持も、何もかも消えていく。

「だ、だめぇ……こないで……はあぁ……く、くる……ああ……きちゃうぅっ」

白光の先に、黒い闇が口を開けて待っている。あたかもすべてを呑み込む虚無の空洞のように……。

「あひぃぃっ！　イ、イ……イ……クッ！　ンあぁ……イ、イキ……ますっ……ああぁぁ〜〜〜〜ッ！」

ついに敗北の台詞を口走りながら、背筋を弓なりに反らせ、生まれて初めてのアクメに汗まみれの総身を痙攣させる。言いたいわけではない、しかし言わなければ内なる性の爆発に堪えきれず、精神が狂ってしまうだろう。

「グフフウッ。まだまだ出るゾォォッ！」

祐美子に休む間を与えず、ボブがさらなる膣内射精を繰り返した。

「ひっ、もうやめて……こ、これ以上は……ああぁ〜〜だめぇッ！」

ドビュッドビュッと注がれるたび、子種は子宮口をくぐり抜けて胎内へと染み込んでいく。子宮の中心を射貫かれるたび新たなエクスタシーの波が押し寄せて、血も肉も焼き尽くそうとする。

「こっちもまだ出るはずじゃ」

緩んでしまった肛門に中指と人差し指を挿入してV字に押し広げる金城。

「うあぁ……こ、こんな時に、触らないでぇッ……あぁ……狂ってる、あなたは狂ってるわ！　あううぅっ」

「肛門の真の姿は排泄時にこそわかるのじゃよ。ふうむ、実に素晴らしい手触りじゃわい」

内容物が漏れ出すのも構わず、さらに拡張する。肛門粘膜は緋色の花弁のように鮮やかに開き、性器のように淫靡な表情を見せ始める。

「あ、あぁ～～～っ！　そんなことされたらぁ……あぁぁ……漏れちゃうっ……また出ちゃうぅぅっ！　ハヒィィッ！　だめぇ……イクッ……あぁぁ……イクゥッ！」

刺激を受けて一度は収まった排泄が勢いを増して再び始まる。深く折りたたまれた体位での排泄は垂直方向への放出で、まるで間歇泉のように時折休んでは、ビュウッと断続的に噴き上がった。女に生まれたことを後悔したくなるほどの惨めさだ。

「あの捜査官様が漏らしながらイってるぜ。まるで生きた噴水人形だぜ」

「見ろよあのムチムチの尻、メチャクチャエロいぜ。あんなに拡がって……犯したらさぞかし……」

被虐の底なし沼で身悶える祐美子を、男たちはぎらつく視線で凝視した。

上品でお淑やかな人妻が、わずか一日ほどで黒人の巨大勃起を受け入れ牝の兆候を見せ始めている。これからの魔薬調教でどこまで変わっていくのか、期待せずにはいられない。

「ハア……ハアァ……ああ……あぁ……うう……」

（もう、死にたい……）

媚孔から溢れ出るほどのザーメンを注がれ、大量の魔薬浣腸を失禁させられ、これ以上ないほどの恥辱の中で、祐美子の意識は闇に溶けていく。

「気を失うのはまだ早いぞ、羽村祐美子」

髪をつかまれて引き起こされた。囚われた生け贄に失神などという安息は許されない。

「初アクメだったのじゃろう？　感想を聞かせて欲しいものじゃ」

「う……そ、そんなこと……言えません……ハアハア……それに夫は……私の心を満たしてくれるんですっ」

「これほどのイイ身体の女が、並の男で満足するハズがなかろう。旦那に抱かれても寂しさと物足りなさを感じていたハズじゃ」

「そ、そんなこと、ありません！」

言い当てられたような気がして一瞬ドキリとしてしまう。確かに娘が生まれてから、夜の関係は疎遠だった。だからといって夫に不満などあるわけがないのだが……。

「それをこれから満たしてやるぞ。お前に相応しい最高の男でな」

「はあ、はぁ……まだ、何かするつもりなの……？」

「これまでは準備でしかないわい。これからが実験の本番じゃよ。ヒヒヒッ。ボブもまだまだ満足しておらんしのぉ」

妖怪のように不気味な笑みを浮かべる金城とボブを見て、背筋に冷たいモノを感じる祐美子だった。

「舐めロ」

引き起こされ、膝立ちさせられた祐美子の前に、抜き放ったばかりの湯気も立たんばかりに熱い肉棒がヌッと突き出された。鈴口からトロリと滴る白濁、脈打つ血管、野太い陰茎……それは女を愛するためではない、牝を征服し快楽を貪る為の凶器だった。

「う……うぐぐっ……く、くさいわ……」

「セックスの後、チンポを綺麗にするのが牝のつとめじゃよ。フフフ、ボブのザーメンとお前のマン汁が混ざって、良い匂いじゃろう。フフフ」

「そんなわけ……あうっ……ひゃめ……んむぅっ！」

有無を言わさず剛棒が唇を割って押し込まれる。牡と牝の性臭が混じり合って鼻腔を直撃し、目眩を感じるほどだ。

（あうう……なんて男なの……）

驚くことに、射精をしてもボブのペニスはまったく衰えを見せない。鉄筋でも入っているのかと思うほど、ギンギンに硬く勃起している。

(あの人とは……全然、ちがうんだわ……)

夫のペニスは射精後はしおれてしまうし、すぐに眠ってしまうことが多かった。それに比べてこの黒人は、永久機関かと思うほどの精力の持ち主で、しつこく祐美子を求めてくる。こんな男は今まで見たことがない。

「んっ……むっ……くふっ……ちゅっ……ちゅぱ……はあぁ……はあぁ……むちゅっ、くちゅんっ」

深々と喉まで突かれながら、夫とはまったく違うボブの絶倫っぷりに、改めて驚かされる祐美子だ。

「素直になってきたようじゃな。どれ、こっちも調教を再開させるか」

金城は祐美子の背後に回ると、浣腸ノズルを媚肛に押し当ててきた。そのままズブリと貫いてくる。

「う、ううぅっ！　あむうぅっ！」

また魔薬浣腸をされると気付いて暴れようとするが、膝立ちで口を巨根に犯されていては足掻くこともできない。その間にノズルは直腸の中でバルーンを膨らませ、抜けなくされてしまう。

(もういやっ……浣腸なんて……っ)

魔薬で抵抗できないようにされた上、黒人に犯され、最後には恥辱の排泄を強要される。考えただけでも、おぞましくて気が狂いそうだ。

しかし祐美子自身は気付いていないが、浣腸ノズルは一回り太いモノに交換されていた。それを祐美子のアヌスは苦痛もなくしっかりくわえ込み、ヒクッヒクッと戦慄いている。唇も剛棒を頬張らされる深さが以前より増しており、巨根を完全に呑み込むディープスロートを身につけつつあった。

「ぷはぁ……はあ……はあぁ……も、もう満足したでしょ……ううっ」

やがて一通り清掃が終わった時には、黒い肉棒は以前と変わらない偉容でそそり立っていた。

「ヨシ。俯せになレ」

「きゃうっ」

背中を押され、膝を着いたまま上体だけをベッドに突っ伏す格好をとらされた。後ろ手に縛られているため、お尻を高く掲げるような屈辱的な体勢になってしまう。

(うう……今度は後ろから……)

細腰をつかむ両腕の握力が、牡の力強さを伝えてくる。そして予想に違わぬ圧力で巨根が蜜穴に突き入れられてきた。

「あ、あう……いた……いたい……もっとゆっくりして……ンあぁ～～～～っ！」

鋭い亀頭に媚粘膜を思い切り拡張され、汗に濡れた美貌が引きつる。しかし痛みは以前ほどではなく、それがかえって恐ろしい。

「フヒヒ。もう痛いわけなかろう。ボブ、思う存分やれ。お前のデカマラの味を、覚え込ませるのじゃ」

「オーケー、ボス」

女体については祐美子よりも詳しい男たちだ。蜜肉のこなれ具合も正確に見抜いて、責めてくるのだ。

ズブズブズブッ！

「ンあああぁぁあああぁぁぁっ！」

一気に最奥まで貫通されて、甲高い悲鳴が迸る。だがそれが痛みだけによるモノではないことは、誰が聞いても明らかだった。

「ハアッハアッハアァッ！　ユミコ……俺の牝ダ……フハァアッ！」

自分のモノだと宣言しながら、長大な杭打ちピストンを叩き込んでくるボブ。

「うぁ……あぁぁっ……ちがい、ます……ンあぁぁ……私は……あ、ぁ……あの人の……あうぅうう……け、圭三さんの……妻です……あはあぁぁンっ！」

バックスタイルでのセックスはペニスが一層深く届く。ドスッドスッと撃ち込まれる衝撃が、ダイレクトに子宮に響いた。

「ククク、頑張るのぉ。じゃがいつまで続くかな」

魔薬浣腸のコックに手を掛けニヤリと嗤う。

瓶の中にはまだ一五〇〇ccもの薬液が残っており、おぞましい実験がまだまだ続くことを示していた。

「怯えておるな。フフフ」

「そ、そんなことはありません！　いくら魔薬を使われて……身体を穢されても……あぁ……わ、私の心までは奪えませんっ……ハアハア……私には、家族や……か弱い女性を守るという……し、使命があるんです……あぁっ！」

切れ長の瞳に鋭い眼光を浮かべて敵を睨む。祐美子の身体はまるで聖なるオーラで守られているかのように、あれほどの陵辱の後にもかかわらず、まぶしいほど輝いて見えた。

「ボブのデカマラに犯されて、中出しされてもまだ心は折れておらんようじゃな」

しかし聖気の隙間からのぞくわずかなほころびを悪鬼たちは見逃さない。肌の火照り、汗ばんだ黒髪の潤い、濡れた媚粘膜の匂い……本人が意識していなくても、肉体は着実に淫気に染まりつつある。

「いいぞ羽村祐美子。儂が腕によりを掛けて、最高の牝奴隷に仕上げてやるからのぉ。ヒヒヒ」

むしろ嬉しそうにニタニタと嗤いながら、魔薬浣腸の栓を開く。ボトルから駆け下る悪魔の滴が、貞淑な人妻を狙って滴り落ちる。

「う、うう……ああ……っ」

腸内に染み込んでくる魔薬エンジェルフォール。その成分が腸粘膜に吸収され、血管に侵入し、脳に達する。そして強烈な酩酊感が襲ってくるのだ。その時間はだんだん短くなっているように感じられた。

「くう、うぁ……はあぁ……わ、私は……まだ負けてない……あぁぁ……ク……クスリなんかに……あなたのような……は、犯罪者なんかに……ああ……屈しません……ぅあぁぁっ」

反論の間にも周囲の景色がとろけ、水飴の海の中を漂うような奇妙な感覚に全身が包まれていく。魔薬を飲まされるお尻全体が、赤みを帯びてポウッと火照りだした。

「グフフ。無駄ダ」

さらにボブの剛棒が追い打ちを掛けてくる。巌のような腰を前後に振り、長大なストロークを活かしたピストンで柔襞を擦り上げる。

ズボッ！　ジュボッ！　ズブズブッ！　グッチュンッ！

拳骨のような亀頭で子宮をグイグイと抉られ、突き出たカリに柔襞を引っ掻かれ、逞しい幹の根元に膣孔が限界まで拡張される。その大きさをイヤでも思い知らされてしまう。

「う、うぁあぁ……いやあぁぁ……や、やめなさいぃぃ……ンあぁぁっ！」

官能の残り火が再び燃え上がるのに時間は掛からなかった。

一度は退いた背徳的なエクスタシーの波が、遠くから津波のように押し寄せてくる。

「はあはあっ……ああうっ……こ、こんな……あぁぁ……また……あぁぁ……く、くる……はぁぁあっ」

「またイクの？」

ボブは闇雲に責めるだけではなかった。縄で絞り出された乳房をタプタプと揉みしだき、クリトリスも指で小円を描くマッサージを送り込んでくる。魔薬浣腸で狂わされ、巨根に串刺しにされている今の祐美子に、堪える力は残されていない。

「あっ……ああっ……だ、だめ……う、ううぁっ……もう……だめぇっ！」

全身の細胞一つ一つが燃えて、ドロドロの液体に溶かされていくようだ。小陰唇は満開の花弁のように開ききり、逞しい牡棒を濃厚な本気汁でコーティングしていく。乳首も陰核も、普段の倍以上に勃起させられていく。

「ひあっ、あぁぁっ！　イ、イク……ううぅ……イキますっ！　ああぁぁッ！」

求められてもいないのに絶頂を告げるはしたない台詞が零れ出る。荒ぶる胎内の衝動を、もはや理性では抑えきれないのだ。

「あ、ああうっ……はぁ……はあ……はあぁ……っ」

ベッドに突っ伏したままゼエゼエと大きく口を開けて喘ぐ祐美子。頭の奥がキーンと鳴って意識が遠のき、鉄扉のように重くなった瞼が降りてくる。

だが精を放っていないボブは、まったく疲れた様子もなく、すぐさま祐美子に襲いかかる。

「起きロ」

背後から貫いたまま祐美子の両脚を抱き上げ、あぐらの上に乗せてしまう。赤ちゃんにオシッコさせるスタイルだ。

「ひぃっ……ンあぁぁっ！」

真下から貫かれる格好になり、結合がさらに深まる。仰け反る鼻先に赤い火花がバチバチと散った。

「グフフ。俺の上で踊レ、ユミコ」

垂直ピストンが祐美子の身体を浮き上がらんばかりに、突き上げる。どこまで深く挿入するのか、ボブの思いのままだ。

「あっ、ああっ……こんな格好……ああ……だ、だめ……ああ……く、くるし……ンあぁぁっ！」

荒海に漂う小舟のように揺さぶられて、ガクンガクンと頭が前後に揺れる。自身の体重が子宮に集中する過酷なラーゲだ。苦しさのあまり美貌も引き攣り、食いしばる奥歯がキリキリと鳴った。

「それくらいで弱音を吐くな。浣腸もまだたっぷり残っておるんじゃぞ」

点滴浣腸の調整弁を開くと、薬液がドッと勢いよく祐美子の腸内へ流し込まれる。魔薬の灼熱感と便意が肛門粘膜の上で激しくぶつかり合った。

「ああ、あああぁ～～～ッ！」

巨根責めの苦しさが魔薬によって中和され、後には血肉をドロドロに溶かすような妖しい悦楽だけが残る。苦痛さえも無理矢理快楽へと変えられていくのだ。

「ンあぁ……こ、こんな……ああう……うそぉ……はあぁ、はあぁぁンっ！」

祐美子の声が次第に甘えるような響きへと変化していく。極太剛棒を撃ち込まれた媚肉からも、愛液がポタポタと垂れ流しになり、ベッドの上に大きな染みを作り始めた。

「その調子じゃ。どんな拷問にもどんな苦痛にも快楽を感じる、変態マゾのアナル牝となるのじゃ」

「あ……ああぁ……いや……あぁぁむ……そんなのいやですっ……あぁっ」

おぞましい未来を予言されて戦慄する祐美子。だが初めて犯された時に比べて辛さが減り、快感が大きくなっているのは事実だった。

肉体は早くもボブの巨根に馴染み始めている……。このまま調教が続けば、一体自分はどうなってしまうのか、想像するのも恐ろしい。

「ユミコ。俺の牝ダ……ハアハアッ」

背後から囁きながら、ボブがうなじに舌をベロベロと這わせ、耳たぶをガチガチ甘噛みしてくる。子宮口を狙って集中的に突き上げを繰り返し、縄が食い込む乳房を荒々しく、下から上へ持ち上げ、弾力と柔らかさを最大限まで味わおうとする。

「あ、ああっ……あうっ……はあぁぁ……んんっ」

ゾクゾクッと背筋が震え、力が入らなくなった身体は、ボブの分厚い胸板にしなだれかかってしまった。過激な責めの中にも、女の急所を知り尽くした憎いばかりのテクニックを披露する。

（ああ……身体が……お腹が……あそこが……熱く……）

背中に感じる頑強な胸板、自分を軽々と扱う逞しく太い腕、そして尽きることのない圧倒的な精力。牡としてこれほど存在感のある男を、祐美子は見たことがなかった。

そんな野獣のようなボブの責めに、祐美子の中の女の本能が呼び覚まされてしまったのだろうか。心ではイヤだと思っていても、牡を感じ取った媚肉がじゅわっと濡れてしまう。膣襞が勝手に蠢いて、黒い男根に絡みついてしまう。

ジュボッ！　ジュボッ！　ジュボッ！　ジュボッ！

ベッドのスプリングを利用して上下に揺さぶられるたび、耳を塞ぎたくなるような破廉恥な水音が、結合部から鳴り響く。

「あ、ああっ……こんな音……恥ずかしい……あぁぅ……また……あぁぁ……またぁ……ハアハアァッ」

身体の奥底から溢れ出す牝性はもはや抑えがたく、夥しい果汁となって蜜肉から滴り落ちる。持ち上げられている白磁の太腿の裏に筋が浮き上がり、つま先がキュウッと反り返った。

「イケ、牝」

祐美子の身体をドスッと落とし、鋭角に尖った亀頭を子宮口に食い込ませる。強烈な一撃が最も深く最も敏感なポルチオ性感帯を直撃した。

「あっ、ああっ、ああぁっ！　そこ……だめぇ……はぁぁンっ」

ビリビリと脳天まで快美の稲妻が突き抜ける。目を閉じて眉根を折り曲げ、唇をきつく噛む人妻捜査官。せめて絶頂の声だけでも抑えたいのだがそれも叶わず、呻くような声を上げて仰け反ってしまう。

「ひっ、あぁぁっ！　そんな……イ……イクッ……あうぅぅんっ！　祐美子、またイっちゃうぅっ！」

精神を追い越して、肉体だけが暴走し官能頂点へ飛翔する。自分で自分を止められない。

「イクッ、イクゥッ！　あああぁっ！　も、もう壊れちゃう……はあぁ……止めて……誰か……ア、アクメ……止めて～～～～っ！　あああぁ～～～～んっ！」

一度極めた絶頂感がいつまでも持続して、祐美子は降りてこれなくなった。エクスタシーの波が押し寄せ、重なり、渦となって理性を呑み込もうとする。

「へへへ、もうイキっぱなしじゃねえか」

「ボブのデカチンポの虜って感じだぜ」

罵声や嘲笑を浴びせられても反論する余裕はない。汗の滴をまき散らし、総身を揉み搾り、被虐の絶頂を繰り返してしまう。

「このエンジェルフォールを浣腸されながらだと、ずっとイキっぱなしになれるからのぉ。女にとって極楽。まさに天にも昇る心地よさと言ったところじゃろう」

眼鏡を光らせながら、ノズルをグイグイと注送させる。

「ひぃぃぃっ！」

二つの孔を同時に責められ、白目を剥いてギクンッと顎を裏返らせる。責められる女にとっては、天国どころか絶頂地獄であった。

「はあはあ……や、休ませて……はあはあ……少しだけでいいから……こ、これ以上されたら……」

「ボブが射精するまでは終わらんぞ。休みたければ少しでもチンポを搾って、ボブを射精させることじゃ」

「う、うう……そんな……」

それは祐美子に、自ら膣内射精をおねだりしろと言うことだ。妊娠の危険性があるというのに、そんなこと言えるはずがない。

「ユミコ、ワンモア」

逡巡する間も与えず、ボブは祐美子の身体を裏返して仰向けにさせる。またしても正常位で犯してくるつもりだ。

「はあはあぁ……も、もういやっ！　やめてぇっ！」

すっかり余裕をなくし、怯えた少女のような悲鳴を上げてしまう。だがもちろん、性欲の塊であるボブに通じるはずがない。

「セイ、ファックミー」

巨大な黒い勃起が、濡れとろけた蜜穴にずぶずぶと埋まっていく。

「あ、ぐっ……うぅ……そんなこと言えない……き、きつい……ンあぁぁ〜〜〜〜〜っ」

濡れ潤ってはいても、挿入されるときには、ひりつくような痛みが走る。しかしそれも初めだけで、魔薬によってすぐにとろけるような肉の快美に変わるのだ。

（あぁぁ……なんて大きくて……あぁ……熱くて……硬いの……）

分厚い肉傘に女の溝を押し広げられ、子宮をグイッと持ち上げられる。それだけで甘い屈服感がお腹の底から湧き起こり、もう勝てないのではないかという気持ちが頭をかすめてしまう。哀しい女の本能だろうか。

「はあはあ……うう……私は、負けない……はぁ……あなたの、思い通りには絶対……ならない……はあはあ……」

串刺しにされながら、譫言のように繰り返す。それは自分への励ましだ。口にしなければ心が折れてしまいそうだったのだ。

「ユミコ、じゃじゃ馬ネ」

深く繋がったまま祐美子の身体を太い腕で抱き締めるボブ。驚いたことにそのまま、ボブは立ち上がっていく。

「ああっ！　な、何をするの!?」

動転している間に背中が、腰がベッドを離れ、ついに完全に空中に担ぎ上げられる。

「あひぃいっ！」

相手は身長二メートル以上ある大男だ。当然祐美子の脚はベッドを離れ、ほとんどペニスだけで体重を支えるような状態になってしまっていた。

（死ぬっ……死んじゃうっ！）

ズシンッとかつてない深さでまで食い込んでくる肉杭に息が詰まり、祐美子は天井を向いて口をぱくぱくさせた。

少しでも苦しさから逃れようと、両脚をがに股に開いてボブの腰に回し、しがみつくような体勢になってしまう。

「はああ……あぁ……お、降ろして……こんなの……ひあぁ……っ、辛いわっ……あううっ」

辛さを物語るように後ろ手に縛られていた両手がきつく拳を握りしめる。肩甲骨が浮き上がる背中に、玉のような汗が噴き出した。黒髪を張り付かせたうなじも女の汗の匂いを漂わせて、とてもセクシーだ。

「その辛さも快楽に変えるのじゃ。それが牝というものぞ」

浣腸ノズルに繋がったゴム球をシュコシュコと握りつぶして空気を送り込む。さらに膨らんだバルーンによって括約筋が伸びきり、アヌスの皺が消えるほど拡張されてしまう。

「ううむ……あ、あぁ……やめてぇ……ンあぁ～～～っ」

直腸側から圧迫されることにより膣道が狭窄される。その狭まった媚肉を押し分けてボブの極太がピストンされるのだからたまらない。

巨根の逞しさを一層敏感に感じ取り、苦しさと快楽が何倍にも増幅されて混ざり合う。それは被虐の炎となって、祐美子の肉という肉を焼き尽くそうとする。そのうえ便意までも急激に膨らんできた。

「やめて欲しかったら、マ○コでチンポを扱いてボブを満足させることじゃな」

「ハアハア……うあ、ああ……も、もう……漏れちゃう……ああ、変になっちゃうっ」

気も狂いそうな官能の渦の中で、祐美子は我を忘れて腰を振り立てていた。

「ハアハア……もう終わって……あううっ……早く終わってぇ……あぁ……し、射精してッ」

「もっと色っぽく、腰を振りながら言わねばだめじゃよ。どこに何を出して欲しいのじゃ？」

隠語を囁かれながら、シュッシュッとゴム球から空気を送り込まれて、祐美子はヒイッと喉を鳴らした。

麻薬の大量浣腸で失禁しそうな時に、爛れた肛門粘膜を限界まで拡張され、膣奥を身に余る剛棒に抉られて、だんだんわけがわからなくなってきた。

「ううう……ゆ、祐美子の……アソコに……あぁぁ……オ、オマ○コに……はあはあ……うう……せ、精液を……はぁぁ……いっぱい……出して……はあン」

「黒人の臭くて濃いザーメンを中出しされたいのじゃな」

「ううう……はい……こ、黒人の……あぁぁ……臭くて……濃い……ザーメンを……ハアハア……祐美子の……オ、オマ○コに……はあはあ……な、中出し……して……あううっ……注ぎ込んでっ……ああっ」

意地もプライドもかなぐり捨てて腰を振り、祐美子は屈辱の台詞を口にする。今はとにかく一刻も早くこの地獄から逃れたかった。

「グッド、ユミコ」

まるでペットを褒めるように笑みを浮かべながら、ボブが祐美子の身体を上下に揺さぶる。同時に腰を回転させ、蜜壺を奥の奥まで攪拌した。

ズブッ！　ジュブブッ！　ジュブッ！　グッチュンッ！

「アアァァ～～～～～～～～ッ！」

怪鳥のように甲高い悲鳴を迸らせる祐美子。少しでも肉棒の暴圧から逃れようと、身体がビクンッと伸び上がるが、ボブはそれを両腕で抱き留めて、逃亡を許さない。

ズンズンと垂直に突き上げて、これでもかと子宮を責め立てた。

「ああ……あああ……こ、こわれる……あぁぉぉ……こわれちゃうぅぅっ！　あ、ああぁ、あぁぁむっ！」

黒棒に子宮が擦り上げられるたび、連動して二つの卵巣までもが揺さぶられ、キュンキュンと疼く。まるで子宮と卵巣が、牡精を欲しがっているような気がしてきた。

「ハアハア……出して……あぁ……な、中に……出して……あぁぁむ……臭くて濃い精液を……いっぱい……子宮に飲ませてぇ……あぁぁぁンっ」

屈強な黒人の肩に顎を乗せてヒイヒイと喘ぎ、何度も「中出し」をおねだりさせられる祐美子。

それは強要された言葉に違いない。だが……もしかすると祐美子自身も知らない、女体の奥底からの声なのかも知れなかった。蜜襞がギュウッと収縮して巨根をくわえ込み、さらに深くくわえ込もうとする。とろけてしまった子宮が降りてきて、子宮口を亀頭先端にスリスリさせてしまう。

「やっと牝として目覚めてきたか。ククク」

祐美子の中に牝性の萌芽を感じ取った金城がニヤリと笑う。上品な『妻』や『母親』あるいは『捜査官』として、頑なに否定し隠してきた女の性が今まさに息吹こうとしているのだ。それはあたかも堅い木の実が割れ、新緑の芽を吹き出したようであった。

発芽した種子は自らの肉体に根を伸ばし女の精を吸いながら、触手のように蔦を伸ばしていくだろう。

「これからどのように化けるか楽しみじゃ。それっ！　ヒヒヒッ！」

浣腸ノズルをバルーンごとズルリと引っこ抜く。網膜に真っ赤な光のリングが瞬き、

自我がその中に吸い込まれていった。

「あひいいいっっ」

直径三センチ近くまでパックリと肛門が開ききる。内臓まで引きずり出されそうな衝撃で頭が真っ白になる。二つの孔の快美が交錯し、相乗効果でこれまでで最大の官能の高波を引き寄せた。

「イクッ！　イクイクイクッ！　はあぁ……祐美子、イっちゃうぅ～～～～～～ッッ！」

ブシャアァァッ！　パシャパシャアァァッッ！

屈辱の放出を強制されながら、両脚が硬直してボブの腰をギュウッと抱擁し、分厚い胸板に押しつけられた乳房がぐにゃりと潰れる。両手を縛られていなければ、抱きついていただろう。

それに応えてボブも「ウオオッ」と吠え、ケダモノじみた性欲を解き放った。

ドビュッ！　ドプッ！　ドクドクドクンッ！

濃厚な白濁流が祐美子の膣内に流れ込み、渦を巻く。凄まじい熱さが子宮から卵巣にまで伝わって、女の官能中枢を直撃した。

「あぁ～～～ッ！　イ……イクッ、イクゥッ！　ンあぁぉ……また、イクゥッ！」

排泄の開放感がさらなる快美を呼び、祐美子を官能の頂上に抑留し続けた。何度も何度も繰り返してエクスタシーが到来し、祐美子は抱きかかえられたまま、視界が逆さまになるくらい背中を反らせた。その姿は身も心も一体となったペアダンスのフィニッシュポーズのようだった。

「おおっ……スゴイな。ボブ相手にイキまくりだぜ」

「こんな女は初めてだ」

拷問人であるボブの相手をこなしていること自体驚きであるのに、それで快感を感じているという祐美子の性の奥深さに感嘆の声が漏れた。

「はあぁ……あ、ああ……はあはあ……あぁ……ンっ」

頭がやがてすべてを搾りきった祐美子は、ボブの腕の中でカクンと首を折り、脱力してしまう。

艶めく唇に、赤く染まった頰に、震える睫の先に、それまで見られなかった女の色香がムンムンと匂い立ち、女の裸など見飽きているはずの助手たちまでもが、いきり立つ股間を押さえるほどだった。

「グフフ、まだまだダ、ユミコ」

しかし驚いたことに、ボブはそれでもまだ責めをやめなかった。

「ひぃっ！　もう、い、いや……もう、やめてっ！　や、約束が……」

「満足させるまでと言ったじゃろう。ヒヒヒ」

金城が嘲笑いながら浣腸ノズルを肛門にズブズブと埋めてくる。

「ああ……そんな……ひどい……うあっ……ああああぁっ！」

泣こうと喚こうと、この野獣のような男たちには通用しない。再び激しい律動が、真下から祐美子を襲う。ボブは楽しげに鼻歌を歌いながら、ダンスを踊るように腰を振ったりステップを踏んだりする。

（あああ……死んじゃう……）

グルグルと回る視界が、溶け崩れ色が混じり合い七色に染まっていく。祐美子にとって苦痛と官能とが混ざり合う、虹色の地獄であった。


金城が睡眠をとって戻ってきたのは五時間後。もう夜が明けようかという頃だった。

仰向けのボブの上に俯せになった祐美子は、息も絶え絶えの状態だった。何度精を
「あ、あ……あうっ……はあぁ……はあぁ……あぁぁ……っ」

撃ち込まれたのか。どす黒い巨根をくわえ込んだ蜜穴からは夥しい白濁がドロドロと溢れ出し、アヌスに注入される魔薬浣腸の瓶もほぼ空になっていた。

意識もないようで、ボブがどんなに腰を振っても、死んだようにグッタリしたままぴくりとも動かない。無残にも白目を剥いた美貌は疲れ果て、口から泡まで吹いている。

「こってりと可愛がられたようじゃな」

しかしそんな嬲り尽くされた姿でさえ、祐美子の美しさは損なわれていない。むし

ろ極限まで犯され、責められたことで、うちに秘めいていた牝性が開花し、女の色気が増したとも言えるのだ。

「ボブも満足したようじゃな」

「イエッサー」

祐美子を腹から降ろしたボブが重そうに身を起こす。超絶倫男といえども、一晩中犯し続ければ体力を消耗したようだ。

逆にそこまでボブを夢中にさせ、疲れさせた祐美子の持つ女の胆力も賞賛すべきモノだった。

「案外、クスリがなくともお似合いのカップルだったかも知れんな。フヒヒ……羽村祐美子か……」

祐美子を手に入れることができたのは、予想を遥かに超える収獲だった。まさに至高の牝であり、これからの実験のことを想像しただけで老いた身体に血が滾ってくるのである。

「よし次の段階に進むぞ。準備をせい」

「はっ。しかし少し休憩させる予定では?」

助手が驚いた様子で質問する。

「予定は変更じゃ。祐美子なら心配はいらん。洗脳調教を行う」

「り、了解しました」

金城の執念に気圧されて、助手たちは早速次の実験の準備に取りかかった。

三十分後祐美子は分娩台のような椅子に座らされていた。手も脚も拘束ベルトで固定され、出産時のように大股開き。女のすべてを曝け出されている。そしてアヌスにはやはり、あの魔薬浣腸のノズルが挿入されている。

頭部には、目元まで隠れるヘルメットのようなモノが被せられ、身体の各所には電極付きのコードが何本も貼り付けられていた。

「心拍、呼吸正常」

「体温正常です」

「脳波も今のところ問題ありません」

「改良型エンジェルフォール、三〇%で点滴注入開始」

報告をする助手たちの声は、冷静さの中にも熱を帯びている。やはり祐美子という極上の素材が、男の興奮を誘わずにはおかない。

「うう……」

微かに呻き声を上げる祐美子。完全に意識を失っている訳ではなく、極度の疲労と魔薬の効果で、朦朧とさせられていた。起きたまま夢を見ている夢遊病のような状態と言えるだろう。バイザーの下で瞳はぼんやりと開かれたまま、ハアハアと喘ぐ唇も緩んでしまい、涎が垂れているのにも本人は気付いていない。

「では始めるとするか」

金城が拘束椅子に繋がったパソコンを操作すると、祐美子の身体がビクンッと動いた。頭に嵌められた装置はヘッドマウントディスプレイで、映像を見せる仕掛けになっている。

「これまでのボブが犯してきた女たちの実録アダルトビデオじゃ。講演会で流れたモノよりずっとハードじゃ。ヒヒヒ、お前の肉体がどう反応するのか、調べさせてもらうぞ」

「あぁ……ハアハア……あ、ああ……ハアハア……」

金城の言葉が届いているのかいないのか、弱々しく首を横に振る祐美子。見せられている内容を理解することはできなくても、それは彼女の精神の奥深く潜在意識レベルに書き込まれていくのだ。

「まずは浣腸責めか……フヒヒ、お前と同じじゃな」

モニターの中で若い女性が大の字に縛られ、浣腸責めを受けていた。浣腸の中身はおそらくエンジェルフォールだろう。それにあわせるように、祐美子の肛門に挿入されたノズルのバルーンがシュッシュッと膨らんでいく。

「ハアハア……ああ……いや……ああ……や、やめて……ハアハア……」

自分も責められているような錯覚に襲われるのだろう。祐美子の反応が強くなる。

「フフフ。効いてきたな。モニターはどうなっておる？」

「はっ、はい……呼吸が乱れてきました」

「心拍、体温ともに上昇中です」

「愛液の分泌、始まりました」

祐美子に魅入っていた助手たちが慌てて報告する。彼らの言葉通り発情の兆しが現れていた。乳首と乳輪が赤く色づき、クリトリスも割れ目の奥からピョコンと頭をのぞかせてきた。キュウキュウとノズルを食い締める肛門括約筋の動きも淫靡だ。

「フフフ。エロビデオを鑑賞しながら気分を出すか、羽村祐美子」

あれほどAVを嫌悪し女の敵を憎んでいた祐美子が、AVを見せられて興奮している姿は、実に痛快であった。

「もっともっと感じるのじゃ。自らAVに出演したいと思うようになるまで、洗脳してやるぞ」

赤いスイッチを押すと、祐美子の股間の前に巨大な張り形がせり上がってきた。毒々しいピンク色の淫具は、血管や肉傘などが精巧に再現されており、さらに表面にオイルローションが塗られているせいで、一層不気味な感じだ。

「こいつはボブのモノを模して作られておる。フフフ、夢の中でもボブに犯されるがいい」

ブゥイイィィン……ブゥイイィィン……ブゥイイィィン……ッ。

羽虫のような音を響かせながら長大な淫具がゆっくりと前進していく。ドリルのように回転する亀頭部が蜜口にクチュッと当たった。

「う……あ……あぁ……」

ジュブジュブと粘膜を攪拌しながら責め具が祐美子の中に沈んでいく。一晩中黒人の巨根に犯された媚肉は、意外なほどスムーズに張り形を呑み込んでしまう。

「ううン……いや……あぁ……ハアハア……ああ……いやン……ハアァ……ン」

半ば意識を失いながらも、祐美子は首を振り、腰を捩って妖しい反応を見せてしまう。それは祐美子の女としての感受性の豊かさを物語っていた。

時折唇を噛む苦しげな表情を見れば、祐美子が精神的にはAVを拒絶しているのがよくわかる。その肉体と心のギャップに苛まれる祐美子の姿が、見ている者たちを興奮させるのだ。

「張り形、子宮口に達しました」

「血圧、体温がさらに上昇してきました」

「乳首や陰核にも充血が見られます。勃起状態と言っていいでしょう」

それを男たちが見逃すはずもなく、正確なデータとして記録されてしまう。

ブゥイイィン……ブゥイイィン……ブゥイイィン……ッ。

「ふぅあ……ああ……あうっ……だめ……あぁ……っ」

さらに追い打ちを掛けるように張り形がうねるような回転運動を開始した。しかし激しく責め立てる風ではない。むしろ陵辱され尽くした女の園をいたわるような優しい動きでかき回す。丁度ビデオの中でも女性がボブの巨根で犯されており、祐美子を現実と夢の狭間に彷徨わせるのだ。

「ンあぁ……あ、あぁん……はあっ……はぁっ……う、うぅ……あぁぁん」

漏れ出る声も次第に色っぽく熱を帯び、唇も艶めいて震え出す。バイブをくわえ込まされた蜜壺からジクジクと淫蜜が滲み出し、拘束された腰もゆっくり上下に動き出した。

「ボブに犯される女を見ながら感じ始めたか。まったく儂の期待に応える牝じゃ。いや、期待以上じゃな、フフフ」

新型魔薬と祐美子の調教に手応えを感じ、ペロリと唇を舐める金城。このまま順調に進めば、これまでで最高傑作とも言える牝奴隷が誕生するだろう。

「官能脳波が急激に上昇……早いっ……アクメがきます」

助手の声が切迫する中で、祐美子の呼吸が荒ぶり、四肢が小刻みに痙攣を始めた。

「はあ……はあっ……あぁぁむ……いやぁ……もう、うぅ……あううぅ……はぁん」

ボブのレイプは凄まじい。ある女は泣き叫び、また別の女は失神する。中には出血してしまう女もいた。まさに拷問と言って良い残虐さだ。そんなものを見せられながらも、魔薬によって祐美子の肉は燃え、精神は淫夢の世界に転がり堕ちていく。

「ククク、もうイクのか。淫らな牝め」

金城が別のスイッチを押す。すると膣内に埋まった張り形の先端から、魔薬がビュッと噴き出して、祐美子の子宮を直撃した。

「あ、あぁぁ……あはぁぁぁ～～～～～んんっ！」

腰が浮き上がり、膣肉が張り形をギュウッと締め付ける。バイザーに隠された顔にも、ハッキリと恍惚の表情が浮かんだ。

「ああ……イ、イク……はぁぁ……イクぅ……あああ……」

ビクッビクッと腰を震わせた後、がくんっと祐美子の肢体は拘束椅子に沈み込む。手も脚も投げ出して、全身の骨を抜かれた軟体動物のように脱力していた。

「素晴らしいデータです、金城先生」

「性的感度の良さ、それを受け止める肉体の強さ、精神の強靭さも際立っています。これほどとは……」

助手たちも興奮し色めき立つ。それほどまでに祐美子は実験動物としても女としても最高レベルで、魅力的なのだった。

「ククク、これを八時間続けろ。その後はまたボブに犯させるのじゃ」

金城の恐ろしい言葉を理解できなかったのは、祐美子にとって幸か不幸か。底なしの淫夢に引きずり込まれた生け贄は、どこまでも堕ちていくのみだった。

第三章　奸計縛鎖

祐美子は重たい瞼を懸命にこじ開けようとした。

肉体は疲れ切っており、できることならこのまま眠り続けたい。しかし……。

（祐美子……まだ負けてはいけない……っ）

自らを鼓舞する声を聞いた気がした。それは彼女の精神力によるものか、あるいは亡き父の幻影だったろうか？

「はっ……!?」

祐美子が目覚めたのは白いベッドの上。まだ金城の実験室にいるのだろうか。それにしては部屋の雰囲気が違う。ベッドサイドに飾られた花瓶など、あのヤクザ者たちには似合わない。

「ここは……私は、一体……？」

何が起こったのかわからず、懸命に記憶をたぐり寄せようとしていると、コンコンとドアをノックする音が響き、祐美子はドキッとさせられた。

「だ、誰!?」

「課長、気がつかれましたか」

そこに現れたのは部下の中村だった。薄い頭をかきながら、いつもと変わらない卑屈な笑みを浮かべている。

「中村捜査官……私は……」

「ここは病院です。いやぁ、危なかったですよ。まさか青龍会が直接羽村課長を狙ってくるなんてね。我々が踏み込むのがあと少し遅かったらどうなっていたか……」

「そうだったんですか。礼を言います、中村捜査官」

この窓際寸前の男に救出されたというのは意外だったが、とりあえずは喜ぶべきだろう。

「私よりも、あの、私の家族は無事なのでしょうか」

「一緒にさらわれた娘さんのほうは行方不明でして……幹部たちにも逃げられてしまいました。現在全力で捜査中であります」

「そうですか……娘はまだ青龍会に……」

あの悪魔に愛する娘が今も囚われていると思うと、胸が痛んだ。

「ああ……でも、旦那さんはここに入院されていますよ。重傷でしたが命に別状はないそうです」

フォローするように中村が言う。

「あの人が……無事……ああ……よかった」

一時は命を落としたのではないかと思っていただけに、それは心底嬉しい知らせだった。

「夫に……あの人に会いたい……きゃあっ」

ベッドから身を起こそうとしてよろけてしまう。慌てて中村が肩を貸した。

「気をつけてください。三日間も寝たきりだったんですから」

「え……三日も？」

「ええ。あの魔薬……エンジェルフォールの禁断症状がひどくてですね。初めのうちはベッドに縛り付けられていたんですよ」

「…………！」

「それからは泥のように眠られて、やっと今日意識が戻ったんです。無理はいけませんん」

「そんな……」

中村の言葉に慄然とする。恐ろしい魔薬の後遺症にそこまで苦しめられていたとは。確かに言われてみれば微かにそんな記憶もある。事実両手首にはベルトで縛られていたようなアザがあるのだ。

「もちろんこのことはマスコミには伏せてありますよ。選挙に悪い影響が出てはいけませんからね」

恩着せがましく言いながら、身体を密着させてくる中村。

「そう……ですか……うっ」

触れ合っている肩や脇腹や腰に、奇妙な感覚がザワザワと蠢いた。体温や汗の匂いなど男の存在を意識すると、ドキンッと心臓が跳ね、下腹がきゅんと切なく疼いた。

「課長、どうかなさいましたか？」

「い、いえ。なんでもありません」

平静を装いしゃんと背筋を伸ばす。この男に弱みを見せてはいけない。なぜかそんな気がした。

（何なの……今のは？　まさかクスリの影響が……？）

何しろ得体の知れない新型魔薬である。不安を完全に払拭するのは難しい。

（いいえ、そんなハズないわ。私はもう魔薬の支配から脱出したのよ！）

自分に言い聞かせるように内心呟き、中村から距離をとる。

「夫に面会してきます。少し二人だけにさせてもらえますか」

「ええ、もちろんいいですよ。私も野暮じゃありませんからね。部屋はすぐ隣です」

なぜかうっすらと嗤っているように見える中村を置いて、祐美子は部屋を出た。

「あなた……」

「ん……その声は……祐美子かい？」

病室に入った祐美子は夫の姿に驚かされた。全身をギブスや包帯でぐるぐる巻きにされ、ほとんど身動きがとれない状態だ。さらに目元にも包帯が巻かれ視界も塞がれているようなのだ。

「あなた、その目は」

「爆発でガラスの破片を浴びてしまってね。今は見ることができないんだ」

「そ、そんな」

「でも角膜移植を受ければ治るそうだよ。しばらくは順番待ちだけどね」

妻を不安にさせまいとしているのだろう。夫は落ち着いた、しかし張りのある声で続けた。ベッドは四十度にリクライニングされているので、会話もしやすい。

（ああ……よかった）

確かに怪我はひどいが、夫の声は思ったよりも元気そうだった。何より完治する見込みがあるのは不幸中の幸いだろう。

「楓は警察に保護されているんだってね。早く会って顔が見たいよ」

「……そうね」

心配を掛けまいという配慮だろう。夫には娘がさらわれたことは秘密にしてあるようだった。祐美子にとってもそれは同意見なので、話を合わせることにする。

「きっと手術もうまくいくわ」

「ああ、僕も頑張るよ……ふうっ」

「あなた、疲れているのね。ごめんなさい」

「いや、痛み止めをさっき飲んだから、急に……眠気がね」

「いいのよ、お休みになって。私はもう少しここにいますから」

「ああ……すまないね」

久しぶりに妻の声を聞いた安堵からだろう、圭三はベッドに横たわる。そして数分もしないうちに寝息を立て始めた。

「……あ……っ⁉」

そのときドクンッと心臓が強く拍動し、祐美子は目眩に襲われた。

(え……⁉)

頭の中が虚ろになり意識が朦朧とする。それとは反対に肉体は熱く、燃え始める。パジャマの下で肌がじっとり汗ばんできた。

周囲の情景もぼやけてくる中で、夫の存在だけがハッキリ感じられた。

「はあ……はあ……はぁ……」

瞳は夫の股間のあたりを凝視している。鼻は夫の体臭を嗅ごうとヒクヒクし、耳も夫の息づかいを感じようとしている。五感のすべてが、夫を……夫の身体を求めているのだ。

(うう……こんな時に……どうして……)

再会が嬉しいのは確かだが、夫は重傷だし娘もまだ行方知れず。それなのに求めてしまう自分をはしたないと思う。

(これは、まさか……エンジェルフォールの……?)

魔薬にはフラッシュバックというぶり返しの禁断症状がある。否定したいところだが、突然の嵐のように激しく淫らな衝動は、そうでないと説明がつかない。

(そんな、私はもう克服したはず……ッ)

だが、荒ぶる情感は治まらず、噴火寸前のマグマのように、ふつふつと内奥からこみ上げてくる。

(ああ……熱い……身体が……熱いわ……)

布団越しに夫の身体が透けて見える気がした。胸板、腹筋、下腹部の膨らみ。それらを生々しくリアルに感じ取れてしまう。

「ああ……うう……わ、私……」

淫熱でのぼせた頭の中に、低く太い男の声が響く。

『脱ゲ……』

(え……? 脱ぐ……ここで……?)

『脱ゲ……』『脱ゲ……』『脱ゲ……』『脱ゲ……』

声は何度も何度も脳内で繰り返される。それはボブの声に似ているような気がした。

「うう……話しかけないで……ああ……あ、あなたぁ……ハアハア……」

呼吸が乱れる。ブラの下で乳房が張っている。モジモジと太腿を擦り合わせると、クレヴァスの底の粘膜が花蜜で濡れているのが感じられた。

(熱い……身体が……どんどん熱くなって……)

細胞の一つ一つが火を噴いているように熱くなり、戦慄く指先が自分のパジャマのボタンを一つずつ外していく。

（ああ……私……何を……してるの……？）

白いパジャマが肩を滑り落ちる。白昼の明るい病室の中、白い肌が眩しい。

（大丈夫……夫には……見えてないわ……）

続けて背中に手を回し、ブラホックを外した。豊満な乳房がブラカップを弾くようにして勢いよくまろびでた。

「はぁぁ……っ」

思わず熱い吐息が漏れる。夫は妻の変化に気付いておらず、気持ちよさそうに眠り続けている。まさか妻がヤクザに囚われて魔薬漬けにされ、黒人の男に散々犯されたとは夢にも思わないだろう。

「あなた……あなたは知らないのね……私のこと……」

小声でつぶやきつつ、パジャマのズボンとパンティをまとめてズリ降ろしていく。

（ああ……こんなところで……わたし……）

自分でもおかしい、変だと思う。こんなことをしていいはずがない。それでも自分を止められない。

左右の太腿に引き伸ばされたパンティのクロッチ部分には、いやらしい染みができており、クレヴァスから透明な糸を引いていた。

『お前ハ牝……』『お前ハ牝……』『お前ハ牝ダ……』

（牝……？　ち、ちがうわ……私は……ああ……熱い……アソコ……熱いの……）

どこからともなく響く声に支配され、ついにパンティを足首から抜き取る。一糸まとわぬ裸体を、夫の前で晒してしまう。

「ああ……わたし……病室で裸に……はぁ……なんていやらしい……あぁン」

夫には見えていないとわかっていても、スリリングな興奮でゾクゾクッと背筋が震えた。

胸の谷間や股間に感じる空気の涼しさ、素肌に直接感じる窓越しの日差しの熱さが、自分が裸なのだという現実を突きつけてくる。

「はぁっ……あ……ああっ！」

緊張で収縮する蜜穴から愛液が溢れて、太腿の内側をツウッと伝いおちた。それだけで感極まってしまい、はしたない声が出てしまった。

「あ、あなた……ね、ねえ……」

相変わらず返事はない。ここまでしている自分に対して何も反応しない夫が少し寂しく、腹立たしくなった。

「あなた……私、こんなにいやらしい身体に……」

無理な願いだとわかっていても、心と身体に空いた穴を埋めてくれる相手は夫しかいない。その空隙を埋めようと、しなやかな指先が蛇のように毛布の中に滑り込む。

狙うのは夫の股間だ。

「ハアハア……あなた……」

トランクスの中に侵入した指が男性器を握りしめた。まだ勃起はしていないが、熱く精気を漲らせている。『溜まっている』ことがなぜか直感的に理解できた。

『お前は牝……チンポが大好きな牝ダ』

「はあぁ……私は……オ……オチンポが……好き……あぁんっ」

これまで夫の前では言ったこともない言葉が、興奮の吐息とともに転がり出る。丸出しの乳房を夫の胸板に押し当てると、つきたての餅のようにムニュムニュといやらしく変形した。

「う……うっ」

夫が微かに声を上げるが、薬が良く効いているらしく目覚める気配はない。

『チンポを扱ケ』

「ハアハア……ハアァ……手が……勝手に……ハアァン」

謎の声に導かれるままに、握りしめたペニスを上下に扱き始める祐美子。掌の中で、すぐに熱い血流が集まって陰茎が硬くなり始めた。

(勃起してる……ああ……私の手で……)

男を悦ばせていることが新たな興奮を呼び起こし、祐美子は疼く女腰をくねらせて、豊満なお尻を振り立てた。

(ああ……私……病室で……裸になって……オチンポを……扱いてる……ああ、いけないのに……)

トクン……トクン……トクン……トクン……トクン……ッ!

こんなことをしてはいけないと、背徳感と羞恥心が祐美子自身を責め立てる。しかしそれらをはね除けて、淫らな欲求が過熱した蒸気ボイラーのように肉体を暴走させ続けた。蜜肉は果汁を滴らせ、ニップルもツンと尖り立ってしまう。

(ああ……もう、我慢できない……っ)

毛布をはぎ取り、夫の股間を露出させる。薄桃色の亀頭がピンと頭をもたげ、掌の中で精一杯勃起していた。それを見ただけで甘い唾が口いっぱいに溜まり、ゴクリと喉が鳴ってしまった。

『クラエ……チンポを貪レ……お前は牝ダ』

凶悪な命令が、祐美子の脳内に響き続ける。それがボブの声なのか、自分自身の声なのか、だんだん区別がつかなくなってきた。

「はあぁン……あうぅん……素敵な匂い……あはぁぁん」

無我夢中といった感じでしゃぶりつく祐美子。ぽってりと厚めの唇がOリングのように拡がって、肉棒をくわえ込んでいく。

「うあぁ……」

「はぁむ……くちゅっ……ああ、オチンポの味……ピチャピチャ」

唇を突き出し、頬をくぼませて頭を上下させる祐美子。いつもの上品な美貌からは想像もつかない破廉恥な表情だ。それを夫に見られていないことは幸運なはずだが、どこか物足りない気がするのも確かだった。

「はあ……はぁ……あ、ああ……」

眠ったままの夫の呼吸が徐々に乱れてくる。妻にフェラチオされるのは初めてで、意識がなくとも肉体は見事に反応してしまう。

ペニスは勢いよくそそり立ち、先端からは先走りの露が滲み出した。ピクピクと小刻みな痙攣は射精が近いのだろう。

「ハアハア……あ、ああ……ゆ、祐美……子……アァァッ」

声を上擦らせ、頭を小刻みに左右に振る夫を見て、祐美子の中にそれまで感じたことのない荒々しい興奮と優越感のようなモノが同時に芽生える。その情感の正体を知りたくて、舌先で鈴口をくすぐりながら、陰茎をシコシコ扱き上げた。

「んふっ、むふっ……あなたったら……こんなに勃起させて……あぁぁん……いやらしい匂い……はむ、くちゅ……あぁぁん」

「うう……はあはあ……あああ……」

追い詰められた夫は、胸を激しく上下させて荒い呼吸を繰り返す。腰もクネクネと揺れて、限界が近づいていることを告げた。

「出したいのね……ちゅっ、ちゅぱ……あはぁぁ……白くて臭いの……出したいのね」

射精が近いことを感じ取った祐美子の中で、さらに激しく淫炎が燃え盛った。祐美子はもう暴走する蒸気機関車のように、後戻りできなくなっていく。

（だめ……お昼間なのに……病院なのに……こんなこと……しては……いけないのに……）

残された理性がわずかに囁くがまったく効果がない。それどころか背徳感が被虐のスパイスとなって、祐美子をさらに昂ぶらせる。普段なら、当然傷に障るのではないかと心配になるところだが、今の祐美子の頭にはペニスをしゃぶりつくし、精液を噴き出させること以外、何もなかった。

「はあっ……はあっ……あなた……あむ……くちゅ……出して……ちゅぱぁ……飲ませてぇ……あふん」

ぎゅうっと肉棒を握りしめると、血流が集まる亀頭が膨れ上がる。パックリと縦に開いた鈴口に、桃色の舌先を潜り込ませた。

「ああ……うあああっ！」

「んんっっ！」

勃起が唐突に拍動し、ビュクッビュクッと精を撃ち出す。予想を超える早さに驚きつつも、夫の精液をコクコクと飲み干していく。

（ああ……セイエキ……圭三さんの……ザーメン……）

喉越しはあっさりしており、量は少なく匂いもきつくない。ボブのモノに比べて飲みやすいと言えるだろう。

「ん……こくこくん……はぁ、はぁ……あ……あなた……」

一滴残らず受け止め、飲み干してから祐美子はハッと我に返った。

（わ、私……な、なにを……していたの……ッ？）

何かに取り憑かれたように夢中になっていた自分に驚く。なぜこんなことをしてしまったのか、自分で自分が理解できなかった。

（ごめんなさい……あなた……私は……）

監禁され、夫以外の男の巨根で徹底的に仕込まれた淫技だ。それを無意識のうちに披露してしまった自分が恥ずかしい。

「はぁぁ……ああ……祐美子……」

射精させられた夫は目覚めることなく、さらに深い眠りに落ちていく。普段のセックスの時も夫はこんな感じだったし、それを不満に思ったことはなかった。

「………」

しかしあっさりと果ててしまった夫を見て、祐美子の中には何か得体の知れない物足りなさが残った。胃の中の夫の温もりが急速に消えていく。

その一方で、子宮の中には、まだ熱い疼きが滞留しており、まったく治まる気配はない。それどころか夫の精を飲んでしまったことで、ますます過激に燃え上がって祐美子を困惑させる。

「あうう……なんなの……この感じ……この気持ち……」

いたたまれなくなって肩を抱き、腰をくねらせる。熟れ盛りの妻の身体は、魔薬調教によって女の本能を狂わされてしまったのだろうか。

「そんなはずないわ……私は……まともよ……」

不吉な考えを追い払うように頭を振りながら、床に落とした衣類に手を伸ばす。しかし……。

「はあ、はあぁ……ああ……まだ熱い……身体が……アソコが……熱い……はあぁん」

右手が秘所に滑り込み、左手が乳房をまさぐってしまう。

クチュッ……クチュッ……クチュンッ！

（ああ……こんなに……濡れて……）

指先に感じる潤いは予想以上で、もはや泥濘と言ってもいいグチョグチョの状態だった。

（だめ……だめよ……祐美子……しっかりなさい……っ）

必死に自分に言い聞かせるのだが、一度火が着いた女体は行き着くところまで行かなければ、収まりがつかない。中指がカギ型に曲がって、膣孔へと沈み込んでいく。

「あ……はあぁ……ンンッ」

挿入の瞬間、頭の中で火花が散って、ギクンと仰け反る祐美子。自分の身体が何を求めていたのか、思い知らされる。

「はあ、はあ……ここに……欲しい……欲しかったのに……あなた……」

秘奥をかき混ぜながら、寝息を立て始めた夫を恨めしそうに見つめる。やはり指なんかでは、全然物足りないのだ。

（ああ……どうすればいいの……？）

身体の内側をジリジリと焼き焦がす淫らな炎。これを消し去る方法は一つしかない。夫を起こそうかと思い始めた、そのときだ。

「課長」

「きゃあっ⁉」

いつのまにか中村が病室に入り込み、ニヤニヤと嗤っているではないか。

あまりのことに頭の中が真っ白になり、乳房も聖域もすべてをさらけ出したまま棒立ちしてしまう。

「な、中村捜査官……どうしてここに……」

「遅いので、心配になって様子を見に来たんですよ。まさかフェラチオしてオナニーまでなさっているとは……ヒヒヒ」

「うう……ここはプライベートな場よ……今すぐここから出て行き……」

「おっと、お静かに。旦那さんが目を覚ましますよ」

「…………っ」

その一言で身動きとれなくなる。白昼の病室で全裸になり、フェラチオで射精させ、自慰までしていたなど絶対に知られてはならない。

「魔薬の後遺症ですね。私に相談してくだされればよかったのに……」

「あッ！」

肩をつかまれ身を強ばらせる。危険を察知しながらもなぜか身体が動かず、男の手を振りほどくことができない。

「欲しかったのでしょう、コレが？　私が慰めて差し上げますよ」

驚いたことに中村はチャックを降ろして肉棒をつかみ出していた。皮を被っているのは包茎だからだろう。サイズはかなり小さめだが、不気味な見た目の男根がヌッと突き出て祐美子を睨んでいる。

「きゃあっ！　何をしているんです!?」

「あまり我慢すると禁断症状がぶり返すと医者も言ってましたよ、さあ、すべてを私に任せて、そこの壁に手をつくんです」

「い、いやです……夫がいるのに……」

「命の恩人である私に逆らってはいけませんよ」

語気を強めて言い寄られると、蛇に睨まれたカエルのように、ブルブルと震える身体が硬直してしまう。

『お前は、牝ダ』『イヤラシイ、牝ダ』

なぜかボブの声が脳内に響く。乳房や媚肉がジリジリと淫熱に炙られ、膣奥がキュンキュンと疼いた。男に逆らってはいけない、一秒でも早くあそこを埋めてもらいたいという、狂った願望が頭を埋めてくる。

（いやなのに……どうして逆らえないの……？）

逃げることも声を上げることもできず、不遜な部下の言いなりになってしまう祐美子。

「ハアハア……あぁあ……お願い、ここでは、やめて……」

病室の壁に手をつき、お尻を少し突き出す格好をとらされる。それは背後から犯される牝の媚態に他ならない。

「ヒヒヒ、心にもないことを。それにこれは課長の『治療』のためなのです。何も恥ずかしがることはありません」

「そんな……治療だなんて……今はだめです……あぁぁっ」

背後に密着されてゾクッとうなじが総毛立つ。嫌悪する心と裏腹に、尻肌に感じる牡の体温が肉の期待を煽ってくる。

（お、犯されちゃう……そんな……夫がそばにいるのに……っ！）

心の中、理性が哀しい悲鳴を上げていた。しかし相変わらず身体は抵抗できず、挿入を誘うように腰がモジモジと左右に揺れだす。蜜穴はグッショリと濡れて、浅ましくヒクヒクしてしまう。

「フフフ、いきますよ課長。治療開始です」

中村が蜜口に包茎肉棒を押し当てて、そのまま一気に貫いた。

グチュッ……ズブズブズブゥッ！

「あぁぁ……ひぃっ！　あう、ぅぅっ……むンっ！」

焦れて爛れきった媚粘膜が何の抵抗もなく中村を根元まで迎え入れてしまう。あまりのスムーズさに驚かされ、思わず出そうになる声をなんとか噛み殺した。

（あぁあ……オチンポ……入って……くる……）

救出されてから一週間。その間祐美子の肉体はお預けをくらっていたのと同じだったのだ。

「はあぁ……あぁぁ……だ、だめ……はぁぁ……ン」

弱々しく首を横に振るものの、飢えきった牝粘膜の孔は、相手が部下だろうと短小包茎だろうと構わない。貪欲なまでに勃起にまとわりつき、奥へ奥へと引きずり込もうとしてしまう。

「おお……これが課長の……ああ……オマ○コ……はぁあっ！」

ペニスを包み込む媚肉の柔らかく温かな感触に中村は歓喜の声を漏らす。

「すごい……熱くて、絡みついて、なんて気持ちいいんだ……はあぁ……そこらの風俗女とは……はぁあっ……ワケが違いますな……ハアハアッ」

薄い髪を振り乱しながら、鼻息荒く腰を振る中村。感動のあまり違法買春行為まで告白してしまうが、祐美子にもそれを聞いている余裕はなかった。

ズブッ！　ズブッ！　ジュブッ！　ズブッ！　ズブブゥッ！

「あっ……うああ……や、やめて……あぁぁ……夫がいるのに……はぁぁっ……こ、こんなこと許されないわ……あぁぁむっ」

「美味しそうにくわえ込んでいるくせに、まだそんなことを言っているんですか」

さらに両側から回した腕が双乳をモミモミといやらしい手つきで揉み始める。乳首も敏感になっており、少し擦られただけでビリビリと電流が流れて肺腑が締め付けられる。

「ふぅあぁ……あぁん……こ、ここでは、いやです……あぁぁ……いくら治療のためだからって……ふぅあ、あぁぁんっ！」

「課長の旦那さんがだらしないから、仕方なく私がセックスで治療して差し上げているんですよ。恨むなら旦那さんを恨むのですな」

「う、うあぁ……馬鹿なことを言わないで……はあはあ……やめて、抜いて……こんな治療なんて、おかしいわ……あ、あぁぁんっ！」

「フフフ、そんなこと言いながら、課長のオマ◯コは私をしっかり吸い付いて放さないじゃないですか」

嘲笑しながらズンズンと腰を振り始める中村。撃ち込まれるたびクチュックチュッと淫靡な音がして、夫に聞かれてしまうのではないかと気が気ではない。

（うう……あなた……ゆるして……）

暴漢どもならまだ犬に噛まれたと諦めもつく。しかしよく見知った部下の男にまで肉体関係を結ばされるのは、また次元の違う屈辱だった。悔しさと惨めさで、噛みしめる唇から血が出そうだ。

「ハアハア……私はずっと課長のことを、好きだったんです……ハアハア……ずっと、こうしたいと……ハアハア」

「あぁぁ……今そんなことを言うなんて……ンあぁ……卑怯です……あぁ」

「押収したビデオを見ましたよ。黒人のデカマラに犯されまくってヒイヒイヨガリ啼いてたじゃないですか。私が一回くらいおこぼれを頂戴しても、問題ないでしょう」

「ああ……なんて卑劣なっ！　もう……やめて、放してっ!!」

怒りで理性がよみがえり、祐美子は肩越しに醜い裏切り者を睨み付けた。切れ長の二重は鋭く輝き、かつての切れ味を見せつける。

「おっと、この姿を旦那さんに見られてもいいんですか」

だが中村は慌てず、串刺しのピストンをズンズンと子宮に撃ち込んでくる。そこはボブの巨根で開発されたポルチオ性感帯で、祐美子の弱点の一つだ。

「うあっ……夫は……言えば……わかってもらえます……あぁぁむ……っ」

「フフフ、課長と黒人のビデオは私が押さえています。あれを公にされてもいいのですかね……ククク」

「あぁあ……なんて……卑怯なの……あぁぁっ！　あなたは……下劣よ……あああ……捜査官として……さ、最低ですっ」

ハイエナのようにヤクザどものおこぼれを狙っていた裏切り者に犯されるなど、死にも勝る屈辱だ。なんとか逃れようと身を捩るのだが、すぐそばで眠っている夫が気になって、激しい抵抗ができない。そしてそれ以上に、飢えきった肉体は撃ち込まれる律動に歓喜してしまっている。

「課長が美しすぎるからいけないんですよ。課長と黒人のエロビデオが私を狂わせたのです」

卑劣にも責任転嫁しながら、手を乳房に這わせ、舌をうなじに這わせて、あこがれの女上司の女肉を味わい尽くす。

「それにしても、旦那の前での不倫セックスがこれほど興奮するとは」

夫のそばでその妻を犯す。サディストにとってこれ以上の悦びはないだろう。祐美子の中で肉棒は限界まで勃起し、痛いほどの快感に酔いしれる。

「ほれっ、ほれっ。どうです。馬鹿にしていた部下に犯される気分は」

「あっ、ああっ……む……く、くやしい……うぅ、あううぅんっ！」

どんなに憎いと思っても、蜜壺は牡棒を迎え入れ愛液をジクジクと湧き出させてしまう。ドスンッドスンッと子宮の底に響く衝撃は、女の官能を揺さぶってくる。元々敏感だった身体が、一週間放置されたことによってさらに過敏になっているようだった。

（ううっ……負けたくない……こんな……男に……っ）

それでも祐美子は歯を食いしばって押し寄せてくる肉悦に抗った。せめて先に気をやらないことで、中村に敗北感を味わわせ、心は屈しないことを見せつけねばならない。

「うう……あ、あなたごときに……私は屈しませんっ……ハアハア……ああぁぁむ」

反撃するように膣肉で締め付けてやる。あの黒人の巨根に比べればたいしたことはなく、なんとか堪えられそうだ。

「さすが課長。ではコイツを使ってみますか」

ポケットから取り出したモノを、祐美子の鼻先にちらつかせる。おぞましいことにそれはイチジク浣腸である。

「ううっ……あ……あ、ああ……そ、それは……まさか!?」

アヌスから脳幹へとビリッと電流が走った。ドクンッと心臓が跳ね上がり、氷の刃を突き立てられたように、背中に悪寒が走る。

「ビデオの中で、浣腸されている課長の姿にやられてしまいましてねぇ。いくら私でも魔薬は使いませんのでご安心を」

「はあはあ……浣腸なんて……あぁ……なんて……ひ、卑劣なの……はあぁ……ああぁ……っ」

浣腸器を見ただけなのに脳内にあのおぞましい調教の日々が蘇る。拷問に掛けられ、魔薬漬けにされ、浣腸の屈辱を味わわされ、そして異常な精力を持つボブの巨根で昼も夜もなく犯されまくった。

「い、いやよ……ハアハア……浣腸はいや！　二度とあんなところには……あぁあ……戻りたくないんですっ！」

せっかく禁断症状を克服し、魔薬から抜け出せたと思ったのに、そこには新たな地獄が待ち受けていたのだ。悪夢のような陵辱の日々が走馬燈のように頭をよぎり、絶望の暗い闇がジワジワと祐美子の高貴な心を浸食していく。

「これも治療なのですよ」

嘲笑いながら腰を少し退き、イチジク浣腸を肛門に押し当ててくる。

「ひっ……い、いや……それは……か、浣腸は……浣腸だけは……んぁっ……あぁぁぁ～～～～～っ」

懸命に括約筋を窄めても無駄だった。細い嘴管は菊門の中心を射貫き、スルリと侵入してしまう。

「ヒッヒッヒッ。味わいなさい」

「はああ……あぁぁ……こ、こんな……あぁぁ～～～～～っ」

情け容赦なくチュルチュルと薬液が注入されてくる。祐美子を再び地獄へ突き落とすために……。

「はぁぁ……ああ……ヒィィッ！　あ、熱いぃっ！」

魔薬ではないはずなのに、エンジェルフォール特有の灼熱感が下腹全体に拡がり、炎となって渦を巻く。女の命の中心である子宮も卵巣も淫らな火に包まれて、祐美子を発情した牝へと変えようとする。

（だめ……負けては……だめ……なのに……）

急速に頭の中が桃色の霞に埋もれていく。身体が浮遊感に包まれ、まるで淫夢の中にいるように現実感が失われてしまう。まるで本物のエンジェルフォールを浣腸されたかのような激しさだ。

『お前は牝ダ、ユミコ』

そして再びあの野太いボブの声が脳内にこだまする。

「ああ……はあ……はぁぁ……あぁぁぁん……いや……私は……そんな女じゃ……牝なんかじゃ……ああ、いやぁ」

その声に抗えないモノを感じて、祐美子はイヤイヤするように首を横に振った。祐美子の肉体に初めて女の悦びを刻みつけた、太く逞しい巨根のことをいやでも思い出してしまう。

むせ返るような匂い、顎が外れそうな太さ、子宮を串刺しにしそうな長さ、ヤケドしそうな熱さ、いくら射精しても萎えない硬さ。今目の前にあるかのように、鮮明に思い浮かべることができた。

（ああ……オチンポが……）

すると膣内に埋まっている中村の短小ペニスが、急にムクムクと大きくなってくるように感じられるではないか。それはまるで、ボブの巨根のような迫力を祐美子の子宮に思い出させた。

「ンあぁっ……ど、どうして……？　お、大きくなって……あううぅんっ……大きすぎるぅ……ハアハア……お、奥に……当たってぇ……あああ……こんな……あはぁぁうん」

「ほほう、私のチンポがそんなに大きく感じられるのですか。魔薬の後遺症、刷り込みってやつですかな。なかなか面白いですな」

「あああ……うそ……そんなこと……あるわけ……あああっ」

現実的にペニスが巨大化するなどあり得ない。恐らく魔薬の後遺症による幻覚の一種だろう。

しかしそれでも祐美子にとっては実感であり、膣孔を埋め尽くす質量と圧迫感は、あのボブの巨根と同質同等なのだ。

「フフフ、さっきまでの元気はどこにいきました？」

「ンあぁっ……ちがう……こ、これは……ううぅん……幻覚なのにぃ……はあぁ……んっ」

（や、やっぱり……お……お、大きい……ああ……っ）

苦しげな美貌を壁に擦りつけてハアハアと喘ぎ出す祐美子。極太の拡張感を感じ取る括約筋がヒクヒクと蠢き、ジュワアアッと愛液を湧かせてしまう。

「やはり本格的な治療が必要なようですねぇ。それでは私も本気を出しますよ」

ズブッ、ズブッ……グチュッ……ジュブジュブ……グチュンッ！

祐美子の抵抗が落ちたのを見計らって、中村がピストンを再開させた。深く浅く、子宮口と膣孔の入り口とを何度も何度も貧相な包茎ペニスが往復する。

「あ、あぁぁ～～～～～～だめぇっ!!」

「そんな声を出すと旦那さんが起きてしまいますよ」

「う、あうう～～～っ！」

声を噛み殺す祐美子を、ボブの規格外の巨根で犯されているのと同じ衝撃が繰り返し襲った。両脚がつま先だって、ふくらはぎから太腿まで断続的な痙攣が駆け上がる。そして異常なほど大量に分泌されるようになった愛液が、幾筋も脚線の内側を流れ落ちて床に水溜まりをつくり始めた。

「ハハハッ。すごい濡れ方だ。私なんかのチンポで悦んでくれて、嬉しいですよ。ホレホレ、大きいでしょう。逞しいでしょう？」

虎の威を借る狐の狡猾さで、狙っていた美しい人妻課長の蜜壺を責め立てる。鼻持ちならない高慢な女上司を、自分のペニス一本で屈服させるのは男の夢だと言って良い。

「ンあぁ……ああ……お、大きい……アソコが……裂けてしまいます……ぁうぅぅむっ……このおチンポはダメェッ！」

頭の中にはボブに犯された時の、地獄のような連続絶頂の記憶が繰り返し浮かび上がり、今も本当に逞しい黒人男に犯されているような錯覚に襲われた。

「ヒハハッ。とても良い気分ですよ。それそれっ！」

勝ち誇ったように嗤いながら、子宮にまで届けとばかり律動を撃ち込む。

十日ほど前まで美人ではあってもお堅い印象の女上司だったが、マフィアの調教によって一皮剥かれ女のすべてを凝縮したような魅力を放ち始める。膣肉の具合はもちろん、しっとりした肌のきめ細かさや、黒髪や首筋から匂う汗の芳香までもが、男の本能を刺激してくるのだ。あまりの変わりように、驚きとともに感動すら覚える中村だ。

「はあはあ……このまま中出しして、旦那の前でイカせてあげますからね……ハアハア、これも、治療のためですからっ」

ここぞとばかり中村が責め立ててきた。子宮口をグリグリと突き上げながら、しこった乳首をつまんで捻り回す。さらにはチュウチュウとうなじに吸い付いたり舐め回したりして、キスマークを刻み込んでくる。

「はあぁ……中はいや……ぅあああ……も、もうやめて……夫が……起きて……あああ～～～～んっ」

幻覚の巨根で深く抉られるたび、うなじから背中、腰椎、そして子宮へと、甘美な電流がさざ波のように拡がった。もう声を抑えきれなくなって、仰け反りながら牝猫のような甘い啼き声を漏らしてしまう。

（あああ……だ、だめ……こ、こんな男にまで……感じさせられるなんて……あぁぁ……このままじゃ……）

幻覚はペニスだけではない。背中に感じる男の息づかいや体温まで、あの褐色の拷問人のモノのような気がしてくる。するとますます感度が上昇し、甘ったるい自堕落な屈服感がこみ上げてきた。あの数日間の調教で身体のみならず、心まで作り替えられてしまったのだろうか。

「も、もう……あぁぁ……もう……き、きちゃう……ハアハア……ッ」

アクメの予兆にブルッブルッと腰が震え出す。強ばる指先が白い壁を引っ掻いた。

「んんん……ゆ……祐美……子……」

「ヒッ!?」

そのとき夫の声が聞こえて、祐美子は全身の血が凍り付くのを感じた。夫が目を覚ましてしまったのだ。

「ヒッ！　あ、あなたぁ……あぁウン！」

収縮する膣肉が男根をキリキリと食い締め、一体感を伴う法悦が爆発する。

「はあぁあっ、出しますよ……課長の中にぃっ！　オオッ！」

それに合わせて中村が耳元で囁きながら男根を根元まで押し込み、上司の膣奥に裏切りの精をぶちまけた。

ドクッドクッ……ドプドプドプゥゥッ！

子宮口に先端を押し当てたままポンプのように拍動し、汚れた白濁液を子宮内へと送り込んでくる。

「ヒィッッ！」

灼熱感と閃光が子宮から延髄、さらに額に向けて突き抜け、意識が粉々に砕かれる。夫の前で中出しされたというのに、魂は被虐の頂点へと打ち上げられていく。

「あっ……ああっ！　あなた……ゆるして……あぁぁっ！」

膣内に拡がる熱さは膣内射精の証拠だ。背徳感と肉悦とが混じり合い、子宮の中で火花を散らした。

「う、ううっ……イ……イク……ッ……うぅぅむむっ」

小指を噛みしめてかろうじて絶頂の牝声を押し殺す。その苦しさを物語るように、背筋が縦筋を刻んで反り返り、壁に押しつけられた美乳がひしゃげて潰れる。つま先立ちになった脚線にも、ビクンビクンッと痙攣が走った。

「え……祐美子……？　どうかしたのかい？　誰かいるのかい？」

包帯の下で見えない視線を彷徨わせる圭三。まさか妻が目の前で膣内射精されているなどと思いもよらない。

「はあ……はぁぁ……あ、あなた……その……」

「初めましてご主人。私は羽村課長の部下で中村といいます。お見舞いに寄らせて頂きましたが、起こしてしまって申し訳ありません」

しらじらしく挨拶しながら、射精後の蜜壺をグチュグチュとかき混ぜ、尿道内に残った残滓も一滴残さず祐美子の膣内にビュッビュッと搾り出す。撃ち込まれたばかりのザーメンが溢れ出し、太腿の内側を流れていく。

「そ、そうなの……あなた……お見舞いに……来てくださったの……」

（う、うう……まだ、出されてる……っ）

唇を噛み、結婚指輪を嵌めた拳をぎゅっと握りしめて屈辱に耐える祐美子。

「そうでしたか。こちらこそ妻がお世話になってます。あいにく目が見えず、ちゃんとした挨拶もできませんが……」

「お気になさらずに。課長は我々に任せて、ゆっくり養生してください」

「こちらこそ、妻をよろしくお願いします」

何も知らないまじめな夫は、妻を犯している男にまで頭を下げるのだった。

「では課長と今後の対応を相談したいので、失礼しますよ」

繋がったまま中村が祐美子をドアに向かってグイグイと押す。このまま廊下に出るつもりなのだ。

「ひっ……っ」

祐美子はまだ一糸まとわぬ素っ裸なのだ。こんなところを誰かに見られたら身の破滅だ。しかし夫のことが気になって、大きな声も出せないまま、強引に部屋の外へ押し出されてしまう。

「ふう、最高の治療だったでしょう、課長。私の古女房とはまったく格が違いますな」

病室から出た中村がニタニタ嗤う。コンプレックスだった短小包茎ペニスで祐美子をイカせたことが、自信になったのか。心も身体も満たされた中村が会心の笑みを浮かべている。

「フヒヒ。今の治療はバッチリ録音しましたからね、これからも辛いときは私が治療してあげますよ」

背後から突き上げながら体中をいやらしい手つきで撫で回してくる。一度犯されただけではすまない。今後もこの関係を強要されるのだ。

「あう……うう……も、もうやめて……早く私の部屋に……誰か来てしまいます」

「部屋でゆっくり治療して欲しいのですかな。欲張りですなあ、課長は」

「ああ……そんなつもりは……うう……っ」

反対に敗北感に打ちのめされ、ガックリとうなだれる祐美子。涙はかろうじて堪えたものの、その代わり、太腿を白濁液がツウッと流れ落ちていった。

それからも中村は祐美子に治療という名目で関係を迫ってきた。

「もっと丁寧におしゃぶりしてくださいよ、課長」

「ハアハア……うう……」

病院の屋上に連れ出された祐美子は全裸に剥かれ、中村のモノに唇奉仕させられていた。

「ああ……恥ずかしい……んちゅ……くちゅ……ちゅぱぁ」

人気のない屋上とは言え、いつ誰が来るかわからない。隣の病棟からももしかするとみられているかも知れない。

「恥ずかしがる必要はありません。これは治療なのですから。ヒヒヒ」

「あ、ああう……んちゅ……くちゅ……はあはあ」

治療などデタラメなのはわかっている。しかしおぞましい凌辱ビデオを所有する中村に逆らうことはできない。たとえそれがなくとも、祐美子自身の肉の疼きが、重傷の夫では満たされることのない女の淫欲が、中村の存在を求めてしまうのだ。

「はあ、はあ……もう、早く……出して……あぁぁ……終わらせて……」

素肌を焼く日光に、時折吹く涼風に、自分が一糸まとわぬ姿なのだと思い知らされる。そのスリルがなぜか祐美子の肉奥を熱く燃え上がらせた。

（ああ……恥ずかしいのに、身体が……熱くて……疼く……っ）

今もおぞましい禁断症状は続いており、祐美子は中村の前に跪き、ハアハアと犬のように喘いでいた。得体の知れない渇望が、ずっと身体の内側に張り付いて離れない。何もされていないのに乳首もクリトリスも一日中勃起したまま、秘園もずっと愛液を湧かせ続けていた。全身が異常なほど敏感になっており、くわえているだけでも媚肉がウズウズしてくるほど。まさに発情という言葉がぴったり当てはまる恥ずかしい状態だ。

「そう言えば情報屋から連絡があって、娘さんの居場所がわかったそうです」

「ぷはぁっ……ほ、本当なの？　楓はどこに⁉」

「それが課長に直接会って話したいそうで。他の捜査官は信用していないんでしょうな。おっとお口はそのまま続けてください」

「んちゅ……ちゅぱ……私に……直接……？　はあぁ……じゅぱぁ」

それが何を意味するのか。淫気でぼんやりしてきた頭では考えがまとまらない。

「なので、ご同行願いますよ、課長……それ！」

頭を押さえ込み、肉棒を根元まで突っ込む。そのままの勢いで祐美子の口腔に、白濁をぶちまけた。

「んぐっ、むぐっ……はぁむぅぅ〜〜〜ンっ」

（楓……）

娘の心配をしながらも、ドクドクと注がれる生臭い精液をどこかうっとりした表情で飲み下す祐美子だった。

一時間後。祐美子は中村の車で中華街へ連れてこられていた。

K市にある中華街は古くから青龍会の拠点となっている場所だ。表向きは有名観光地だが、実態は警察もほとんど近づけない治外法権なのである。

（やはりこの男はマフィアと……）

いぶかりながら、祐美子は中村に命じられて着せられた破廉恥な衣装を見つめた。光沢のある赤のワンピース型チャイナドレスは肌に吸い付くボディコン風デザインで、祐美子の熟れた肉体の美しいラインをこれ見よがしに浮かび上がらせている。裾は超ミニで太腿はもちろん、豊満なヒップが見えてしまいそう。

それだけでも恥ずかしいのに、さらに胸元と下腹部に菱形のカッティングがあり、胸の谷間や形の良いお臍を大胆に見せつけている。スカートの両側もウェストに届くほど大きなスリットが入っており、それらは祐美子が下着を一切着けていないことを周囲に宣言しているようなものだった。

そして妖艶な生足を飾るのは真っ赤なハイヒール。かなり踵が高く、歩くのもおぼつかないほどだ。

「うう……こ、こんな格好で人前に……」

いつも地味なスーツに身を包んでいる祐美子にとって全裸と変わらないほど破廉恥な服である。こんな姿を公共の場で晒し者にされると思うと、舌を噛み切って死にたい衝動に駆られた。サングラスで顔を隠せているのが、せめてもの救いだった。

「情報屋がどうしてもと言うのでね、仕方がないですね。そうそう、コイツを忘れてました」

「ああ、それは……ッ」

中村が鞄から取り出したガラス器具を見て、祐美子の顔が強張った。それは祐美子を何度も苦しめた浣腸器だ。他にも黒いシリコン製の電動バイブや乳首やクリトリスを責めるクリップなど、様々な淫具が揃っている。

「バルーン付きの浣腸器です」

ゴム球を握りつぶすとシュコシュコと音がしてチューブの先端が膨らみ始める。

「うう……そ、そんなものまで……」

それが何に使われるのか、考えるまでもなかった。屋外で祐美子に浣腸を施し、恥をかかせるつもりなのだろう。

「フフフ。情報屋は変態野郎でしてね、これを着けないと情報をくれないのですよ。さあ、こちらにお尻を向けてください。娘さんに会いたいのでしょう。ヒッヒッヒッ」

いやらしい中村の声を聞きながら、祐美子の胸には絶望の闇が拡がってくるのだった。

「さあ、着きましたよ」

懊悩する間もなく車は中華街に到着し、祐美子は中村に腕をひかれて車外へ引きずり出されてしまう。

平日の昼間とはいえ有名な観光地だ。かなりの人が歩いており、すぐに祐美子の姿に気がついた。

「お、なんだなんだ？　コスプレか？」

「うわぁ、エロすぎ、何かの宣伝かしら？」

「衣装もスゴイけど……すげえ美人だな」

「でも結構おばさんよ、三十過ぎてるんじゃない。ムチムチしすぎよ」

「ママ、あの人スゴイ格好だよ」

「見ちゃいけません！」

「あ、ああ……」

サングラスくらいでは祐美子の美しさを隠しきれない。無数の視線が全身に突き刺さり、一瞬思考が停止してしまう。男性からの好奇の視線も辛いが、同性からの嘲るような視線も辛かった。

股下五センチの超ミニで、胸の谷間やお臍も丸出し。サイドスリットで腰骨まで見せている美脚は艶めかしい生足だ。

若い娘ならまだしも、三十過ぎた人妻がこんな破廉恥衣装を着ていれば、頭がおかしいのではないかと思われても仕方がないだろう。少しでも隠そうと裾を押さえるのだが、そんな仕草もかえって扇情的に映ってしまう。

「ボウッとしてないで行きますよ。情報屋がいるホテルはこの奥なんで」

中村が肩から提げた鞄からはみ出しているチューブをクイクイと引っ張った。

「ひゃうっ！」

ゴムチューブはチャイナドレスのサイドスリットを経由して祐美子のお尻にまで届いていた。鞄の中には薬液の詰まった浣腸器が隠されており、人知れず祐美子を浣腸責めできる仕組みなのだ。しかも先端部分はバルーン状に膨らみ、アヌスを内側から拡張する機能も備えている。

祐美子に施された淫靡な仕掛けはそれだけではない。蜜穴には黒いバイブレーターが埋め込まれ、細い紐で落ちないように固定されている。バイブからはケーブルが伸びて太腿に縛り付けられた電池ボックスと繋がっていた。バイブはリモコン式でこれも中村の意のままに操作できるのだ。

いきなり悲鳴を上げた祐美子に、さらに衆目が集まった。セクシーな美女の色っぽい声を聞かされれば、反応しないわけにはいかない。

「言うことを聞かないと、こうですよ」

意地悪く嗤いながら鞄の中のリモコンをONにする。

ヴヴヴヴゥ～～～～～ッン！

「ううっ！」

祐美子の中でバイブが振動を始め、蜜肉を攪拌してくる。魔薬の禁断症状でもともと敏感な身体をさらに感じやすくされてしまった祐美子には、標準サイズの淫具でも十分すぎる脅威だった。

「あの黒人ほどじゃないですが、お腹の奥にズンと響くでしょう」

「あ、あうぅ……はあはあっ……やめて……こ、こんなところで……っ」

声を噛み殺し、バイブの淫らな振動に堪える。

だがこれは第一段階に過ぎない。もし浣腸されればどうなってしまうのか、自分でもわからなかった。

「情報屋がどこで見ているかわかりませんからね。私もやりたくはないのですが仕方ありません。ヒヒヒ」

「あ、あぁ……はあ……はぁぁ……く、くやしい……あはぁあんっ」

白々しく嗤う中村に腹が立つが、衆人環視という状況のせいだろうか。いつも以上に身体が燃える。肌に感じる日差しの熱さで汗ばみ、通り抜ける風の涼しさに鳥肌が立つのだ。

「フフフ、では行きましょうか」

無理矢理腕を組まされ、愛人のように引き回される。荒れた石畳の上をハイヒールで歩くのは至難の業で、自然とお尻が左右にクネクネ揺すってしまう。

そんな祐美子たちとすれ違う通行人たちはギョッと驚いたように道を空け、改めて背後から振り返ってしげしげと眺めるのだった。

「オイオイ、見たかよあの尻、プリップリだぜ」

「オッパイもでかいぞ。もう乳首が見えそうじゃん」

「すげえな。チャイナドレスってあんなに短かったっけ？」

「っていうか下着も着けてないんじゃないの？　いい年して恥ずかしい女ね」

「ノーブラノーパンかよ⁉　露出狂ってやつか」

男たちのざわめきと女たちの冷ややかな声が交互に聞こえてきて、祐美子の羞恥心をあおり立てる。

（ああ……見ないで……っ）

これまでの調教はほとんど二人きりで行われていたせいで、恥ずかしさよりも屈辱や絶望感の方が大きかったが、今味わわされているのは、これまでとはまた次元の異なる羞恥地獄だ。

「でも誰かに似てない？」

「え？　そう言えば、テレビで見たような……気もするな……誰だっけ」

（～～～～～～～～ッ！）

罵声に混じって、そんな声まで聞こえてきて心臓が爆発してしまいそうになる。サングラスをしているとは言え、いつ正体がばれてもおかしくないのだ。現役の捜査課長が、露出狂のような破廉恥衣装で外を歩いていたなどと噂になれば、選挙どころではなくなってしまう。

「フッフッフッ。ドキドキするでしょう。もしかして感じてきましたか？」

「うう……そ、そんなわけないでしょうッ……ハアハア……私はあなたみたいな変態とは違うんです！」

「変態とは心外ですな。情報屋にあうために努力しているだけですよ」

祐美子の態度が気に入らないのか、お仕置きだとばかり中村が浣腸器のシリンダーを押し込んだ。

「ひっ！　浣腸はやめなさい、卑怯よ……あ、あぁぁっ！　つ、冷たい……っ！　あぁ……な、何を入れたのっ」

いつもの浣腸とは異なる感触に青ざめる祐美子。もっと重くドロドロした粘り気のある何かが腸管をミッチリ満たしながら送り込まれてくるではないか。

「こいつは利尿剤入りのゼリー浣腸らしいですよ。フフフ、前と後ろを同時に責めるとは、なかなかこった仕掛けですな」

「ああう……利尿剤ですって……こんな……はあ、はあぁ……う、ううぅ……こ、これ……きついっ……はあぁ……ううぅんっ」

いつもと違って圧迫感が大きく、異物の存在をいやでも感じさせられる。そのぶん便意がこみ上げるのもいつもより早く、祐美子を困惑させた。

「色っぽい表情をしてくれますね。政治家よりAV女優の方がむいているんじゃないですか？」

誰よりもAVを憎んでいる祐美子をからかうように中村が嘲笑う。

「く……ふざけないで……はぁ、はぁ……うう、お腹が……」

膨満感が大きくなるにつれて、直腸の熱さが子宮にも伝播してきて、まるで肛門から子宮へと直接薬液を注がれているような錯覚に襲われた。

さらにその淫熱は膀胱にも燃え広がり、祐美子を焦らせる。利尿剤の効果なのだろう、早くも尿意がジワジワと膨らみ始めた。

(うう……同時になんて……っ)

浣腸にアヌスを、バイブに蜜穴を、そして利尿剤で尿道を……三つの孔を同時に責められて、祐美子は混乱させられていく。やがて頭も強烈な禁断症状の酩酊感に襲われ、どこを責められているのかもあやふやになっていく。

『お前は牝ダ、ユミコ』

そしてまたあの声が頭の中にこだました。すると中村の声がボブの声のように感じられ、逆らってはいけないという気がしてくるのだ。

「もっとお尻を振ってください。オッパイもモミモミしてくださいね」

「あうう……そ、そんなこと……ううう……させないで……あぁ……」

嫌だと思っても、命じられるままに身体が動き出す。腰をくねらせて、まるでストリッパーのようなモンローウォークを披露してしまう。

「はあ、はあぁ……ああぁ……」

一歩歩くたび、右と左の尻肉がプリプリとせめぎ合いぶつかり合う。超ミニの裾が少しずつ捲れ上がり、陶器のように白いノーパンのお尻の丸みがはみ出してしまいそう。

双乳を両側からぎゅっと寄せて谷間を強調し、ゆっくり持ち上げ、そこから大きく円を描くように外に開いて落とす。寄せたときには菱形の開口部から、波打つ白い乳肉が溢れだしそうになり、紅色の乳頭も完全に露出してしまうのだ。

「おおっ……やっぱり何も履いてないぞ」

「まあ、お乳が見えてるじゃない。そこまでして男の気を引きたいのかしら。いやらしいっ」

それを見た周囲の男たちからは、口笛や歓声が飛び交い、女性からは一層激しいヤジが飛ぶ。

「ああ……いやぁ……」

「隠してはいけませんよ、彼らの中に情報屋がいるかも知れませんからね」

「そんな……」

(ああ……見られてる……恥ずかしいのに……どうして、こんな気持ちになるの……?)

羞恥心が消えたわけではない。禁断症状によって周囲の目線がボブのモノのように感じられ、黒人のぎらつく目で見つめられているような幻覚に包まれていくのだ。

さらに埋め込まれた張り形が容赦なく蜜奥を抉ってくる。歩くたび微妙に動く張り形が子宮を振るわせ、祐美子を淫猥な魔界へ誘おうとする。

「ハアハア……ああ……も、もうこんな……ふざけたことは……や、やめて……うう……ハアハア」

「娘さんに会うためです。頑張りましょう」

追い打ちを掛けるように中村が空気を送り込み、アナルバルーンを膨らませる。

「あ、あああっ……そんな……だめ……拡がっちゃう……くうぅんっ」

肛門が内側から押し広げられ、盛り上がった尻肉でスカートがパンパンになる。

「なんてムチムチの尻だ。たまんねえぜ」

「なんだが……だんだん大きくなってないか？」

「確かに。スカートがはち切れそうだぜ」

まるで祐美子のお尻自体が膨らんでいくようで、男たちは目を見張って驚きの声を上げた。その声が影響し、さらにギャラリーが増えてしまう。

視姦されているお尻や乳房はまるで焼きごてを押しつけられているかのように熱くなり、心臓は破裂寸前にドキドキ高鳴り出した。拡張される痛みもさることながら、視姦による羞恥が祐美子を煩悶させた。

「ハア……ハア……お尻が……裂けちゃう……ハァァ……アァァ……ム」

恥辱も懊悩も、被虐の情感がすべて溶かして甘い蜜へと作り替えてしまう。視線が無数の触手となって全身を撫でまさぐってくるように感じられる。頭の中にはボブの極太に犯される自分の姿が生々しいほどクッキリと浮かび上がり、バイブ責めで濡れた牝肉が妖しく火照り出す。

（だめよ祐美子……しっかりしないと……楓に会うまでは……）

いつしか呼吸も早くなり、目の前が桃色に霞む。まるで桃源郷に迷い込んだような、奇妙な多幸感に包まれてしまう。

自虐の手に嬲られる乳房はほんのり色づき、乳首もピンと尖り立ってしまう。クレヴァスも後から後から蜜を滲ませて、ノーパンの聖域をグチョグチョに濡らしてしまう。

「おやおや、だいぶ人が増えてきましたね」

「え……!?」

気がつくと十人近い男たちが後ろから付いてきているではないか。皆好色そうな目つきで、今にもはみ出しそうな尻タブに熱い視線を送っている。

「なんていい尻だ。しゃぶりつきたくなるぜ」

「ゴムチューブみたいなのがスリットから出ているな。あれは何をしているんだろう。もしかすると、浣腸プレイかも？」

「そう言えば太腿にあるのはバイブのスイッチじゃないのか」

「露出調教に加えて浣腸か。とんでもない変態女だな」

男たちの中には浣腸のゴムチューブやバイブの電池ボックスの存在に気付いた者も

いるようだ。ますます興味を持った男たちは腰をかがめて、覗き込もうとさえしてくる。

（あうう……きっといやらしい変態だと思われているんだわ……あうう……こんなの恥ずかしすぎます……ああ……もう……お腹が……）

視姦のスリルが増すに連れ、尿意と便意も猛烈に膨れ上がってきた。衆人環視の中で漏らすなどあり得ないことで、絶体絶命のピンチと言ってもいい。

「はあぁ、うう……も、もうこれ以上は……」

すがるような目で中村を見る。こんな男に屈するのはいやだったが、こんな通りのど真ん中で失禁するよりはマシだった。

「どうかしましたか、課長？」

しらじらしくとぼける中村。祐美子の口から恥辱の言葉を言わせたいのである。

「う、うう……お、おトイレに……はあはあ……おトイレにいかせて……ううっ」

グルグルとお腹が鳴動し始めた。ゼリー浣腸はいつも以上に効き目が強いようで、肛門もヒクヒク痙攣し、猶予はもう残り少ない。尿意も凄まじく膀胱を圧迫し、少しでも緩めれば漏らしてしまうだろう。

「情報屋がいるホテルはそこの階段を上ったところです。あとちょっとですから頑張りましょうねぇ」

「か……階段……ですって……」

通りから右に向かって階段が伸びており、上にはビルらしき建物が見える。しかし階段はかなり急で、数十段もある。下からのぞかれればスカートの中は丸見えになってしまうだろう。祐美子にとってそれは、絞首刑台の階段のように感じられた。

(みんなに……み……見られてしまう……っ)

気が遠くなるような恥ずかしさで一瞬思考が停止し、階段の前で立ち尽くす祐美子。ドキンドキンという自分の動悸が、ドラムを叩くようにやけに大きく鼓膜に響く。

「どうしました。娘さんに会いたいのでしょう？　それとも引き返しますか？」

「くうぅ……わ、わかりました」

娘のことを思えば、恥辱の責めを堪えるしかない。それに尿意も便意もどんどん膨らんでくるのだ。時間が経つほど不利になるのは目に見えている。

(行くしかないわ……)

覚悟を決めて階段に一歩踏み出す。サイドスリットがパックリと腰まで割れて生足が剥き出しの色気を放つ。緊張のせいかハイヒールの音が一段階高く聞こえた。

「お、上に行くのか」

「ということは……へへへ……わざわざ見せてくれるとは、さすがマゾの露出狂だな」

予想通り、好色な男たちは階段の下に詰め寄ってきた。ある者は上体をかがめ、またある者はしゃがみ込んで、祐美子のすべてを視姦しようとする。

(いやぁ……見ないで……っ！)

振り向かずとも男たちの舌なめずりする表情や唾を飲み込む音、そして覗き込むようないやらしい視線を、尻肌で感じ取ることができた。

それでも立ち止まることは許されず、二歩、三歩と階段を上がっていく。

「その調子ですよ。おっと手は休めずに。乳首をつまんで、引っ張るんです」

命令しながら中村はバイブのスイッチをさらに一段強く切り替えた。

ヴヴヴヴヴッ！　ヴヴヴヴヴッ！　ヴヴヴヴヴッ！

「う、うぅ……ンあぁっ……あっ……あぁ～～～っ」

振動に加えて亀頭部を捻るように張り形が蠢き、祐美子の女の急所を的確に責めてきた。膣奥がカアッと熱くなり、まるで子宮がトロ火で炙られているよう。ワナワナ震える脚の内側を、愛液の滴が幾筋もツウッと流れ落ちていった。

「わ、わかったから……あああぁ……と、とめてっ……漏れちゃう……あぁぁっ」

淫らな振動は膀胱と直腸にも響いて、祐美子を脱出不能の罠へと追い込んでいく。

言われたとおりにすると、それまでの何倍もの快美が双乳に突き刺さり、心臓がきゅんと締め付けられる。膝がガクガクと震えて、階段を踏み外しそうになり、中村がそれを素早く支えた。

「感じてますな。みんな見てますよ。フフフ、課長のお尻もオマ○コも全部見られてますよ」

介抱する振りをしながら、ゼリー浣腸のシリンダーをグイッと押し込んでくる中村。

あらゆる性感帯を同時に責めて、祐美子を追い込んでいく。

「あああ……ハア……ハア……あ、あぁ……み、見られて……る……あああぁ」

ドクンッ！　ドクンッ！　ドクンッ！　ドクンッ！　ドクンッ！

雪崩れ込むゼリーが便意とぶつかり合い腸内で激しく火花を散らした。体温が上昇し、噴き出る汗でドレスがぴったり身体に張り付き、乳房やお尻はもちろん、背筋の縦筋やお臍の形まで浮かび上がらせてしまう。極限とも言える羞恥で思考は混乱し頭がおかしくなりそうだ。

羞恥、屈辱、高揚感、乳房の快感、興奮、尿意と便意の苦しさ……。そういったものが、肛門に注入されてくるゼリー浣腸によってブレンドされ、極上の媚薬となり、祐美子をマゾヒズムの迷宮へと引きずり込んでいくのだ。

（も、もう……頭が……身体が……変になっちゃう……っ）

陶然としたまま、クネクネ腰を振り、乳房を揉み上げながら破廉恥な階段上りを続ける祐美子。

ムチッと脂ののった太腿が九〇度の角度で突き出され、残された脚は脚線美を見せつけて伸びきる。

その瞬間、最大角度に拡がった聖域は男たちの眼に女のすべてを曝け出し、男たちは「オオッ」と歓声を上げげた。

（見ないで……ああ……恥ずかしい……）

女の官能中枢まで狂わされてしまったのか。菱形の孔からチラチラ見える乳首は真っ赤に充血して勃起し、蜜肉は果汁を溢れかえらせ太腿の内側はどちらもヌルヌル。彼女が歩いた後には滴の跡が点々と残されているほどだ。

「ハア……ハア……ハァ……こ、これで……終わり……」

フラフラになりながらも、なんとか最後の段を上がりきったとき、祐美子の肌という肌はピンク色に上気し、マラソンを完走したように汗にまみれていた。

「頑張りましたね、課長。おっと……」

何を思ったのか、わざとらしい感じでボールペンを落とす中村。

「え？」

それが何を意味するのかわからず、足下に転がったペンを見ながら祐美子は訝しんだ。

「拾ってください課長。ただし膝を曲げないで、両脚を伸ばしたままでです」

「な……」

中村の意図を察して青ざめる。そんなことをすれば、今以上にすべてが丸見えになってしまうではないか。想像しただけで顔面が真っ赤になり、頬肉が溶け落ちてしまいそう。

「もう店は目の前ですよ。ここまで来てやめるのですか？」

「ああ……うう……や、やります……っ」

（どうせ、もう見られているじゃない……）

半ばやけ気味に両脚を肩幅に開いて起立し、深く深く息を吸う。

「立ち止まったぞ」

「何をするんだ？」

何事かと階段の下の男たちも息をのんで見つめている。

（見たければ……好きなだけ、見ればいいわ……ッ）

深い海に飛び込むような気持ちで、上体を前に折り曲げた。

重そうに垂れた乳房がタプンと裏返り、顔を両側から挟み込む。マイクロミニのスカートは尾骨のあたりまで捲れ上がって、白桃のような臀丘が完全に露出した。それだけではない。野太いバイブをくわえ込んでグチョグチョに濡れた花園も白日の下にさらされてしまう。

「オオオッッ！　す、すげぇ……」

「ぜ、ぜ、全部……見えたッ！　丸見えだッ！」

「尻の穴にチューブが……やっぱり浣腸されていたんだ」

「見ろよ。オマ○コにもバイブをぶちこんでやがったぜ。本物のマゾの露出狂だな」

「あ、あぁぁ……」

ゾクゾクゾクッ！　男たちの罵声を浴びせられると、激烈な羞恥とともに得体の知れない高揚感が身体の奥底からこみ上げてくる。恥ずかしく惨めな気持ちになるほど、肉体は燃えてしまうのだ。

（いや、いやなのに……ど、どうして……）

自分で自分の身体の成り行きが信じられない。しかし子宮をジンジンさせる熱い疼きも、媚肉から溢れ出る濃厚な牝蜜もすべて現実なのだ。

「フッフッフッ。気持ちが良いでしょう。それが露出の快感ってやつです」

「あ、あ……うそ……こんな……」

口では否定するものの、祐美子の表情はどこかうっとりと陶酔を浮かべている。嫌なはずなのに、恥ずかしいはずなのに、肉体は理性のコントロールを離れて、どこまでも暴走していく。

「自分で拡げて見せてあげなさい。もっと気持ちよくなれますよっ！」

ヴゥイイイィィィ～～～～～ンッッ！　ヴゥイイイィィィ～～～～～～ンッッ！

「あひぃいいいっっ！　だ、だめぇっ！」

ゼリー浣腸がドッと送り込まれると同時に、バイブのスイッチが最強に引き上げられ、身体の奥の奥までかき混ぜられるような淫振が祐美子の中で爆発する。腸管の圧迫と蜜穴の振動は膀胱に集中し、尿意を限界まで高めた。

わけがわからなくなり、ブルブル震える指先が両側から尻タブをつかんでグッと左右に割り拡げる。その瞬間、稲妻のような快美がお尻から背筋を抜けて、延髄に何度も突き刺さる。

「うおお……丸出しだ……た、たまんねえ……」

浣腸される肛門の戦慄く様も、尿意を必死に堪える尿道口も、バイブをきつく食い締める媚肉のいやらしい蠢きも、すべてが生々しいほど暴き出される。見ている男たちも白昼夢を見るように、口をポカンと開け、呼吸も忘れて祐美子に魅入っていた。

「なんて……いやらしいんだ……こんなエロい女、見たことがねえ……」

「ハアハア……み、見てるだけで……くうう……出ちまうっ！」

祐美子の魅力に堪えきれず射精までしてしまう男たち。その淫気が伝わり、祐美子もまた、倒錯したマゾヒズムの底なし沼に堕ちていく。

「フハハハッ！　良い格好だ。素顔も見せてあげたらいかがです？」

意地悪く嗤った中村にサングラスを奪われてしまう。

「ひぃぃっ！」

白日の下に晒された美貌に、「オオッ」というどよめきと共にさらなる衆目が集まった。

「あ、あぁ……いやぁ……あぁぁ〜〜〜〜〜ッ！」

馬跳びの馬のような姿勢を崩せないまま、目眩く虐悦の波に翻弄されていく祐美子。死ぬほど恥ずかしいのに、さらにお尻を突き出し、もっと見てくれとばかりに振り立ててしまう。激烈な羞恥が七色の閃光をまき散らしながら官能中枢を灼き、爆発の炎は火砕流の勢いで駆け下り、バイブやチューブに塞がれていない小さな孔に殺到する！

プシャッ！　シャアァァァ〜〜〜〜ッ！

極まった淫情は一条の黄金水となって迸り、高々とアーチを描いた後、コンクリートの階段にバシャバシャとしぶきを散らした。派手な水音が鳴り響き、アンモニア臭がむんっと立ちこめる。

「おお、やったぞっ！」

男たちの歓声が何度も沸き上がり、他の通行人たちもそれにつられて祐美子の方へ視線を向ける。

「きゃあっ、何？　何やってんの⁉」

「お尻丸出しでオシッコまでしてるじゃない、変態よ、変態！」

「誰か警察を呼んで！」

女性たちの糾弾する声は厳しさを増し、祐美子の女としての尊厳をズタズタに切り裂いていく。だがその痛みすら、今の祐美子には甘美な被虐のメロディーなのだ。

「見ないで……あああぁ……見ないでぇ……はあぁん」

（うああ……ち、ちがう……ちがうの……私はこんな女じゃないのに……）

否定したくても、迸る熱いオシッコを止めることはできない。脚の間から見える上下反転した世界に視線をやると、罵声を浴びせる女性や歓声を上げる男たちと目が合った。

（ああ……私……興奮しているの……？）

逆さまの世界の中で、これまで培った常識や価値観、品位や矜持などがすべて失われ、ひっくり返っていく気がした。

『お前は牝ダ……ユミコ……』

脳は異常な体温で煮えたぎり、ドロドロのスープ状にとろけていく。もはや自我も感情も理性も本能も、すべてが渾然一体となり、渦巻く罵声や歓声に混じって、あの黒人の声も聞こえてくる。

（牝……私は……牝……？）

「ンあぁ……イク……あううぅ……祐美子、イクぅっ！」

呻くような声を放つと、美脚ががに股に拡がってガクガクッと痙攣する。露出と羞恥の快美に身も心も溶かされ、延々とオシッコを漏らしながら浅ましすぎる失禁アクメを極めてしまう祐美子だった。

第四章　黒い受胎

「あう……はあ……はあぁ……うっ、ううっ」

　指定されたホテルに到着したとき、祐美子は精根尽き果てた状態だった。

　大勢の前で局部を晒し、あまつさえお漏らしまで披露してしまったのだから、そのショックは大きい。

「着きましたよ。課長、シャンとしてください」

「…………」

　お尻をぴしゃっと打たれても、祐美子は魂が抜けたようにうつろな眼差しをロビーに向けている。

　ホテルは赤い柱や金の象眼など中華風の装飾が施され、豪華な雰囲気を醸し出している。天井一面に描かれた雲海と龍などかなりの迫力だ。もっとも祐美子にそれらを鑑賞する余裕などなかったが……。

「戻ってきたな、羽村祐美子。ヒヒヒ」

「ッ！」

　ハッと我に返り、声がした方を見る。

「き、金城！」

杖を持った老人がロビーの奥から姿を現した。待っていたのは情報屋ではなく金城本人だったのだ。

「およそ二週間ぶりか。リフレッシュして、とても元気そうじゃな。旦那に会ってメンタルも回復したじゃろう」

「くっ」

ジロジロと見つめられ、思わず後じさる祐美子。金城は女を実験動物のように扱う冷酷さと、執拗に責めまくる粘着性を併せ持つ狂人だ。見つめられるだけで肌から毒素が擦り込まれてくるような気がした。

「うう……やっぱりあなたは青龍会と繋がっていたのね……」

「今頃気付くとは鈍いですよ。課長を心身共に回復させるのが私の役目だったのです」

自慢げにうそぶく中村。魔薬調教で廃人寸前まで追い込まれた祐美子を休養させるため、わざと中村に『救出』させたのである。

「フッフッフッ。休養のわりには、随分楽しんでおったようじゃがな。屋外露出に浣腸とバイブ責め、最後は小便までさせるとは、なかなか大胆、たいしたものじゃ」

祐美子のお尻から伸びたチューブをツンツンと引っ張って目を細める金城。浣腸器本体と張り形は抜いてもらえたが、おぞましいアナルバルーンは挿入されたまま、ゼリー浣腸も排泄させてもらっていない。

「据え膳食わぬは男の恥と言いますからね。私は餌が良ければ馬車馬のように働きますよ」

「ふふん。役に立つ男は優遇するぞ。これは報酬じゃ」

金城が指図すると、黒服の男が中村に分厚い封筒を渡した。

「おお、これはありがたい。では私はこの辺で、失礼しますよ。課長の休暇届は私が出しておきますからね。へへへ」

札束を受け取った中村は、へこへこ頭を下げながらホテルから出て行った。

(うう……なんて男なの……)

身内に裏切り者がいるとなれば捜査部も当てにはならない。つまりこの先祐美子が本当に『救出』される可能性はほぼゼロということになる。目の前に黒々と横たわる絶望感に押し潰されそうだ。

「さて、祐美子。そろそろこいつが恋しくなってきたのではないか?」

懐から取り出したのは薬瓶。そしてその中身は改良型エンジェルフォールだろう。

「あ……うぅ……それは……」

それを見た瞬間、強烈なフラッシュバックと目眩が祐美子を襲った。頭の中にまざまざと蘇る生々しい調教とボブの極太ペニス。

それはこれまでのフラッシュバックの中でも最高レベルの強さで、立っていられないほど。フラッとよろめいて、近くの柱にもたれかかってしまう。

「休養中にあの男に使わせたのは一%程度の低濃度溶液じゃ。発狂させず、なおかつ禁断症状をギリギリ維持させるためのな」

「う、うう……やっぱり、クスリを使っていたのね……あぁぅ」

中村に逆らえなかったのはやはり魔薬のせいだった。しかしそれがわかったところで事態が改善するわけではない。

「じゃがこれは三〇％じゃ。本物のエンジェルフォールよ。どうじゃ、欲しくはないか？　コイツをたっぷりと浣腸して欲しくはないか？」

「はあ、はあっ……ク、クスリ……あぁぁ……はあぁ……っくぅ」

ドクンッ！　ドクンッ！　ドクンッ！　ドクンッ！

（ダメよ、欲しがっては……私は……立ち直ったはずよ……）

どんなに自分を叱責しても、魔薬の薬瓶から目が離せなくなった。数日間の入院で薬物依存は治ってはいない。むしろ祐美子の肉体をより熟れさせ、渇望と焦燥をつのらせるための熟成期間だったと言ってもいいだろう。

喉がカラカラに乾き、舌の根に甘い唾が湧く。うなじや腋の下に汗が噴き出して、牝腰をモジモジと揺すってしまう。

「コイツが欲しくてたまらないはずじゃ。身体が、心が……涎を垂らしておるわい」

いやらしく囁きながら、薬瓶を祐美子の頬に押しつける。ガラス器の中で渦巻く液体が、光を反射しながら妖しく揺らめき祐美子を魅了する。「欲しい」という言葉が今にも喉から飛び出してしまいそうだ。

「う……うう……ほ、欲しくなんか……ないわ……そんなものより……ハアハア……」

「む？」

「娘に……ハアハア……会わせて……ハアハァ……ッ」

転落寸前に追い込まれながらも、ギリギリのところで踏みとどまる祐美子。母としての愛と矜持が魔薬の誘惑を断ち切る。

「ほう、この状態でも娘のことが心配か。さすがは羽村祐美子じゃ」

切れ長の二重がキラリと光って金城を怯ませる。だがこの清らかで潔癖な精神こそが、祐美子を一層美しく輝かせ、男たちの邪悪な心を引きつけてしまう。とことんまで穢し、淫らな肉奴隷に堕としたいという歪んだ心を……。

「よかろう、会わせてやるぞ。付いてこい」

「あ、ああっ！」

挿入されている浣腸ゴムチューブを強く引っ張られて、祐美子は無理矢理立たされる。

「家畜のように引きずってやる。歩け歩け、娘の為じゃ。ククク」

「う……ま、まって……あぁぅっ」

括約筋を必死に締め付け、漏らさないように内股になってヨロヨロと後に続く。その無様な姿に、周囲の黒服たちがゲラゲラと嗤った。

地下へ続く秘密のエレベーターを降りると、それまでとは雰囲気が一変する。

「なんなの……ここは……」

いくつもの鉄格子と牢が並ぶ、まるで監獄のような場所だった。空気は冷たく湿っぽく淀み、裸電球の黄色い光が剥き出しのコンクリート壁に濃い陰影を浮かび上がらせる。あの豪華ホテルの地下にこんな陰惨な所があるとは。

「ここでは奴隷のオークションが行われるのじゃ。奴隷たちはここで売られるための準備をするのじゃよ」

「………」

鉄格子の向こうは独房になっており、三畳ほどの空間に粗末なベッドと便器が一つ。壁には何かで引っ掻いたような跡が見られる。今は無人だが、女たちのすすり泣きが聞こえてきそうで、祐美子はブルッと背を震わせた。

「ここじゃ」

そんな牢獄の一番奥に楓は監禁されていた。

「楓！」

便意の苦しさも忘れて祐美子は叫んでいた。しかしいくら呼びかけても返事はなく、楓はぼんやりと遠くを見ている。一応制服を着てはいるが、裂けたり汚れたりでボロボロになっている。愛らしいツインテールも艶を失い、表情からもかつての溌剌さが失われていた。

「娘に何をしたのッ！」

「もちろん魔薬の実験じゃ。母親が途中で逃亡してしまったからのぉ、娘が代役を務めるのは当然じゃな」

「そ、そんな。あれはあなたたちが勝手に……」

「契約とはそういうモノ。臓器売買されなかっただけマシじゃろう」

「うう……」

悪魔のような発言に返す言葉を失う祐美子。愛する娘を魔薬漬けにされた怒りと悲しみが、全身をワナワナと震わせた。

「ゆ、許さない……うう……あなたたち……絶対に許さないっ！」

激情が全身の血管を駆け巡り、魔薬の呪縛を振りほどいた手が、金城の頬をピシャンッと打つ。眼鏡が飛んで床に落ち、レンズに亀裂が走った。

「このアマッ」

「金城様になんてことを！」

周りの男たちが慌てて祐美子を取り押さえようとするが、それよりも速く黒い影が走った。

「ユミコ、暴れるナ」

「ああっ！　あ、あなたは……っ！」

振り上げた腕をつかんだのはボブだった。万力のような握力で手首を捻られ、そのまま背後で固められてしまう。その途端、蛇に睨まれたカエルのように、全身が金縛り状態になる。

(うう……どうして……力が入らない……?)

振りほどこうと頭では思っていても、身体は反応してくれない。手首をつかむ強力な腕力に、ボブの逞しい肉体を思い出す。父を殺し、夫を傷つけ、自分を廃人寸前まで追い込んだ悪鬼のような男、それと同時に数え切れないほどの快楽を与えた野生の肉体……。それは恐怖とも畏怖ともつかない、魂を震わせる感情だ。

(だめよ、思い出しては!)

汗臭い体臭。胸板の厚み。異常に高い体温。ヤニ臭い吐息。それらが魔薬で蘇った記憶をさらに鮮明にさせる。

蜜肉に食い込んでくる恐ろしいほど巨大な肉棒。その形や硬さ、熱さや臭いなどを、目で見ているようにハッキリと思い出してしまう。女を牝に変え、絶対的に支配する……そういう意味では、魔薬よりも強力かも知れない。

(私……どうしてしまったの……?)

何かがおかしい……自分の中で何かが狂っている? 祐美子が戸惑っている間に、ボブによって頑丈そうな手錠がガチャリと後ろ手に嵌められてしまった。

「ああ……」

「ふふふっ……じゃじゃ馬め。楽しませてくれるわい」

馴致したと思った祐美子から思わぬ反撃をくらい、苦笑する金城。ひびの入った眼鏡をかけ直すと、パチンと指を鳴らした。

「ボブ、今からあの娘の処女を奪え。祐美子に見せつけてやるのじゃ」

「だ、だめぇっ！　それだけはダメよっ！」

「お前の相手は儂がしてやるわい。こってりとな」

金城がこれまでにないほど残忍な笑みを浮かべるのを見て、祐美子は背中に氷を押し当てられたような冷たさを感じるのだった。

その間にボブは全裸になり、楓の牢獄の前に仁王立ちした。皮下脂肪が少なく筋肉が盛り上がる褐色の裸身は、黒曜石でできた彫像のような圧倒的存在感だ。

「ハア……ハア……あ……ご主人様……」

その巨体を前にして、楓は意外にも怖がったりしない。むしろ待ちかねたような甘えた媚びを浮かべているではないか。

「欲しいカ」

ヌッと突き出す黒い剛棒。子供の腕ほどもある巨根には魔薬クリームが塗られており、血管や亀頭の造形を浮かび上がらせながらヌラヌラと妖しく光っている。あれが自分の中に入っていたとはにわかに信じられない偉容だ。

「ア、アアッ……おクスリ……アハアァァァッ……欲しいっ！　あああ……おクスリのオチンチン、ちょうだいっ！」

それを見た途端、楓の表情が豹変した。飢えきった獣のように瞳を爛々と輝かせ、鉄格子ににじり寄る。

「はやく、はやくくださいっ！　何でもします……何でもいうこと聞きますからぁっ！　ハアハア……クスリ、クスリのオチンチン！」

おそらくボブのペニスを使って魔薬を仕込まれたのだろう、鉄格子の間から手を伸ばし、必死に拷問人の一物に触れようとする。それはもう完全な魔薬中毒患者の顔だ。

「ああ……楓、しっかりして！　ダメよ、魔薬なんかに負けないで！」

祐美子が呼び掛けるが、楓の耳には一切届かない。狂ったようにガタガタと鉄格子を揺さぶったり、頭を格子の間に突っ込もうとしたり、とにかく魔薬を塗ったペニス以外、何も見えていない様子なのだ。あれほど聡明で明るく、学級委員長をするほどまじめだった楓が、ここまで落とされてしまうとはっ。

「シャブレ」

ボブが前に出て、肉棒を鉄格子の向こうへ突っ込む。

「あああっ、おクスリ、うれしいですぅっ！　ご主人様ぁっ！」

楓は無我夢中と言った感じにペニスにしゃぶりつき、可憐な唇を精一杯拡げて巨根をくわえ込んでいく。

「んふっ……むちゅっ……ちゅぱっ……ジュルジュルゥウッ！　あはぁん」

小鼻を拡げて唇を突き出し、狂った幸福感に満ちた顔を晒し、父を傷つけ、母を犯した男に奉仕する楓。

（ああ……オチンチンを……あんなに……）

娘がしゃぶっている剛棒を見ていると、なぜか胸がドキンドキンと高鳴り、呼吸も乱れてしまう。口の中には自分がしゃぶらされたときの圧倒的な体積や臭いが、生々しいほど蘇ってくる。

（な、何を考えてるのっ、私は……っ）

「か、楓！　だめよっ、正気に戻って！」

自分の妄想を振り切るように、祐美子はひときわ大きな声で叫んでいた。

そこでようやく楓は祐美子の存在に気付いたようだ。盛んに瞬きする瞳が母親をジッと見つめるうち、見る見る涙ぐんできた。

「え……お母様？」

「そうよ楓、私よ。絶対に助けてあげるから、負けちゃだめ、気持ちをしっかり持つのよ！」

「ああ……お母様……私……私……クスリを使われて……こんな身体に……されちゃったよ……う、ううっ……わぁぁっ」

正気を取り戻したのか、ポロポロと大粒の涙をこぼし始める。ヒックヒックとしゃくり上げるたび、小さな肩が震える。ませてはいてもやはりまだまだ少女なのだ。

「ああ……楓、ごめんなさい……私のせいで……こんなことに巻き込んでしまって…

……」

祐美子も思わず涙を流した。これまでの過酷な調教でも絶対に泣かないと心に決めていたが、今回ばかりは堪えきれなかったのだ。

「正気を取り戻させるとは、感動的な再会じゃがな。ボブ、やれ。娘を完全なヤク中に仕込むのじゃ」

血も涙もない男たちに情けなどあるはずもなく、凌辱の牙が再び楓に向けられた。ボブは楓のツインテールをつかむと、腕力にものを言わせて剛棒を唇にねじ込んでいく。

「い、いやぁっ！　むぐっ……ううっ！」

口いっぱいに頬張らされた楓は苦しそうにジタバタ足掻く。しかしそれも数秒だった。

「はぁ……う、ああ……はあぁ……ああ……ク、クスリがぁ……はあはあっ」

目尻がトロンと下がり、表情も見る見るとろけていく。抵抗する力は失われ、逆に魔薬への渇望が露骨に表れる。

「はぁ……あああぁん…………お、お母様……やっぱりだめ……だめなのぉっ……お口が勝手に動いちゃう……ハアハア……ご主人様の……おクスリチンポ……んちゅ、むふっ……いけないのに……おいしくて、やめられないの……はあぁん」

鉄格子に取りすがるようにして、黒人の股間に顔を埋めていく。精液をねだるように、毛むくじゃらの陰嚢までもベロベロと舐め回し始めたではないか。

「ほほう、女子校生のくせにボブのデカマラにしゃぶりついてやがる」

「さすが淫乱捜査官の娘だぜ」

周囲の男たちがニタニタと嗤う。小柄な美少女が懸命に大男の巨根に奉仕するギャップは、嗜虐欲を刺激せずにはおかない。

「か……楓……」

「丁度クスリが切れていたからな。見ろ、あのジャンキーのような顔を。いいくわえっぷりじゃ。フフフ、母親同様、魔薬とチンポの虜じゃ」

「うう……ひ、ひどいわ……娘はまだ……女子校に入学したばかりなのに……なんてことをっ……うう、悪魔、人でなし！」

自分が傷つけられるならいくらでも堪えられる。しかし愛する娘を穢されるのは死ぬよりも辛かった。それも身体だけではない。心まで壊されようとしているのだ。

「お前たち母娘は、その悪魔から逃れられないのじゃよ。フッフッフッ」

嗤いながら金城もズボンを下ろす。跪かされた祐美子の目の前に、老人とは思えないほど精気に満ちた肉棒が突きつけられた。

「あ……そ、それは……」

「もちろんエンジェルフォールじゃ」

金城のペニスにも魔薬クリームがベットリと塗られており、その甘い匂いに鼻をくすぐられただけで、祐美子の中で何かが蠢き始める。

「お前もヤク中に戻してやる。これが欲しかったのじゃろう」

「う、うう……そ、そんなこと……ないわ……ハアハア……」

ドキンッ！　ドキンッ！　ドキンッ！　ドキンッ！　ドキンッ！

言葉では否定しても、もう魔薬ペニスから目が離せなくなる。この一週間、体力の回復を施しながらも、ずっと禁断症状を持続してきた。中村に犯されても魔薬はごく微量でペニスも短小包茎、とても心底満足したとは言えない。そんな焦らしとも言える責めが、魔薬への渇望を極限にまで高めていたのだ。

「しゃぶるのじゃ祐美子。娘の前でな」

「あ、ああ……それだけは……」

「遠慮する必要はないぞ。娘も楽しんでおるのじゃからな」

ふと横を見れば、楓がほ乳瓶を吸う赤ん坊のように、肉棒に唇をつけてチュウチュウと吸引し、先走りの汁を啜り飲んでいる。表情は辛そうに歪んでいるが、抵抗はできない。それほどまでにエンジェルフォールの中毒性は高い。

「はあ……はあ……楓……」

その顔には時折母親から見てもドキッとするほど扇情的な女の貌が浮かぶ。とても処女とは思えない妖艶で淫蕩な表情なのだ。それを見ているとなぜか口の中が熱く火照り、舌がジンジンと痺れて、ゴクリと生唾を呑み込んでしまう。口だけではない。

下腹もキュンキュンと疼いて、クレヴァスもじっとりと蜜を湧かせてしまう。

「羨ましそうな顔をしておるな」

「そ、そんなこと……っ」

はっきり否定もできず口ごもる。今まさに娘を犯そうとしている男のペニスに見とれるなど、母親として絶対にあってはならないことだ。

しかし身体を内側から震わせる衝動は何なのか。娘を心配しつつも目線はペニスの方に引かれていくのはなぜなのか。肉体は母親としての矜持を捨てて、牡を求めているのだろうか……。

「遠慮せずにしゃぶれ。お前が大好きなエンジェルフォールつきのチンポじゃ。ヒヒヒ」

「ハア、ハア……あぁぁ……」

(ダメ、だめよっ)

頭の中で理性の警報が鳴り響く。弱々しく首を横に振るものの、どうしても金城の勃起から目が離せない。そして何より、魔薬の甘い香りが祐美子を狂わせていく。

「ほれ、娘の前だからといって気取るんじゃない。それとも浣腸の方が好みか」

金城が黒髪をつかんでグッと腰を突き出す。

「んぐぅ……むふぅぅっ」

噛み縛ろうとするよりも速く、肉棒の侵入を許してしまう。口いっぱいに拡がる魔薬の味と匂いに、祐美子の頭は電流を浴びせられたように痺れきった。

「舌を動かせ」

「あ、あ……はぁむ……はい……うぅぅ……っ」

(い、いや……こんなこと……したくない……のに)

金城の言葉に逆らえず、磁石に吸い寄せられるように、舌が勝手に亀頭へ絡みついていく。口中に広がる魔薬の味、男の体温や体臭が祐美子を悩乱させ、二度と引き返せない底なし沼へと貞淑な人妻を誘う。これまで中村が使っていた低濃度とはワケが違う本物のエンジェルフォールだ。

「あ、ああ……ああっ！」

魔薬の混じった唾をこくりと飲み込んだ瞬間、全身を稲妻に打たれたような衝撃が走り抜け、ビクンビクンッと背中を痙攣させる。

(うあぁぁ……すごい……全然違う……っ)

たった一舐めで、身体中の血液が沸騰し、視界が飴細工のようにとろけて、頭が混乱してくる。すると目の前の肉棒がボブの巨根のように感じられてきたではないか。

「ああ……ぴちゃっ……くちゅっ……いや……はぁむ……ちゅ、ちゅぱ……こんなことしたくないのに……あぁぁん」

(お口が……舌が……勝手に動いてぇ……っ)

後ろ手に拘束された手が悔しそうに拳を握りしめるが、一旦始めたフェラチオ奉仕は止まらない。跪いたままやや上体を倒し、宿敵の肉棒を磨き上げていく。

魔薬が浸透するにつれ、唇も舌もどんどん敏感になり、舐め回しているだけで身体の芯がとろけるような快楽を感じてしまう。まるで唇が女性器になったようだった。

「ククク、逆らえまい。お前はもう儂の操り人形よ」

「う、うう……ちがう……私は……くちゅちゅぱ……まだ……あぁぅ」

金城の声が黒人の声のように感じられ、絶対に従わなければならないという気持ちにされてしまう。もはやボブはなくてはならない絶対的な存在として祐美子の中に居着いてしまったのだろうか。

(ちがう……これは……幻覚よ……)

おぞましい幻影を振り払うように、小刻みに首を振る祐美子。だがどんなに足掻こうとも、脳の奥深くに棲み着いた黒い影からは逃れられない。

「へへへ、良い眺めだぜ」

「二人の唇を比べてみたいもんだ」

美しい母と娘が並んで肉棒奉仕する背徳的な姿は、男たちの欲情を心地よく刺激してくる。

「ボブのチンポの感想を、母親に聞かせてやれよ」

「ンあぁ……お、お母様……あむっ……大きすぎて……苦しいのに……ンあぁぁ……お、お口が……あぁ……とまらないよ……くちゅっ」

「はぁぁ……か、楓……がんばって……あぁぁ……クスリなんかに……ま、負けちゃ……だめよ……ちゅぱちゅぱぁっ」

救いを求める楓の涙声が聞こえてきて、祐美子は気力を振り絞って魔薬に対抗する。愛する娘のために、卑劣な男たちに屈するわけにはいかないのだ。

「はぁはぁ……う、うん……がんばる……はあはあ……私……クスリになんか、負けないんだからぁ……くちゅぱぁ」

「ああ……そうよ……私も負けないから……あぁぁン……二人でがんばるのよ……最後は、絶対……んむふぅ……正義が勝つのよ……ちゅっ……くちゅん」

魔薬に翻弄されながらも互いを励まし合い、最後まで堕ちまいと踏ん張り続ける母と娘。深い愛情がかろうじて魔薬の誘因力に対抗している。

「ほほう、母親だけでなく娘もなかなか……これは母娘揃って逸材じゃな」

捜査官の祐美子のみならず、まだ十代の少女である楓もエンジェルフォールに堪えるとは金城の計算外であった。

「親子の絆が支え合っているということか。しかし、それもいつまで続くかな。ヒヒヒ」

金城がスマートフォンを取りだし、楓の方に差し出した。

「これを見るのじゃ」

「んんむ……ぷはぁ……ああああっ⁉」

楓は肉棒をくわえたまま驚きの声を上げた。そこに映っていたのは、祐美子と中村の情事の写真だった。

「祐美子はお前を置き去りにして逃げたばかりか、自分の部下の男と浮気をしておったのじゃ」

「そ、そんな……んむぐっ！　ハアハア……お母様が……浮気なんて……うそよ……」

「や、やめて！　娘にそんなもの見せないで！」

「お前はしゃぶっておれ」

悲鳴を上げる祐美子の口に金城のペニスが押し込まれて声を塞がれる。

「ハア、ハア……お母様がそんなことするわけが……きっと脅されて……」

「祐美子は縛られておらんぞ。それにこの顔を見れば、悦んでいることは一目瞭然じゃ」

「そんな……お母様……」

「こっちはどうじゃ。夫のすぐそばで浣腸されておるぞ」

「あああ……こ、こんな……か、浣腸なんて……ああ……そんな変態みたいなことを……お父様のそばで……」

「う、うう……ラめ……んぐぅ……見てはラメぇ……ああぅ」

呼び掛けても楓は呆然と写真を見つめている。もちろんそれは中村に脅迫されて犯された時の写真だ。しかし、都合の良いシーンだけを切り取れば、変態浮気写真となってしまう。今の楓にそれを冷静に判断する力はないだろう。

「ああ……わからない……お母様……私、何を信じたら良いの……わからないよ……」

破廉恥シーンの連続で楓はすっかり動揺していた。瞳は忙しく泳ぎ、唇もワナワナ震えている。まだ未熟な精神では処理しきれず、パニック状態に陥っていく。

「まだ信じられぬか。ならば証拠を見せてやろう」

邪悪な笑みを浮かべた金城が、祐美子の肛門に埋め込まれているアナルチューブを引っ張り始めた。

「う、ううぁあ〜〜っ！　やめて……だ、だめぇっ！　今は……抜かないでぇっ……ううぐっ……あひぃぃ〜〜〜〜〜〜〜〜〜っ！」

哀訴を無視して、無慈悲にもバルーンがギュポンッと引っこ抜かれる。肛径がポッカリと口を開け、緋色の直腸内まで晒してしまう。その直後……！

ブチュッ！　パシャッ！　ブリュルルルル〜〜〜〜〜〜ッッ！

「あ、あ……あぁぁっ……い、いやっ！　いやあぁぁぁ〜〜〜〜っ！」

魂を絞り出すような嗚咽と共に、浣腸されていた透明ゼリーがウネウネと排泄され、コンクリートの床にとぐろを巻いていく。

「お、お……母……様……」

眼球が飛び出しそうなほど瞳を見開いたまま、楓は硬直していた。思考は完全に停止し、呼吸すらも忘れて見入ってしまう。

「うあぁ……見ないで……あぁぁ……見てはいやぁっ！　あぁぁぁ〜〜〜〜ッ！」

泣こうと喚こうと、一度崩れた堤防は復帰せず、ひり出し続けてしまう祐美子。死にも勝る羞恥の炎に灼かれ、祐美子の精神も粉々に砕かれていく。

（……もう死にたい……あぁ……でも……）

母として、女として、いや人としてこれ以上ない恥辱が祐美子を狂わせるのか、ゼリーがぐぐり抜けるたび、菊門から凄まじい快美がこみ上げてきた。

「う、うぅ……あ、ああっ……そんな……熱いのが……く、くる……お尻から……ぅああぁ〜〜〜〜〜〜んっ！」

ビクンビクンッと左右の尻タブが痙攣し、強張る。しかし肛門は開きっぱなしで、ゼリー排泄は延々と続いた。

「ヒャハハッ。まだ出るぞ。すげえ量だな」

「それにあの顔見ろよ、透明ウンチを漏らしながら感じてやがるぜ」

パシャッ！　パシャパシャッ！　カシャッ！

撮影係の男が何度もフラッシュを煌めかせて、祐美子の痴態を記録していく。

「い、いやあ……撮らないで……あぁぁ……こ、こんなところ……撮らないでぇ……あぁぁ……はぁぁうん」

激烈な羞恥の炎に身も心も焼き尽くされ、灰になってしまいそう。しかし中村の調教で目覚めさせられた露出の興奮が内側から祐美子を腐敗させる。

迸る悲鳴はいつしか甘い喘ぎへ変わり、祐美子が快感を感じていることは誰の目にも明らかだった。

「はあぁ……あぁぁ……う、ううむ……も、もう……止めて……誰か、止めてぇ……ああぁ～～～ッ！」

プシャアアァァァッ！　ジョロロロロォォ～～～～～～～～ッ！

さらにはオシッコまで漏らしながら、祐美子は浅ましい牝声を何度も繰り返す。絶頂と変わらないいくらいの快楽の波が押し寄せて、頭の中が真っ白に漂白されていく。

「はあぁぁ……あぁぁ……あああうう……」

すべてを搾りきり、祐美子はガックリとうなだれた。さすがの祐美子も気力と体力をほとんど削り取られ、魂の抜けた抜け殻状態だった。

「わかったか。お前の母親が浣腸マニアのアナルマゾだということが」

「う……ううっ……お母様……うう……むふっ……ぐすっ……くふぅん……っ」

ハラハラと涙をこぼし、鼻を啜りながら、楓は憔悴しきった表情でボブの巨根に奉仕を再開してしまう。どこか自棄になったように、積極的に舌を絡めていく。

「はあはあ……か、楓……私は……っ」

「…………」

祐美子の声に楓は応えなかった。ただ哀しそうな視線で流し見るだけ。おぞましい浮気写真、そして排泄姿まで見せられて、今の楓の中では母への信頼はごっそりと削り取られてしまったのだ。

「フフフ。自業自得というやつじゃな。ほれ、お前も舐めろ」

「うぁぁ……いや……んむぅ……ちゅぷ……くちゅぱぁ」

放心状態の祐美子もフェラチオ奉仕を再開させられた。絆の深さ故に、招いた深刻なダメージ。何という狡猾な作戦か、二人はもはや金城の言いなりだった。

「ククク……」

母娘の絆に確実に楔を打ち込んだという自信で、金城は満足そうに嗤う。今は小さな亀裂でも、やがてそれは強固なダムをも崩壊させる前兆となる。長年女たちの心と身体を弄んできた金城には確信の手応えだ。

「はあはあぁ……オチンポ……ああん……おクスリのオチンポ……むちゅくちゅっ」

「ちゅぱっ……じゅぱっ……楓……だめよ……あふぅん……オチンポなんて……言っては……ああン……オチンポ……ちゅぱちゅぱぁっ」

金城の狙い通り、気力が萎えてしまった二人は魔薬ペニスで唇を犯されるままになっていた。そして精神の壁が崩れれば魔薬に抵抗することも当然できない。楓は覚えたてのテクニックで、必死に巨根を磨き上げていく。祐美子も押し込まれたディープスロートを駆使して金城の勃起を喉奥深くまで迎え入れていくのだった。

「フフフ。母娘揃って良い眺めだぜ」

「なんだかんだ言っても、口をシャブチンポから離さないもんな」

美しい母と娘が悲哀の表情を浮かべて、魔薬ペニスにフェラチオ奉仕する姿は最高の見世物で、金城の部下たちは興奮の笑いを抑えられない。しかも娘は女子校屈指の美少女で、母親はマフィアの天敵、捜査課長なのだから、いやでも愉悦は増していく。黒服の何人かは精を放ってしまっているようだ。

「くふふうっ、この金城が腕によりを掛けて、二人を最高の母娘奴隷にしてやるぞ」

「グフフ。出すゾ、小娘。全部飲メ」

美しい母娘を征服する悦びに尿道から輸精管、そして睾丸まで震えながら、金城とボブは同時に精を放った。

「うぐぐ……んむぅぅっっ！」

「あきゃあっ……うぁあぁん！」

どぷっどぷっと注がれる濃厚な精を必死に飲み下す祐美子と楓。母と娘の喉が鳴る音が牢獄でシンクロする。飲みきれなかったぶんは、母娘のよく似た美貌に白濁のシャワーとなってぶっかけられた。

「あ、あ……」

喉を灼く熱さが、鼻腔を突く性臭が、舌を痺れさせる味が、すべて快感となって祐美子の官能を震撼させた。バチバチと背筋から脳天にかけて電流が走って、縮み上がった子宮がきゅんっとせり上がり、祐美子は総身をビクビクと震わせた。軽いエクスタシーにまで達してしまったのだ。

（ああ……楓……）

娘を気遣いながらも、祐美子の意識は白い濁流に呑み込まれていく。

「ほれ、目を覚まさんか」

「ううっ」

気がつくと祐美子は金城の胡座の上に背後から抱き上げられていた。エンジェルフォールの影響で頭が重く、しばし呆然としていたが……。

「これから娘の水揚げじゃ、よく見ておけ」

「あ……ああっ……か、楓！」

牢から出された楓は胡座をかいたボブの膝の上に、祐美子と同じ体勢で抱きかかえられていた。M字に開脚された聖域は剥き出しで、特大の肉槍によって真下から今まさに貫かれる瞬間であった。

「ひぃっ……痛いっ……アキャアアァァァァアッ！」

M字開脚の身体がゆっくりと巨根の上に降ろされ、楓の唇からこれまで聞いたことのない絶叫が迸った。

「ひぎいっ……き、きつい……うあああ……痛いっ……痛いぃぃ～～～っ！」

どんなに泣き叫んでも、残忍な凌辱者に慈悲はない。掘削機のように処女を犯し、貫いていく。鮮血がツウッと流れ、破瓜の刻を告げた。

「か、楓っ！　ああ、なんてむごいことを……」

まるでボーリングの杭を打ち込むような壮絶すぎる光景に、祐美子もクラクラと目眩を覚えた。ボブの巨大さは身をもって知っているだけに、娘の辛さは痛いほどわかる。ましてや楓は処女なのだ。祐美子の刻より数倍きついはずだ。

「うおおっ、さすがボブだな。見ている方がきつくなってくるぜ」

「初めての相手が巨根の黒人とはな。一生のトラウマものだろうぜ。ヒャヒャヒャ」

男たちは食い入るようにして楓の処女喪失を鑑賞し、カメラのフラッシュを瞬かせた。

「ああ、もうやめて……これ以上は、娘が壊れてしまいますっ！」

「フフフ。普通ならな。じゃがエンジェルフォールは苦痛すらも快楽に変えるのじゃ。どれお前も処女を奪ってやろう」

「え……？」

黒服たちが祐美子の身体を大股開きに担ぎ上げる。その間に金城が腰の位置を調整し、亀頭を祐美子のアヌスにピタリと当ててきた。

「ひっ!?　な、何をする気なのっ！　そ、そこは違うわ！」

「儂はここを狙っておったのじゃよ。お前を初めて見たときからずっとな。そのために時間を掛けて拡張してきたのじゃ」

「い、いやぁっ！　そんなこと、狂ってますっ！　あ、あひぃっ……人間のすることじゃないわっ……うううあ……だめぇっ！」

膣肉を犯されると思っていた祐美子は動転の悲鳴を上げた。まさか排泄器官で男根を受け入れさせられるなど、まったく予想していなかった。

「諦めて金城様と繋がるんだよ」

男たちが祐美子の身体を降ろし始めると、肛径が亀頭に押し開かれる。すでに浣腸とバルーンで十分ほぐされた肛門粘膜は驚くほど拡がって、スムーズに金城をくわえ込んでしまう。

ジュブッ……クチュッ……ズブズブズブ……ッ！

「うう……うぁあぁ……そ、そんな……やめて……あぁぁ、痛い……入ってくる……くうっ……裂けちゃう……うぅぅぅむ」

歯を噛み縛り、顔を左右に振りたくる。しかしどんなに足掻いても、肉棒の侵攻を妨げることはできない。

「痛いのは初めだけじゃよ、フフフ、それっ！」

グッと押し込まれ、ついに一番太いカリの部分が肛径を通過した。

「ひいいいっ！」

ギクッと腰を反らせ、生まれて初めてのアナルセックスに呻き苦しむような声を絞り出す祐美子。排泄専用の孔に無理矢理押し入られて、内臓がひっくり返ってしまいそう。まじめな夫以外を知らない彼女にとって、信じられない変態行為だった。

「うむ、これなら全部いけそうじゃ。ほれ、ゆっくり降ろせ」

未だ誰も踏み入れたことのない祐美子の秘奥、高潔なる女捜査官に隠された禁断の領域。そこを制覇する悦びを噛みしめながら金城は、さらに半分までズンッと埋め込んだ。

「くはっ……く、苦しい……はぁはぁ……ぬ、抜いて……あぁぁ……っ」

「娘が堪えておるのに、弱音を吐くな。前はボブのモノじゃが、肛門は儂がじっくり快楽を教え込んでやる。しっかりこの味を覚えるのじゃ」

金城は豊満な臀丘全体を抱え込むようにして、いやらしく尻肉を撫で回す。偏執的な性癖にゾッと寒気を覚える祐美子だ。

「うあぁぁ……そんなこと……し、知りたくありません……あ、あ……放しなさいぃ……あむうっ」

変態行為を断固拒否する祐美子。だが菊門に感じた痛みは徐々に薄まり、少しずつだが妖しい疼きが燎原《りょうげん》の炎のように燃え広がってきたではないか。

「おおおっ……これは予想通り素晴らしい……いや、予想以上の名器じゃわいっ」

黒服たちが祐美子を支える手を緩めると、金城の勃起がまっすぐ根元まで祐美子の肛門に一気に呑み込まれた。

「あひぃぃぃ～～～～～～っっ！」

美貌が天井を向くほど仰け反り、背筋をピーンと突っ張らせる。膣肉は散々ボブに犯されたが、それとはまた違う圧迫感と屈辱感だ。まるでお尻から脳天まで、堅い檜の柱で刺し通されたような感覚なのだ。

「よおし、これで祐美子の尻は儂のモノじゃわい。くく……それにしてもやはり、これは……すごい……締め付けて、絡みついて……こんな気持ちの良い尻の穴は初めてじゃ」

温かくまとわりついてくる粘膜の柔らかさ、根元をキュッと締め付けて放さない括約筋の収縮性。いずれも一級品であり、これまで数え切れない女の尻を餌食にしてきた金城だが、唸らずにはいられない。

「母と娘、二人仲良く処女喪失か。最高だな」

「ざまあみやがれ、ヒャヒャヒャヒャッ」

パシャッ！　パシャッ！　パシャッ！　パシャッ！　パシャッ！

男の膝の上で息も絶え絶えに喘ぐ祐美子と楓に、フラッシュと嘲笑が浴びせられる。

「ハアハア……やめて……う、うあぁ……あぁ……くやしい……ハアハア……」

腸管を肉棒で埋め尽くされ、肛門を限界近くまで拡張されて、いくら調教を受けたからと言って、普通なら相当な苦痛を伴うはずである。

ところが祐美子が感じているのは痛みではない。肉をとろかし魂を腐敗させる熱い淫疼なのだ。

「うう……ど、どうして……？」

そしてそれは楓も同じだった。小児の拳ほどもある亀頭で処女膜を切り裂かれた直後にもかかわらず、表情はそこまで苦しそうではないのだ。

「エンジェルフォールの筋弛緩効果と感覚変化で痛みはほとんど感じておらんはずじゃよ。処女でもボブのデカマラをくわえ込めるし、お前の肛門もこの通りじゃ。素晴らしい実験の成果じゃのぉ」

金城が自慢げに語りながら、祐美子の身体を楓に向かって押し倒す。

「あああ……っ」

後ろ手に縛られた身体を顎と胸と膝で支えるポーズは、まさにアナルセックスに最適の体位で、結合がさらに深まった。さらに目と鼻の先には処女を失ったばかりの、鮮血にまみれた娘のヴァギナが突きつけられている。

(ああ……ひどい……っ)

激しい怒りと娘を守れなかった無念さが入り混じり、祐美子の胸を締め付けた。

「早くボブを射精させた方が、娘は楽じゃぞ。知っての通りボブは何時間でも犯し続けるからのぉ。キンタマをペロペロしてやれば悦ぶぞ」

アナルを深々と貫きながら、耳元で囁いてくる金城。

「く……うう……あぁぁ……」

ボブの超巨根は亀頭部分しか入っていないが、処女だった楓にはこれで精一杯だろう。まだ初々しい花園が黒い肉槍に貫かれている様は、出血はおさまりかけていたが、痛々しい情景だ。

（ああ、楓……本当にごめんなさい……私のせいで……）

罪悪感に駆られ、祐美子は黒人の巨根に向けてオズオズと舌を差し出した。せめて少しでも早く娘を拷問セックスから解放してやりたい。

舌を噛み切りたくなる気持ちをグッとこらえて、極太の陰茎に舌を這わせ始める。そこには娘の破瓜の血も付着しており、屈辱的な気分を倍加させた。

ピチャピチャと舌を動かすうち、濃密なボブの体臭がムンッと押し寄せてきた。

ドクンッ！

（え？）

そのとき祐美子の身体の奥で、何か得体の知れないモノが蠢き出す。見開かれた瞳は、娘よりもそこに填まり込んでいるどす黒い巨根へと向かってしまう。誰よりも太く逞しい、牡のシンボル……。

（な、何を考えてるの……私は……ああ……でも……このにおい……）

獣を思わせる汗と精液、ツンとくる体臭。それらが混ざり合って独特のフェロモンとなり、祐美子の鼻腔から脳内へと侵入する。魔薬にも匹敵する誘因力で祐美子の牝本能を目覚めさせようとするのだ。

（うう……なんなの……この気持ち……胸が……アソコが……熱く……）

その感情の正体を自分でもわからないまま、剛毛に顔を埋め、睾丸を口に含んでしゃぶり回す。分厚い皮に包まれた睾丸は常人の倍ほどもあり、絶倫の精力を物語っている。

「んふっ……むふっ……ハアハア……ちゅっ……あふぅんっ」

吸い付けられるように祐美子はボブの股間に顔を埋めていく。思考は虚ろになり、ぼやけた脳内にはボブに犯された快楽調教の記憶が蘇っていた。

（ああ……なんて大きくて逞しいの……これを……入れられたら……）

ふしだらな妄想を思い浮かべながら、タマ舐めに没入していく祐美子。まだ何もされていない子宮がキュンッと疼き、蜜肉はジュクジュクと花蜜を湧かせてしまう。自分がボブの巨根で犯されているような幻覚に襲われて、知らないうちに金城に犯されている尻が、ゆっくり左右に揺れ出す。

「グフフ……いいゾ」

ボブは久しぶりに味わう祐美子の唇にご満悦だ。娘を犯しながら、その母親にタマ舐め奉仕させる……男にとって究極の快美に酔いしれ、肉棒はますます熱く硬く勃起していくのだった。

「ユミコ、よく見ていロ。ウオォォッ！」

興奮したボブが楓の身体を激しく揺さぶりだす。楓にとっては先端だけでも十分すぎる破壊力だ。

「ンあ、あっ……ひっ……あぁ～～～～っ！」

ズブッズブッと穿られるたび、楓は顎を裏返らせ、苦痛と快楽の混じり合った顔を仰け反らせる。魔薬を塗り込まれているとは言え、衝撃をすべて消せるわけではない。

「か、楓！」

悲鳴を聞いてハッと我に返る祐美子。ふしだらな幻覚から振り払うように頭を左右に振った。

「ふむ。ボブも再会を悦んでおるわい。余程祐美子を気に入ったらしくて、この一週間はどんなに他の女をあてがっても満足しなかったからのぉ」

野獣とも言える男が、一人の女に執着することは珍しい事だった。それだけ祐美子の肉体が魅力的であり、牡の本能を刺激する何かを持っているのだろう。

「うう……それなら、私が代わりに犯されます……ハアハア……だ、だから……」

「フフフ。そのチンポが恋しいか？　ボブのことを好きになってきたか？」

「……ち、ちがいます……はあはあッ」

一瞬ドキリとする祐美子。確か金城は新型魔薬の力で、祐美子はボブを愛するようになると言っていた。そんなハズはないと思うのだが、身体を内側から炙ってくる熱さは本物で、だんだん自分に自信がなくなってくる。

「も、もう……これ以上楓を苦しめないで……っ」

「ならばもっと積極的に奉仕して射精させるのじゃ。ついでに……娘を女にしてもらった礼をしてもらおうかのぉ、ククク」

「うう……そ、そんなこと……できるわけが……っ」

常識外れの提案に頭にカアッと血が上る。自分だけでなく娘までレイプした男に礼をするなど、怒りで気が変になりそうだ。

「いやでも言わせてやるぞ、羽村祐美子」

肛門に挿入した勃起をズルズルと引き出し、そこに新たな四〇％魔薬クリームを追加で塗り込んだ。そして返す刀で再び祐美子の中に埋め込んでいく。

「あ、あぁぁ……ま、また……お尻にクスリを……ふぅあぁぁっ……あぁぁん」

ズンズンと掘られるたび、灼熱感が直腸いっぱいに拡がり、淫らな炎は膣肉や子宮へ燃え広がっていく。愛液がドクドクと湧き出して、幾筋も太腿の内側を伝い落ちていった。

（うあぁ……そんな、お尻なんかで……私……）

引き抜かれるときの寂寥感と埋め尽くされるときの圧迫感とが交互に繰り返されるたび、精神力が削り取られ、肉体の奥底から得体の知れない黒い波動が津波のように迫ってくる。それは媚孔で極めさせられたエクスタシーと同じ色彩を放って、祐美子をますます混乱させた。

（ああ……このままじゃ……）

魔薬と共に染み込んでくる肛悦が、祐美子を未知なる快美の頂上へと誘う。もし排泄器官を犯されて気をやってしまえば、ダメージは計り知れない。もう二度と立ち直れない気がした。

「オマ〇コ、グチョグチョのくせによく言うぜ。娘が犯されているのにいい気なもんだ」

「淫乱女め。母親失格だな」

「あ、ああ……言わないで……」

卑劣な言い方で祐美子にプレッシャーを掛ける男たち。破滅から逃れるには、一時の恥を忍んでも、屈辱の台詞を言うしかない。

「ううっ……ボ……ボブ……様……ハアハア……とても太くて……逞しい、オチンポで……む、娘の……楓の……し、処女を奪って……頂き……はあはぁ……あ、あ……ありがとう……ございます……ああぁっ」

「中出しのおねだりも忘れるな」

背後からアヌスを抉り、乳首をキリキリと抓りながら、金城が迫る。

「あぁっ……む、娘の……楓のオ……オマ〇コに……あ、熱くて濃くて……ドロドロの……こ、黒人様の子種を……はぁ……いっぱい……中出しして……ああ……子宮に注ぎ込んで……ください……あぁぁ……あぁぁン」

魔薬とアナルセックスで混乱させられたまま、祐美子は屈服の言葉を綴りながら舌を伸ばし、ボブの陰嚢を犬のようにペロペロと舐めまわした。それが楓にとってどんなに非道い台詞か、考える余裕もなくなっている。

「へへへ。お前のお袋は、自分が助かるために娘をボブに差し出したのさ。ひでぇ母親だな」

「しかも中出ししてくれとさ。お前に黒人の子を孕ませたいらしいぜ」

「はあはあ……ううっ……そんなぁ……お、お母様……ひ、ひどい……ああ……ひどいよ……うぅあぁぁん」

周りの男たちから嘲笑を浴びせられ、楓は涙を溢れさせてむせび泣いた。

魔薬巨根に責められている少女にも、母の本当の気持ちを察する余裕はない。朦朧とした頭には、男たちの言葉だけが入り込み、母への信頼を急速に奪っていった。

「おねだりシロ」

「あああ……もうだめ……ご、ご主人様ぁ……もっと……あぁぁ……もっとオマ◯コ抉って……あぁぁ……魔薬のオチンポで……楓を……可愛がって……ください……あぁぁむ……っ」

瞳から光が失せて、魔薬奴隷の顔に戻っていく楓。魔薬の淫気にどっぷりと浸かり、ボブの膝の上で淫靡な腰振りダンスを披露する。

「ああ……楓……あううぅ……」

娘との絆に再び亀裂が入るのを感じて祐美子は目尻に涙を滲ませる。たとえここから逃れられたとしても、元の平和な家庭に戻るのは不可能なのではないか……。不吉な予感が絶望を呼び、祐美子の抗う気力を削り取っていく。だがそんな悲しみすらも、爛れるような魔薬と肛悦の快美に呑み込まれ、咀嚼されてしまう。

「ククク、娘は堕ちたか。ほれ、お前も堕ちろ、羽村祐美子」

パンッ！　パンッ！　パンッ！　パンッ！　パンッ！

金城がここぞとばかり、腰を打ち振って祐美子のアナルにピストンを撃ち込む。すっかりほぐされてしまったアヌスは、過激な責めもしっかり受け止めて恥ずかしい腸液をジュクジュクと湧かせてしまう。もちろん蜜穴からも大量の本気汁が垂れ流しだった。

「あっ……ああっ……あああぁぁっ！」

ゼリー浣腸で味わわされた排泄の快感を何十倍にも濃縮したような魔悦が、ピストンされるたびに繰り返し襲いかかってくる。

（ああ……深いぃ……）

膣を犯されるのとは違う、どこまでも深く侵入される感覚。肉体を通り越して、精神の壁を貫通し、魂にまで届くのではないかと思うほど。

排泄器官としか思っていなかった肛門にこれほどの性感帯が潜んでいたとは。ズンズンと突きまくられるたび、女性器と同等、もしかするとそれ以上の肉悦が湧き起こる。快楽を堪えようと奥歯を噛みしばり、後ろ手錠に拘束された両手の拳をギュッと握りしめるのだが、何の役にも立たなかった。

（こんな……私……お尻なんかでぇ……ああ……っ）

肛門性交というおぞましすぎる変態行為。もしこのまま気をやらされてしまえば、それまでの常識や倫理観をすべてひっくり返され、真逆の価値観、魔薬や背徳や不倫の悦びを脳内に刻み込まれてしまうだろう。

「狂わせてやるぞ、羽村祐美子。やれ、お前たち」

「へへ、やっとお触りできるぜ」

「おら、金城様にお礼を言うんだ。こんな風に」

だめ押しとばかり、黒服たちが魔薬クリームをまぶした指先を、乳房やクリトリス、ヴァギナにも塗り込んできた。

「はひぃぃいいっっ！」

浅ましく絶叫して背中をギクンと反らせる祐美子。剥き出しにされた女の官能神経に魔薬が染み込み、灼熱感が肉も骨も魂さえも溶かしてしまう。体中が燃えて、細胞単位で発情させられていく。

「気持ちいいか、祐美子」

「はあ、あぁん……き、気持ち……いい……あぁぅ……ン」

気が狂いそうな快楽責めに抗いきれず、祐美子はついに快感を口にしてしまう。

「ヒヒヒ。魔薬とアナルセックスで感じているのじゃな」

「はぁぁはぁ……感じてます……お尻で……感じてるの……ああ……祐美子の……お尻の穴に……あぁぁむ……魔薬と精液を……いっぱい……はぁぁん……いっぱい注ぎ

込んで……狂わせて、くださいぃ……ちゅぱぁ……あぁぁんっ」

言わされている途中から腰がブルブルと震え出す。死にも勝る汚辱にまみれながらも、倒錯した魔悦に流されて、ボブの陰嚢に情熱的なキスを続けている。

「捜査官のくせに、金城様とのヤクキメアナルセックスにはまってやがるぞ」

「見ろよ、あの気持ちよさそうな顔。今にもイキそうだな」

「完全にヤク中だな。もう娘のことなんか頭にないぜ」

さらに母娘の絆を断とうと、周囲の男たちが罵声を浴びせる。

「ああ……お……お母様……」

捜査官として心の底から尊敬していた母親の堕落した姿は、楓にとって計り知れないほど大きなダメージだった。

「フフフ、お前ももっと感じロ」

ボブもそれに合わせて楓の乳房を揉み捏ね、クリトリスを指先でグリグリマッサージした。

「あひ、あぁぁっ……ああ……もうどうなってもいい……はぁぁ……き、気持ち……イイです……ああん……ご、ご主人様……楓、頭が変になっちゃうよ……っ」

ガクガクと頷き、自暴自棄になって腰を前後に振りまくる楓。出血が治まったヴァギナは早熟な女の色香を漂わせ始め、愛液の滴を飛び散らせた。

「か、楓……あぁぁン……ゆるして……楓……っ！」

娘の処女を突き抉る黒い巨根を見ていると、自分もボブに犯されているような錯覚に襲われた。もうすぐあそこから精液が噴き出すのだと思っただけで、異常な興奮が湧き起こって子宮を熱くする。淫らな期待をしてしまう自分を抑えられない。

「うあぁぁ……お母様……き…気持ちよぉ……あぁぁん」

「楓……私も……イイ……あぁ……お尻……あああ……こんな……気持ちいいなんて……あぁぁ……も、もう……狂っちゃうぅ……ああ……イイっ」

楓も祐美子も、もはやお互いを支え合う余裕はない。魔薬と肉棒のもたらす狂悦に巻き込まれて、哀れな牝啼きをデュエットさせながら、身も心も焼き尽くされていく。

「オオゥ、出すゾ……カエデ……ハアァァァッ！」

「母娘そろって気をやるがよいっ」

二人の野獣たちが勝利の雄叫びを上げながら、母娘の中に白濁を噴き出させた。

ドビュッ！　ドビュッ！　ドプドプドプドプゥゥ～～～～～ッ！

「あひぃぃぃ～～～～～～～～～～ンンンっ」

邪悪な精液が娘の秘孔へとドプドプと注ぎ込まれていく。ボブの大量射精は楓には入りきらず、夥しい量が溢れ出て、母の顔にも飛び散った。

「イケ、祐美子。尻の穴で気をやって牝に堕ちるのじゃ！」

尿道を痺れさせる快美に戦慄きながら、金城はやせた下腹を豊満な尻肉にぴったりと密着させ、渾身の射精を撃ち込んだ。

ドビュッ！　ドビュルッ！　ドクドクドクンッ！

「ああ～～～～～ッ！　お尻の中に……おクスリ……来てるぅ……ンあぁぁ……熱い……熱いぃぃいっ！」

魔薬混じりのザーメンを直腸粘膜に浴びせられて、白い背中が反り返り、汗の滴が滝のように流れ落ちる。燃え盛る松明を突っ込まれたような灼熱に、跪く太腿がビクビクと痙攣し、つま先が何度も丸まったり閉じたりした。

「ああ……く、くる……あれが……ひああ……イクッ！　祐美子、イクゥッ！　ああぁぁぁんっ！」

自分に何が起こったのかわからないまま、祐美子の意識は白光に埋め尽くされる。ビクッビクッと肛門が断末魔の痙攣を繰り返しながら収縮し、牡棒の中に残っている精液までも一滴残さず搾り取っていく。

「ああ……あひっ……イク……ああ……イクゥっ！」

生まれて初めて味わうアナル絶頂の炎に焼き尽くされ、頭の中は爛れるような快美の渦がドロドロと渦巻き、思考は木っ端微塵に打ち砕かれた。

「ふうっ、初めてでここまでの味とは……末恐ろしいほどじゃ。ヒヒヒ」

ズルリと陰茎を引き抜いて金城は満足そうに嗤う。

「う、うあぁ……」

その直後、支え棒を抜かれたように祐美子は床に倒れ伏し、ヒクヒクと収縮するアヌスから白濁がドロリと滴った。

「はあはあ……うぅぅん」

恥辱と汚辱にまみれながらも拭いきれない恍惚を滲ませる美貌は、夫や娘には決して見せたことのない、牝の顔であった。


祐美子は楓を残して別の部屋に移動されることになった。

「ああ……娘に何をする気なんです⁉」

離ればなれにされる娘を気遣う母の前で、楓は白い手術台のようなベッドに身体を固定され、麻酔を掛けられていく。

「生きたまま内臓を取り出し売り飛ばすのじゃ。解剖みたいなものじゃな」

「か……解剖……ですって」

「契約と言ったはずじゃ」

「やめて、やめてくださいっ！　私が何でもしますから！」

真っ青になって叫ぶ。大切な娘をこれ以上傷つけられるのは、母としてなんとしても避けねばならない。

「フム。中止してやってもいいが条件がある。お前が代わりに実験を受けることじゃ。ボブの子を孕む妊娠実験をな」

「ッ！」

悪夢のような提案を受けて全身が凍り付く。親の仇であり、夫を傷つけ、さらに娘までもレイプした凶悪な男。その子を身に宿すなど、考えただけでも恐ろしすぎて心臓が止まりそうだ。

「入院中、お前の食事には排卵誘発ホルモンを混ぜておった。そして今日はお前がもっとも妊娠しやすい日じゃからな。ボブにたっぷり中出しされれば、確実に孕むじゃろうて」

「そ……そんな……妊娠だなんて……」

すべて計算ずくだと金城が嗤う。

「言ったはずじゃ。身も心もボブに捧げ、愛する牝に変えてやると。それにお前の心は既にボブに傾き始めているようじゃからな」

「そんなことは……ありませんッ」

「そうかな？　犯される娘を見るお前の目、羨ましさと嫉妬が混ざったような色をしておったぞ」

「確かに物欲しそうな顔をしてましたなあ」

「ああ、あれは欲情した牝の顔だったぜ」

「うう……」

ズバリと言われた言葉が胸に突き刺さる。確かに楓が極太ペニスで処女を散らされるのを見せられた時、怒りや悲しみとは違う別の情感が心の底に蠢いていた。子宮を締め付け、卵巣を熱くする激しい感情。もしかすると、それは金城の言うとおり……。

「わ、わたしはそんな女じゃありませんっ！」

頭に浮かんだ邪悪な思考を振り払うように、祐美子は大声を上げていた。

「フフフ。気が強い女じゃ。じゃがそこが良いところよ」

惚れ惚れとした表情で祐美子を見つめる金城。彼にとっても祐美子は至高の精神を持つ最高の実験材料なのだ。

「その穢れなき精神を脅迫で無理矢理折るのは無粋というモノ。どれ、一つ条件を加えてやろう。お前が子供を欲しいと言うまでボブは射精しない。これならどうじゃ？」

「私が……欲しいと言うまで……？」

「どうする？　娘を犠牲にするか、お前が妊娠実験を受けるか。好きな方を選べ」

低く嗤い目を細める金城。もちろん祐美子に選択の余地などない。その気になればいつでも拘束して犯せるはずだ。あえてそれをしないのは、祐美子自身の口で承諾させ、屈辱を味わわせることが目的なのだ。

（そうよ……私は家族を守ると決めたのよ！）

「わかりました……私が……うう……私が……に、妊娠……実験を……受けます。でも……私から、欲しいなんて……絶対言いません！」

あくまでも娘のためだと自分に言い聞かせながら首を縦に振った。相手はどんな卑劣な手を使ってくるかわからないが、それでも受けて立つしかない。

「よしよし。後でまた契約書にサインしてもらうからな。ヒヒヒ。娘を牢に戻しておけ。祐美子はボブの部屋じゃ」

「ハッ」

「ああ……」

助手たちに担ぎ出されていく娘を、絶望の吐息とともに見送ることしかできない祐美子だった。


「ユミコ、カモン」

祐美子は後ろ手のままボブの寝室に連れ込まれていた。剥き出しのコンクリートの壁に囲まれた部屋に、薄汚れたダブルベッドが置かれている他は、家具もほとんどない。

「うう……っ。待って……少し休ませて……」

野外羞恥調教、ゼリー浣腸責め、さらにアナルセックスと立て続けに責められて、祐美子はクタクタだった。普通なら精神が崩壊してもおかしくないだろう。まだ正気でいられる自分が不思議に思えるくらいだ。もっともそれもエンジェルフォールの効果なのかも知れないが……。

「放さないイ、ユーアー、マイワイフ」

しかしボブに躊躇はない。素早く腕を伸ばし、がっしりと真正面から抱き締めてきた。

「ううっ」

まるで熊に抱き締められているようで、まったく身動きできない。ゴムを敷き詰めたような胸板に双乳を押し潰されて、呼吸もままならない。

「キス、ユミコ、キス」

その苦しい息づかいに喘ぐ唇を、さらにボブの厚い唇に塞がれた。

「むぐぐっ」

慌てて歯を噛み縛ろうとするが、肺腑を締め付けるほど抱き締められて、唇が緩む。そこを見逃さず、牛のように大きな舌がズルリと差し込まれてきた。

「むふっ……あふっ……いや……んぐ……はぁううぅんっ」

身長差があるため、祐美子はつま先立ちにさせられ、後ろ手錠の両手がきつく拳を握りしめた。苦しくて開ききった小鼻に、ボブの濃密な体臭が紛れ込んでくる。汗と脂とタバコとワキガが混ざり合った、ツーンと染みるような匂いだ。

その匂いを嗅がされていると、なぜか脳が甘く痺れ、正常な判断ができなくなっていく。さっきまで抱いていた怒りや嫌悪感も、少しずつ薄められていく気がした。

(ど、どうしてしまったの……私は……相手は仇の男なのに……)

「むちゅっ……くちゅっ……やめ……んんっ……あふっ……い、いひゃぁ……はなして……あむ、くちゅんっ」

逃れようと首を左右に振る祐美子。だがどんなに足掻いても、ボブは執拗に唇を重ねてきた。ベッタリと口元全体を覆うほどの大きな唇で吸い付き、長い舌を食道近くまで押し込んでくるのだ。

「ユミコ、アイラブユー。フフフ」

「うぐぐっ……むううっ……あぁぁむ……ちゅっ、じゅるっ……くふぅん」

耳元で囁かれゾクゾクッとうなじが総毛立ち、舌先から喉にかけて甘美な電流が何度も駆け抜けた。さらに電流は脊椎を伝って下半身に流れ、子宮をビリビリと感電させる。

（あうう……キスされた、だけで……こんな……）

トクン……トクン……トクン……トクン……。

動悸が少しずつ速くなり、呼吸も乱れてきた。体温がジワジワ上がってくるのも自覚できる。肉体だけではない、心までも奇妙な多幸感に満たされて、貪るようなディープキスを甘受してしまう。

「ユミコ……セイ、アイラブユー……言エ」

耳たぶを齧りながら囁く声も、祐美子を悩乱させる。鼓膜を通過した声が魔薬のように脳に染み込んで、官能中枢をビンビンに刺激してくるのだ。

「んちゅ……ぷはぁぁっ……いやよ……くちゅ……あぁぁ……私には夫がいるの……あふっ……そんなこと、言えない……んんっ……あふぅんっ！」

身体から力が抜けていき、膝がワナワナ震えてしまう。抱き締められていなかったら、その場にへたり込んでいただろう。

「強情ネ、ユミコ」

苦笑いを浮かべるボブ。その間にごつい指がチャイナドレスのボタンをブチリと引きちぎる。生地が滑り落ち、白い両肩が露出してくる。

「はぁ……はぁぁ……いや……ああっ……ぬ、脱がさないで……あぁぁむ」

抵抗しようとすると、すかさずディープキスで口を封じられた。それだけで全身の筋肉が弛緩し、指一本動かせなくなる。ドレスが腕から抜かれ、くびれた腰に引っかかった後、ファサッと足下に落ちるまで、ほとんど何もできない。

「オウ、ビューティフル」

久しぶりに見る祐美子の裸身に、ボブは目を丸くしてヒューッと感嘆の口笛を吹いた。この数日の間、男の精を吸った祐美子の肌はさらに磨きが掛かり、白磁のような透明感のある艶を帯びていた。乳房やお尻も熟れて、一回りは大きくなっただろう。

「キスミー」

興奮した様子でユミコに抱きつき、さらに唇を奪う。まるで命まで吸い取ろうとするかのように、強く吸引してくる。

「ううむっ」

クチュクチュと舌と舌とを絡ませられ、唾液を泡立つほど混ぜ合わされて、気が遠くなりそうになる。そしてさらにそれを嚥下させられて、喉の奥が焼け付くように熱く感じられた。

（ああ……キスばかり……でも……）

後ろ手拘束で直立させられたまま、がっしりと抱かれて身動きできない。その体勢で延々とディープキスで唇を貪られた。

（……いつもと違う）

普段なら飢えた獣のように襲いかかってくる男だ。しかも祐美子を妊娠させる気満々のハズなのだが、なぜか今日は大人しい。それどころか愛情深い仕草と表情で、熱烈で優しいキスの雨を降らせてくるのだ。

「ユミコの匂い、とってもスイート。牝が孕みたがっている匂いネ」

散々唇をしゃぶりつくしたと思ったら、耳の裏側から首筋、そして鎖骨へと太い舌をベロベロと這わせてくる。熱くぬめつく感触はおぞましいはずなのだが……。

「あう、うう……そんな、ことっ……ないわ……あぁぅっ」

舐められた肌がサッと鳥肌立つ。それがくすぐったさなのか、心地よさなのか、嫌悪なのか。自分でもだんだんわからなくなってきた。

肩を撫で下ろした大きな掌が、たっぷりと張り詰めた乳房の横をかすめ、脇腹を滑り、鋭角にくびれたウェストをくすぐって、豊満なヒップを撫で回す。

背骨に沿ってツツッと這い上がった指が、脇腹と背中の境界線をくすぐってくる。

耳の裏や鎖骨のくぼみも入念に撫でさすられる。

これまでとは違う細やかな愛撫に、どう対応していいのかわからないまま、祐美子は少しずつ流されていく。

「ユミコ、アイラブユー」

「う、っくぅんん……はあ……はあ……はぁ……っ」

首筋を離れた唇が再び濃厚ディープキスを仕掛けてきた。

上顎の裏を擦られ、舌の根が引っこ抜かれそうなほど吸引される。そして唾液がドクドクと流し込まれてくる。

(ああ……)

乳首はすっかり尖り立ち、子宮がキュンキュンと痛いほど疼きだして、愛液がじゅわあっと滲み出す。身体の奥底に燻る淫ら火が勢いを増して、女の本能を炙り続ける。

脳が煮えたぎり、視界も桃色のベールに包まれて、何も考えられなくなっていく。

つま先、ふくらはぎ、太腿、お尻から背中へ、痙攣が走ると共に裸身が優美な曲線を描いて反っていく。太腿同士が擦れ合うたび、クチュッと湿った音がするのが恥ずかしい。

「グフフ……」

そして二〇分も経っただろうか。ようやくボブが手を放すと、祐美子は立ち続けることができず、へたり込んでしまった。

「はぁ……はぁ……はぁぁ……あぁぁ……ン」

キスだけなのに、体中が発情させられていた。あらゆる感覚が敏感になり、ボブの息づかいや体臭を感じるだけで、媚粘膜が熱く濡れ、膣孔が浅ましくヒクついてしまうのが自分でもはっきりわかった。

虚脱した祐美子をボブは軽々と抱き上げ、ベッドの上に仰向けに横たえる。

（ああ……犯されちゃうの……？）

ボブとの凄まじい巨根セックスを思い出すだけで、股間がきゅんっと疼いた。媚肉は淫具でいたずらされたものの、今日はまだ犯されていない。身体を震わせる戦慄が、恐怖なのか期待なのか。自分でもよくわからない。

「しゃぶレ、ユミコ」

だがボブはすぐには犯さず、祐美子の上下に逆さまに覆い被さる。いわゆるシックスナインの体勢だ。どうやら本当に祐美子が欲しいと言うまで犯さないようだ。

「ああ……っ」

目の前にはボブの巨根がそびえ立っている。間近で見るのは数日ぶりで、改めてその偉容に息をのむ。それまで中村の仮性包茎ペニスの相手をさせられていただけに、際だって大きく見えるのだ。

ごくり……と喉が鳴る。まるで大好物を待ちかねているかのように、口の中に甘い唾液が湧き出してきた。

「うう……はあはあ……わ、わかったわ……」

威圧するようにそそり立つ肉の塔。浮き出た血管がドクッドクッと脈を打ち、密林のような剛毛からはむせ返るような精臭が押し寄せてくる。当然高濃度の魔薬クリームも塗られている。

（に、匂いが……）

魔薬と混ざり合った牡のフェロモン臭が、祐美子を狂わせ強く引きつける。

「うう……はぁむ……んっく……ンあぁぁ……」

舌を差し出し、大粒プラムのような亀頭を舐め始める。ただ大きいだけではない。久しぶりに味わう黒人の肉棒は、日本人男性に比べて、味も匂いも数倍濃かった。

「んちゅ……むちゅ……れろ、れろぉ……あはぁぁ……っ」

「グフフ……娘の味がするだろウ？」

「うう……」

ボブの言うとおり、楓の破瓜の血の味が舌に拡がる。親としてあまりにも悔しく、哀しい鉄の味。なのに……。

「う……む……ぴちゃくちゅっ……くふんっ……あむぅん」

舌の動きが止まることはない。それどころか唇は大きく拡がって、宿敵の巨根を迎え入れてしまう。

（ああ……いやなのに……どうしてこんな気持ちに……）

頬張らされた肉棒の質量と熱量に酩酊させられ、理性が飴細工のようにねじ曲げられる。どんなに憎もうと思っても、どんなに怒りをぶつけようと思っても、そんな感情は圧倒的な陶酔感の前にはすべて漂白されてしまう。

「イイゾ。ユミコ」

ご褒美とばかり、ボブも祐美子の花弁に舌を伸ばしてきた。分厚い舌先がクレヴァスをかき分け、小さな肉の芽をほじくり返す。

「う、う……ううむっ……いや……はあぁ……ああぅむっ」

黄ばんだ鋭い歯並びを見せつけながら蜜肉にむしゃぶりつく様は、飢えた肉食獣を彷彿とさせ、祐美子は本当に食べられているような錯覚に襲われる。

だがボブの舌技は見かけと違って巧みであり、肉芯の包皮を唇で押し剥いて、チュウチュウと吸引してくるのだ。

「う、ううぅ～～～ンっ！」

鋭い快美の針が恥骨に突き刺さり、思わず腰が浮き上がる。

（あああ……これぇ……）

夫からされたことのない濃厚クンニリングスに、祐美子の中の女の本能が目覚め始める。分厚い唇やざらつく舌が熟れた祐美子の柔肉をこそぎ落とすかのように絡みつき、同時に小鳥がついばむような繊細なテクニックでクリトリスを責めてくる。

サイズといい厚みといい、本当にミリ単位で計って作ったかのように相性がバッチリで、祐美子を啼かせるため専用の唇と言ってもいいほどだ。

「う、ううぐ……そこぉ……むふっ……らめ……ああ……吸わないで……あふぅ……ペロペロしないれぇ……はあぁんんっ」

陰核を引き抜かんばかりに吸引したかと思うと、膣孔にも舌を螺旋にねじり込ませてくる。そして膣内に溜まった愛液を、啜り飲まれてしまうのだ。

「ジュルッジュルルッ……ぐふふぅ……ユミコ……ベリースィート」

「ンあああ……いやあぁ……はあぁ……飲んじゃだめぇ……ああ……恥ずかしい……んふぅ、むふぅぅぅぅんっ！」

恥ずかしさのあまり叫ぶ口も、鉄のように硬い剛棒ですぐに塞がれてしまう。上でも下でもボブの牡としての優秀さを教え込まれ、身も心も圧倒されていく祐美子だった。

「ユミコのラブジュース、最高においしい。一滴残らず全部俺のモノ。グフフ、さあモット出スンダ」

ボブは膣内に舌をねじ込み、執拗に愛蜜をジュルジュルと吸い飲んでいく。大量に愛液が湧く体質にされてしまった祐美子は、ボブにとって喉を潤す南国の果実と言ったところだろう。

「ンあ、あ……ぷはあ……はあうぅ……やめて、もう飲まないで……ハアハア……ひぃあぁ……飲んじゃいやぁ……はあぁんッ」

自分の体液を飲まれるという新たな屈辱にヒイヒイと喘ぐ祐美子。自分が相手の身体の一部にされていくような気がして、屈服感が一層煽られる。この男にはもう絶対勝てないような気がしてくるのだ。

「ユミコ欲しいカ？」

質問しながら指を膣孔にズブリと埋め込んでくる。

「ヒィッ！」

指一本だというのに、子宮から脳天にまで電撃が走り抜けて、意識が飛びそうになった。柔襞がキュッと窄まって、黒い指を食い締めてしまう。

「う、うう……欲しくない……あぁぁ……欲しくないわ……ハアハア」

暴れ出しそうな淫情を理性の力でなんとか押さえ込む。妊娠させられてしまえば、もう夫に合わせる顔がない。家庭は崩壊し、すべてが失われてしまう。それだけは絶対回避しなければならないのだ。

「グフフフ……ユミコ、カワイイ……ユミコ……俺のモノ」

ねちっこく指を抜き差しして責めながらもボブは祐美子をイカせる気はないようだった。祐美子の官能が昂ぶると、はぐらかすように唇を移動させ太腿や下腹に赤いキスマークを無数に刻みつけてくるのだ。

（うあぁ……こんな……）

焦らされる切なさに祐美子は腰をモジモジと左右に振ったり、時折がに股になってお尻を持ち上げ、腰を浅くブリッジさせてしまう。それがはしたなく浅ましい格好だとわかっていても、抑えきれなかった。聖域は愛液と唾液でグチョグチョの泥濘状態で、シーツにもお漏らししたような大きな染みが拡がっていた。

（うう……もう……いっそのこと……）

欲しいという言葉が喉から出そうになり、そんな淫らな欲求を忘れようと祐美子は剛直にディープスロートで奉仕する。

「んむっ……ちゅっ……ああ、もう……ゆるして……ちゅばっ……じゅばっ……んふっ、あふん……くちゅる……ちゅぱぁっ」

カウパーと魔薬の混ざった体液が祐美子の口中に広がる。もはや罪悪感や嫌悪感はなくなり、コクコクと喉を鳴らして飲み干してしまう。

それに応えるように肉杭がズンズンと垂直に食道近くまで打ち込まれ、祐美子の頭はベッドに縫い付けられそうになる。魔薬の効果で苦痛を消された祐美子も、その長大なストロークをほとんど根元まで受け入れて見せるのだった。

「フフフ……牝メ」

祐美子の反応に満足したボブはゆっくりと身を起こし、今度は正常位の体位で覆い被さってきた。

「はあ……はあ……ああ……はあぁ……」

シックスナインでの愛撫を始めて二〇分は経っており、祐美子はお湯にのぼせたように全身汗まみれ、呼吸も大きく乱れきっていた。

(こ、今度こそ……犯されちゃう……)

恐怖しながらも、情欲にとろけた瞳は迫ってくる大男の姿を濡れた鏡のように映していた。

身長は二メートル近く体重も一〇〇キロくらいはあるだろう。筋肉の塊とも言える巨躯は神話に登場する戦士のように逞しく、他のどの男よりも頼もしい。六つに割れた腹筋の下には、鋼鉄から削り出して作ったような男根が、魔薬クリームにまみれてギラギラと照り輝いている。

「ああ……」

上からのしかかられて、祐美子は絶望と期待の混ざり合った吐息を漏らしてしまう。

ドキッ! ドキッ! ドキッ! ドキッ! ドキッ!

心臓と子宮と卵巣がカアッと熱く燃え上がる。女の、いや牝の本能が偉大なる牡に屈服したがっているのだろうか。それとも魔薬を欲しがっているのだろうか。もしかすると、ボブの子を孕みたがっているのかも知れない……。

(ち、ちがうわ……これは娘のためなの……)

「俺の子が欲しいカ?」

「うう……っ」

弱々しく首を横に振る。それだけの動作で全身の筋肉も骨格も悲鳴を上げた。淫欲に逆らうことがこれほど辛いとは。

「フフフ……キスダ」

祐美子の狼狽をよそに、ボブは再び唇を奪ってきた。

「んふうぅっっ……あぁぅぅ～～～ん……っっ」

ねちっこく舌を搦め捕られ、濃厚な唾液をドロドロと送り込まれる。魔薬フェラの影響か、唇もどんどん敏感になり、野太い舌で口腔をかき混ぜられると、蜜肉を犯されているような錯覚に襲われるほど。

さらに祐美子を悩乱させるのが、下腹にグイグイと押しつけられている逸物だ。お臍の下辺りに食い込む亀頭の熱さが、皮膚や腹筋を透過して子宮にまで伝わってくる。それが祐美子の中の女をイヤでも意識させ、焦燥感を募らせた。

（ああ……アソコが……身体中が……熱くて、うずく……っ）

子宮から噴き上がった炎は、祐美子の身体全体に燃え広がっていく。乳房が強靭な胸板に押し潰されて、ぐにゃりと変形させられるたび、心地よい息苦しさに胸が締め付けられた。股間は慎ましさを忘れたかのようにだらしなく開脚したまま、いつでも男を迎えられる体勢を取ってしまう。腋の下も汗まみれで、毛穴の一つ一つが濡れ、女性器のように粘っこい汗を滴らせた。

「ユミコ、ハブ、マイベビー」

耳穴に舌を差し込みながら愛の囁き。

「ハァッ……ハアッ……ああ……あぁぁ……あう、うぅ〜〜〜〜ん」

ギクンと首が反り、甘酸っぱい感情で胸がいっぱいになる。まるで恋人同士で抱き合っているかのような、幸福感がとめどなく押し寄せてくる。それが偽りの感情だとわかっていても、打ち消すことができない。

（あぁぁ……赤ちゃんなんていやなのに……ど、どうすれば……いいの……）

全身を弱火でトロトロになるまで煮込まれていくような感じ。身体の輪郭がぼやけ、肉も骨も溶けて、一個のゼラチン質の塊になったような気がしてくる。その中で唯一感じるのは下腹部の熱さ。子宮と二つの卵巣が形作る灼熱の三角地帯が、今の祐美子のすべてだった。

「俺の子が欲しいカ？」

見透かしたようにニヤリと嗤うボブ。自慢の愛撫で完全に祐美子を牝としてとろけさせたという自信があるのだろう。

「ああ……うう……う……ッ……」

頷きたくなる。肯定したくなる。欲しいと叫びたくなる。もう勝てないことはわかっている。それでも……。

「ハアハア……い、いや……よ……私には……ハアハア……夫がいるの……うう……あなたなんか……大嫌いよ……っ」

数瞬の間をおいて、必死に首を横に振る祐美子。それが最後に残った彼女のプライド。まだ心までは折れていないと、ハッキリ相手に突きつけるのだ。

「オォ……」

感嘆の声を上げるのはボブだ。欲情に忠実な彼が、およそ一時間にわたって愛撫を続けたにもかかわらず、最後まで祐美子は折れなかった。むしろボブの方が我慢できなくなっていたのである。

「ユミコ！」

興奮したボブが仰向けになりながら、祐美子の身体を抱き上げる。

「ああ……」

ボブの腰を跨ぐ格好で膝立ちさせられ、戸惑う祐美子。人股開きの聖域を真下から巨根が狙っている。

さらにベッド脇の机から薬瓶をつかみ取り、祐美子に見せつける。

「あ、あ……それ……ま、魔薬……」

恐怖に青ざめる祐美子。ここまでなんとか堪えてきたが、肉体も精神ももはや限界である。今エンジェルフォールを使われたら、一撃で自我をへし折られてしまうだろう。

「イエス。これ五〇%、今までで一番濃いヤツネ」

凶悪な笑みを浮かべたボブは高濃度魔薬クリームをすくい取り、自らの肉棒に塗りつけていく。

「あ、あ……あぁぁ……やめて……」

黒い肉棒がさらに不気味にそそり立つのを、祐美子は戦きながら見つめていた。おぞましいはずなのに、恐ろしいはずなのに、どうしても目が離せない。

「フフフ、欲しいカ？」

有無を言わせず、祐美子の蜜園に亀頭をクチュンッと押し当ててきた。

「ひぃっ！　い、いやぁぁ！　それはだめぇっ！」

入り口に触れただけだというのに効果は劇的だった。内側へと少しずつ染み込んでくる熱さに悲鳴が迸る。焼きごてを押し当てられたように燃える媚粘膜が、さらなる魔薬と刺激を欲しがるように愛液を湧かせ、腰も少しずつ降下してボブの方へにじり寄っていく。

「はあっ……はぁぁっ……あぁぁ……だ、だめ……欲しくなんか……あぁぁ……欲しくなんかないのにぃ……うぁあぁぁ……身体が……勝手にぃ……ッ」

強大な磁力に引きつけられるように腰が落ち、蜜穴を亀頭にスリスリと擦りつけてしまう。

「欲しいカ、ユミコ。クックックッ」

だがボブは自分からは動こうとしない。数ミリほどの挿入状態を維持したまま、後は祐美子が、自分自身にトドメを刺すのを待つつもりなのだ。

「あ、あああ……ひどい……こんな……あああ……も、もう……」

少しずつ膣粘膜から吸収されたエンジェルフォールが、全身の血を沸騰させ、理性を狂わせる。柔襞の一枚一枚が、極太を求めてざわめき出す。

「欲しいと言エ」

「ああ……あ、あ、あわ、あわぁぁ……」

これまで味わわされた快楽絶頂の記憶が脳内を埋め尽くす。訳がわからないまま腰が降りて、ボブの巨根を呑み込み始めた。

「身体は正直ネ。とっても欲しがってル」

「うぅ……あぁうん……ちがう、欲しく……ない……ハアハア……おクスリも……あぁ……オチンポも……赤ちゃんも……欲しくないわぁ……ああっ、あはぁぁンっ」

譫言のように繰り返し、首を左右に振りたくる。しかし言葉と裏腹に媚肉は剛棒にしゃぶりつき、獲物を捕らえたイソギンチャクのように奥へ奥へと引き込んでしまうのだ。

「ンあああ……はあぁ、はあぁ……き、嫌い……あうっ……あなたなんか……嫌い……はあぁうん……クスリも……オ、オチンポも……大嫌いよぉ……あ、ああ、あああむっ」

必死に拒絶を訴えながら、眉をたわめ、白い歯並びを噛み縛る祐美子。しかし汗まみれの美貌に浮かぶのは悔しさや悲しみだけではない。喜悦、恍惚、快楽という抑えきれない女の情念が、瞬間瞬間にふっと浮き上がる。

「魔薬チンポで孕みたいと言エ」

「う、うぅぅ……イヤイヤ……あぁぁ……赤ちゃんなんて、欲しくないぃッ……あはぅ〜〜〜ンっ」

口で何を言っても肉体は完全にコントロールを失って、花蜜を溢れ返らせながら漆黒の勃起ペニスの亀頭先端をくわえ込んでしまっていた。そして塗られていた高濃度魔薬クリームが猛威を振るい出す。

「ひっ、あ、ああ……熱い……うあああぁ……熱いぃ……ンあああぁぁッ」

五〇%のエンジェルフォールはこれまでとは次元の違う破壊力だった。燃え盛る松明を突っ込まれたような衝撃で、肉体のみならず、心までもが、灼熱の坩堝の中でドロドロに融解させられてしまう。

「だ、だめぇ……これ……きつい……あああ、あつ……あつすぎる……ああ……溶けちゃうぅ……ひぃぃんっ」

高濃度魔薬が粘膜に染みて、溶けた熱蝋を膣内に流し込まれたような凄まじい灼熱感に襲われる。頭の中もミキサーを突っ込まれてグチャグチャにかき混ぜられているような気がしてくる。

(こ、壊される……壊されちゃうぅっ)

想像を絶する魔薬の暴威。自我が崩壊しそうな恐怖にガクンガクンと腰が跳ね、両脚が何度も突っ張って痙攣する。高熱に冒されたように赤熱する肌からドッと汗が噴き出して、祐美子の裸身はオイルを塗ったように妖しくヌメリ輝き始めた。ワナワナ震える両脚に力が入らなくなっていく。そんなおぞましい魔薬ペニスなのに……。

「ああ、あぁぁ……いや、だめぇ……身体が……ああ……勝手に……いけないのに……いやなのに……欲しくなっちゃう……ああ……赤ちゃん欲しくなっちゃう……ひぃん……オチンポ、入って……あああ……きちゃうッ！」

どんなに足掻いても無駄だった。まるでウェストに鉄の塊でもぶら下げられているかのように、灼熱の肉槍の上に腰が落ちていく。

ジュブッ……クチュッ……ズブズブズブゥゥッ！

「ヒイイイッ！　アアァ～～～～～～～～～ッ！」

甲高い悲鳴と共についに下半身が崩れ落ち、祐美子の串刺し刑が完了してしまう。完全に根元まで埋め込まれ、ズキーンと子宮に突き刺さる激感。天井を向くほど仰け反る美貌は白目を剥き、口をパクパクさせた。頭の中で火花がバチバチ散って、意識が吹き飛ばされる。

「ひあ、ああ……」

あまりの衝撃に意識が薄れ、祐美子はボブの上に跨がったまま失神してしまう。

しかしそれも一瞬、すぐにエンジェルフォールの燃えるような刺激によって、覚醒させられた。

「うあぁ……だめ……これぇ……ああああ……抜いて……ううぅむ……きつい……ヒ

ッ、ヒィッ……あぁぁ……熱いぃ……っ！」
「くわえ込んだのはユミコダ」

「そんな……あうぅっ……お、おかしくなっちゃうっ……ヒッ、ヒィィッ」

濃度五〇％のエンジェルフォールの刺激は強烈で、媚粘膜は直火で炙られる霜降り肉のように芳醇な蜜汁を溢れさせ、食欲をそそる芳香を漂わせながら、とろけていく。

「はあっ、あああ……う、ううっ……こ、こんな……あうっ……か、身体が……アソコが……燃えちゃう……溶けちゃうぅ……ンあぁぁあっ」

やがて熱感がおさまると、今度は別の衝撃が祐美子を襲った。膣肉がまるで一皮剥けたように、感度を増してきたのである。

（うそ……こんな……うそよ……）

填まり込んでいる剛棒の大きさや形や熱さはもちろん、血管の這い方や海綿体の脈打ちまで、すべてをハッキリと感じ取ることができた。そしてそこから送り込まれる肉悦も、以前とは比較にならない爆発的なモノだった。

「あ、あがぁ……はあぁ……ぅわぁぁっ！」

ガクガクと頭を揺らし、がに股の股間に痙攣が走る。脳の許容量を超える快楽信号を送り込まれてパニック状態に陥っていく。とてもジッとしていられない。

「グフフフ。効いてきたカ」

仰向けのままボブがゆっくりと腰を動かし、蜜壺を攪拌し始める。

クチュッ……クチュッ……クチュッ……。

わずかな動きなのに、恐ろしいほど敏感になった祐美子には、気も狂わんばかりの快楽刺激だ。

「ンあああぁっ……う、うごかないで……ぅあああ……だめ、だめぇっ！」

祐美子はボブの上で何度もうなじを反らし、陸に上がった魚のようにビクンビクンッと全身を痙攣させた。一突きごとにエクスタシーに達するほどの快感が押し寄せてくるのだ。

そのたびに夥しい愛液が溢れ出して、ボブの下腹をベットリ塗らし、シーツに破廉恥な染みを広げていく。後ろ手錠の手が拳をギュッと握り締め、白い背中に肩甲骨が浮かび上がった。

（ああ……死ぬ……死んじゃう……っ）

頭の中が虚ろになり、理性は肉欲と官能の津波に呑み込まれていく。暴走する女の性に流されて、腰が上下に動き出す。両脚が屈伸するたび、ジュブッ、ジュブッと淫靡な水音が響き始めた。しかし……。

「まだダ」

祐美子が被虐の官能に溺れ始めたのを見て、ボブはくびれ腰をガッシリつかんで動きを封じてしまった。

「うああぁっ！　だ、だめぇぇっ！」

「何がダメなのかナ。ククク」

「うう……」

登り始めた途端に急制動をかけられて、迷子のように戸惑う祐美子。まるで魂の一部を抜き取られるような焦れったさと寂寥感に襲われて、ブルブルと腰が震え出す。

「欲しいと言うまでオアズケネ」

意地悪く笑いながらズボッと肉槍を引き抜いてしまう。

「ハァァッ！　あうぅ……そんな……あぁぁ……」

奥歯が軋むほどギリギリと噛みしめる。どんなに悔しくて惨めでも、魔薬によって一度火が着いた肉体は行き着くところまで行かなければおさまらない。もしこのまま焦らされれば、精神が崩壊してしまうだろう。

「はあはあ……意地悪しないで……ああ……お、お願い……なんとかして……こ、これ以上焦らされたら……本当に狂っちゃう……あぁぁっ」

祐美子は呻き苦しみながらも、ボブの剛棒へ媚びを売るようにM字開脚の股間を前後にモジモジさせた。

（うああ……ほ、欲しい……欲しいの……っ）

頭の中は精液とペニスへの渇望に埋め尽くされ、他のことは考えられない。もはや捜査官のプライドもかなぐり捨てて身体をズリ降ろし、再び肉棒を深く呑み込もうとする。そんな浅ましい自分の姿を顧みる余裕はもはやなかった。

「フフフ、楽しんでおるようじゃな」

「はあっ……はあっ……うう……はぁぁ……あぁぁ……」

金城が姿を現してニヤニヤ嗤っている。一瞬ハッと我に返る祐美子だが、エンジェルフォールの恐るべき魔力に打ちのめされた後では反論する気力はなく、ただただ喘ぐばかり。

「自分から尻を振ってやがる。そんなにボブの子が欲しいのかよ」

「捜査官様も堕ちたもんだな。ヒヒヒ」

「それにしても五〇%に耐えるとは、すごい女ですな」

「これまでの女はすべて五〇%のエンジェルフォールで廃人になりましたからね」

白衣の助手たちも感嘆と淫欲の混ざった目線で祐美子を見つめた。それは女を見る目ではない。実験用の牝を見る冷酷な目だ。

「やはり儂が見込んだだけのことはある。祐美子は最高の牝じゃな。さて、そろそろ孕みたくなってきたじゃろう」

「う、うう……」

「答えロ、ユミコ」

ボブが肉棒を割れ目に沿って擦りつけてきた。

クチュウッ！　クチュクチュッ！　グチュルッ！

「あひぃぃっ！　だめっ……そ、そんなにされたらぁ……ふぅあああんっ！」

一時的に退いていた官能の波が再び押し寄せてきて、祐美子はたまらずお尻を振り立てていた。開ききった花園は緋色の粘膜を晒し、濡れた膣孔が涎を垂らしながら物欲しそうにヒクヒクしている。

「欲しいと言えば、すぐにでもぶち込んでもらえるぞ」

「うう……それは……それはぁ……はあぁ、はぁっ……」

ここで屈服すれば黒人の子を妊娠させられてしまう。それは彼女の人生はもちろん、一番大切な家庭の崩壊をも意味する。残された最後の力を振り絞り、祐美子はイヤイヤと首を横に振り続けた。

「フフフ。では素直になれるように儂も手伝ってやろう」

金城の手には既にガラスの浣腸器が握られていた。容量は五〇〇cc、充填されているのは高濃度エンジェルフォールである。

「五〇%で尻からも狂わせてやるぞ」

浣腸器の先端から伸びるゴムチューブを祐美子のアヌスに押し当てる。

「ヒッ！　やめて、これ以上は、魔薬はやめてぇぇっ！」

泣こうと喚こうと悪魔たちに情けなどない。ズブリとゴム管を突き刺し、魔薬浣腸を注入してくる。

「ンあああぁぁ～～～～～ッ！」

一日盛り分およそ二〇ccほど魔薬が流し込まれ、直腸粘膜がカアッと燃え上がり、お尻全体が炎に包まれる。膣肉に塗られた魔薬クリームだけでも発狂しそうなのに、肛門まで責められてはひとたまりもない。

「うぁ……あぁ……あ、あへぇぁ……あアン」

ハアハアと舌をはみ出させて喘ぎ、上品な美貌は涎と鼻水と涙でクシャクシャになり、品性の欠けた呆けたような表情になる。理知的で貞淑な妻の顔は粉々に打ち砕かれ、発情した一匹の牝へと変えられていく。

「どうじゃ、ズンと気持ちがよかろう」

挿入したゴムチューブを捏ねるように動かして、祐美子のアヌスを抉ってくる。

「ひ、ひぃ……あ、あうっ……あおぉぉ……っ」

二つの孔の淫熱が混ざり合い、絡み合い、高熱のマグマのように祐美子を内側から焼き尽くそうとする。散々焦らされた女体は、どんな刺激も貪ろうと理性を振りほどいて暴走し始めた。おぞましいはずなのに、肛門がジンジンと痺れ、浣腸の嘴管をもクイクイと食い締めてしまう。

「ンあぁ……も、もう……私……だ、だめぇ……あああっ」

爛れるような魔薬の刺激に、祐美子は浅ましく腰を振り立てて、濡れた媚肉をボブの巨根に擦り付け始めた。ボブが下から腰を押さえてなければ、すぐにでも呑み込んでいただろう。

「フフフ、牝め。自分からくわえ込もうと言うのか。だがそうはいかん。もっと焦らすのじゃ。焦らして牝の本性を引きずり出してやるわい」

金城の命令に頷いたボブは勃起をスッと遠ざけてしまう。金城も浣腸のゴムチューブを引き抜いてしまった。

「ああ、いやあっ！」

もどかしさと切なさで引き攣る美貌は、鬼気迫る眼差しで金城を見つめる。焦れったそうに腰がうねり、淫靡なベリーダンスを踊る。

「ハアハア……も……もう、ひと思いに……してっ……あぁぁ……これ以上焦らさないでっ」

捜査官の矜持も妻の貞操も投げ捨てて、お尻を掲げ牡を必死に誘惑する祐美子。かつての凜々しい捜査官の面影はもう残っていない。

「欲しいと一言言えばいいのじゃ」

「う、うう……」

悔しさと屈辱に血が出そうなほど唇を強く噛む祐美子。だがもう堪えきれず、コクリと頷いてしまう。

「ハッキリ言うのじゃ」

「ハアハア……うああ……ほ、欲しい……欲しいわ……あぁぁむっ」

肩をうねらせ、瞳を妖しく潤ませて屈服の言葉を口にする祐美子。自分の中で何かがガラガラと崩れていく音を聞いた気がした。

「チンポが欲しいのか？　魔薬浣腸が欲しいのか？　それともボブの子供か？」

魔薬浣腸のノズルでお尻をツンツンとつつきながら、さらに意地の悪い尋問が続く。

「はあ、はああ……どれも……うう……全部欲しいの……あぁぁ……はやくぅ……オチンポとおクスリで……はぁはあ……祐美子をメチャクチャにしてッ……ああ……ボブ様の……あ、赤ちゃんが欲しいのぉ……ああっ」

ダムが崩れ落ちるように、この一時間、いや二週間ぶんの淫欲が一気に膨れ上がって溢れ出す。もう自分で自分が止められなかった。

（ああ……もう……何も考えられない……）

わずかに残った理性が心の底で悲鳴を上げるが、肉体はもう陥落させられたも同然だった。無意識のうちに亀頭に股間を擦りつけ、クリトリスも完全に包皮が剥けて完全な勃起状態だ。愛液だけでなく腸液までもがジクジクと染みだして、二つの孔が同時に牝の本性をあらわにしてドロドロに濡れていく。まさに女の性が満開といったいやらしさだ。

「フフフ。ボブの、黒人の子が欲しくなったようじゃな。よし、ぶち込んでやれ」

金城が尋問しながらゴムチューブを挿入し、それに合わせて、ボブもトロトロにとろけた媚粘膜を貫いて、極太ペニスをゆっくりと埋め込んでいく。

「ソあぁ……はああぁ……あひぃ〜〜〜〜っ！」

待ちかねた刺激に頭が跳ね上がり、腰もギクンッと持ち上がった。女の虚ろな孔を押し広げられ、こじ開けられ、埋め尽くされる。この男根でなければ味わえない肉の充足感。魔薬によって感度が数倍に上がった秘肉には、丸太の杭を撃ち込まれたような衝撃に感じられた。

「あ、あああぁ……こ、黒人の……あ、赤ちゃんなんて……あああ……ダ、ダメなのに……欲しくないのにぃ……あはぁああンっ！」

「そうじゃ。夫がありながら他の男の、しかも肌の色が違う子を孕まされる気分はどうじゃ？　ヒヒヒ、お前が望んだのじゃ」

ネチネチと囁きながら浣腸器のシリンダーを押し込んでいく。ビュッビュッと魔薬が腸内に迸るたび、祐美子は射精されたような錯覚に襲われて、お尻を戦慄かせる。

「あああっ……赤ちゃん……に、妊娠させられちゃう……うああ……あなた、ゆるして……ンあぁあっ！　イク、イクゥッ！　アヒィィィッッ！」

その背徳感と罪悪感を置き去りにして肉体が天国へと高速で飛翔した。自分の身に何が起こったか理解できないまま、祐美子は牝の咆哮を放ち、かつてないほどの強烈なアクメを極めてしまう。

びくっびくっと両脚が突っ張って、ふくらはぎからつま先に向かって恍惚の戦慄きが走り抜けていった。

「軽く気をやったか。口ではいやがっても、身体はすっかりボブのモノになったようじゃな」

五〇%エンジェルフォールをジワジワと注ぎ込みながら満足そうに嗤う金城。エンジェルフォールによる刷り込み効果は完璧と言っていいデキだった。

ボブは祐美子にとって父親の仇であり、夫に重傷を負わせ、娘をレイプした男だ。その憎むべき男に犯されてここまで快感を感じるようになれば、半ば堕ちたも同然。

「お前はもはや、魔薬とボブのデカマラなしでは生きられない身体になったのじゃよ、羽村祐美子。ヒヒヒ」

「はぁ……はあぁ……私……うあぁっ」

絶頂の余韻で陶然としていると、ボブが祐美子の両脚を腰に巻き付けながら上体を起こした。いわゆる正対座位の体位である。結合がズンッと深まり、巨大な肉棒に子宮の底が抉られる。

「うあぁン……お腹に……響くぅ……はぁ……すごく深いぃ……あぁぁむ」

子宮を直撃する牡のパワーに圧倒され、頭が虚ろになる。金城の言うとおり、自分はもうボブのペニスなしでは生きられないのではないかという気がしてきた。

「ユミコ、俺の牝ダ」

「んむぅっ……んちゅっ……はぁん」

起き上がったボブにまたしても唇を奪われ、思考の歯車がグニャリと溶けて完全に機能停止する。

(ああ……おクスリも……オチンポも……きもちよすぎて……逆らえない……っ)

敗北感と同時に多幸感の濃霧に脳が包まれ何も考えられなくなっていく。今の祐美子は生きた肉の操り人形であった。

「キスも気持ちがいいカ？　ユミコ」

太い腕で祐美子を抱き、身体を上下に揺すってくる。

「んむぅ……ああ……んむちゅ……あひっ、ひぃぃぃんっ！」

舌を搦め捕られながら逞しい律動を蜜壺に撃ち込まれて、祐美子は悲鳴ともヨガリ声ともつかない声を塞がれた口にくぐもらせた。

絶頂直後で身体はさらに敏感になっている。一突きごとに子宮がビリビリと痺れ、舌を吸われるたび脳天にまで快美な興奮が拡がった。ボブの舌先と巨根ペニスとが高圧電線で繋がれているのではないかと思うほど。

「ぷはぁああ……はあ、はぁぁん……ああ……はい……あはぁ……キスも……き、気持ちがイイわ……もっと……もっとキスしてぇ……ちゅ、ちゅっ……あはあぁン」

積極的に舌を長く差し出して、ベロベロといやらしく絡め合う祐美子。

「すげな、完全にヤクがきまってる顔だぜ。へへへ」

「ジャンキーって感じだな。ヒヒヒ、ざまぁみろ」

あの捜査課長と同一人物とは思えない、痴女のような淫蕩な姿に、周囲の男たちも興奮を抑えられない。マフィアの天敵だった女捜査官を薬漬けにしてやったという満足感が、彼らの劣情を燃え上がらせる。

「ヒヒヒ。ボブの黒人のチンポが気に入ったか？」

金城が浣腸器を操って、高濃度魔薬をジワジワと染み込ませるように浣腸する。

「あぁぁ〜〜〜ん……イイです……はあぁ……ボブ……様の……ああ……こ、黒人オチンポが……太くて……はあぁぁ……深くてぇ……あああ……奥まで届いて……た、たまらないレす……あああ……っ」

汗に濡れた背中をうねらせながら、祐美子は求められるままに頷いた。悔しさも惨めさも悲しみも、限界を超えた魔悦の渦に呑み込まれて消えていく。

「チンポだけではあるまい。高濃度の魔薬浣腸もズンとイイはずじゃ」

「ハアハア……お、お浣腸もイイです……うぅぁ……ま、魔薬を……エンジェルフォールを……浣腸されながら……オマ○コされるのが……す……すごくイイです……あぁん」

うっとりした愉悦の表情を浮かべ、男たちに誘導され、求められるままに恥ずかしい台詞を紡いでしまう祐美子。緩んだ唇からだらしなく舌をはみ出させ、瞳も焦点が合わなくなっている。あのマフィア撲滅に闘志を燃やしていた敏腕捜査課長とは思えない淫らな貌だ。

「ヒヒヒ、魔薬セックスが気に入ったか。よしよし、淫らになったご褒美じゃ」

魔薬浣腸を一気に一○○ccほど注入する金城。

「ソあああっ！　またぁ……魔薬が、とっても濃いから……はあぁ……すごくお尻にキクのぉ……はあぁ……魔薬セックスでぇ……ひあああ……すごいの……と、飛ぶ！　飛んじゃうぅっ……あはあぁ！　イクゥ～～～～ッ！」

黒い巨根に膣奥を抉られ、肛門を魔薬に犯され、祐美子は煮えたぎるような連続絶頂の炎に放り込まれた。

「はあぁ、あああっ……また……イクッ……ンあああぁ……イクの……とまんないっ」

ベッドをギシギシ軋ませながらボブとぴったり息を合わせて腰を振り、熱烈なディープキスを繰り返す。猛加速で暴走する連続絶頂のジェットコースターが祐美子をマゾの淫獄へと引きずり込んでいく。

「グフフフ。ここも舐めロ」

ボブが一方の腕を上げて腋の下を晒し、もう片方の手で祐美子の頭を抱き寄せる。剛毛地帯に鼻先を埋められ、咽せる祐美子。ムンッと腋の臭いが鼻を突く。

（ンああっ……匂いが……く、くさい……くさいのにぃ……はあぁ……どうしてぇ……）

脂ぎった強烈なワキガとフェロモン臭が鼻に突き刺さるが、それすらも魔薬で理性が麻痺した祐美子にとって、芳しい香水だった。

「うぐぅ……んちゅ……むふっ……らめ……臭いのに……ちゅっ、ちゅっ……ああ……むはあぁ……どうして……ああぁむ……感じちゃうっ」

腋の下に舌をチロチロと動かしながら小鼻を膨らませ、思い切り匂いを吸い込む。

それだけで頭の奥がじーんと痺れて、媚肉がジュワアッと濡れてしまう。脳髄が溶けるほどメロメロにされて、祐美子の意識は底なしの淫夢の中へ迷い込んでいく。

「あ、あう……あううぅっ……に、匂いだけで……感じちゃうっ……あああ……あひぃいっっン!」

ビクンビクンッとなで肩を震わせて、またしても絶頂してしまう。

「はあはあ……ああ……もう……これ以上イかせないで……あああ……壊れちゃう……はあはあ……」

特殊なフェロモンでも含まれているのだろうか。祐美子の身体は熱く燃え上がり、まるでサウナにでも入っているかのように大量の汗が噴き出し、白い背中を滝のように流れ落ちていく。特に腋の下はすごく、腋汗がポタリポタリと滴になってしたたるほど。

「いずれ、ユミコもこの匂いになル」

動物には匂い付けで縄張りを主張する本能があるが、ボブも祐美子を自分のモノにしたいのだろう。ニヤニヤ嗤いながらお返しとばかり祐美子の汗まみれの腋に舌を差し込み、自分の唾液をクチュクチュと塗り込んでくる。

「う……あ、ああ〜〜〜〜ン」

汗と唾液が混ざり合う異様な感覚にゾゾッとうなじが震える。もしも自分がこんな獣じみた体臭にされたら、恥ずかしくて夫に抱かれることはできない。自分の汗と男の唾液が混ざった甘酸っぱい匂いを嗅がされているうち、本当にボブの所有物に成り下がった気がしてきた。

「はああっ……か、身体が……腰が動いちゃう……はああ……もうイキたくないのに……ンあああぁ……ヒッ、ヒッ……熱い……頭が変になるぅ……だ、誰か止めてぇ……ああぁんっ」

浣腸されているからだろうか。絶頂から降りられなくなったまま祐美子は我を忘れて、ボブの胡座の上にがに股の腰を上下させ始める。膣肉をエクスタシーで痙攣させながら、大胆で淫らな屈伸運動で剛棒を搾り上げていくのだ。

ジュブッ！　ジュブッ！　ズブズブッ！　グッチュンッ！

「イキっぱなしのくせにまだ物足りないのかよ」

「へへへ、あきれた淫乱捜査官だ」

男たちは嘲笑を浴びせてくるが、祐美子にとっては生き地獄だ。普通ならとっくに失神するか、疲労で倒れているだろう。だがエンジェルフォールの効果で疲労感は打ち消され、失神することも許されないのだ。

「あ、ああぅ……あああぉ……イク……はあぁ……イクゥッ」

白目を剥いてガクガクと頭を揺さぶる祐美子。口の端から舌をはみ出させ、泡まで吹いているというのに、媚肉だけは別の生き物のように勃起ペニスに絡みつき、快楽を貪り続けている。

「これは激しいのぉ。本当に肉の相性が良いようじゃな。これなら一発でボブの子を妊娠するじゃろう」

「ンはぁ……うあぁ……に、妊娠……ンあぁぁ……あ、赤ちゃん……あぁぁぁぁッ……イク、イクゥッ！」

ほとんど意識を飛ばされながらも、妊娠という言葉に一瞬反応する。しかし感じるのは恐怖ではない。女としての幸福感が湧き上がり、甘いシロップのように脳を浸していく。子宮も卵巣もキュンキュンと疼き、子種が注がれるのを待ち焦がれているようだ。

「妊娠と言われるたびに、イキまくってるじゃねぇか」

「やっぱり捜査官様は、孕む気満々だぜ」

「お前の淫乱で貪欲な身体は妊娠したがっておるぞ。フフフ、祐美子にはボブのような絶倫男こそ相応しい」

暗示にかけるように魔薬浣腸をドクドクと注入しながら、金城が背後から囁いてくる。

(私が……この男《ひと》と……)

涙でぼやけた視界に、ボブの邪悪な笑みが映っている。

初めて身も心も捧げた大切で愛しい夫、純白の花嫁衣装、初夜のときめくような想い、初めての妊娠と出産。女の幸福な記憶のすべてが、黒人の圧倒的存在感で上書きされていく。

（私に……相応しい……男《ひと》）

自分の気持ちすらわからなくなり、夫の事を思い出そうとしても、浮かんでくるのは淡泊なセックスと貧相なペニスのことばかり。それにくらべて目の前の男のなんと強靭で逞しいことだろう。これほどの快楽を与えてくれる男は他にいないだろう。

夫との結婚生活はすべて幻で、本当の自分はボブと結ばれるために生まれてきたような気がしてきた。この男の子供を孕み、産むことこそが女にとって最高最大の幸福のようなに思えてくる。

「そうダ。ユミコは俺の女、俺の牝ダ」

「ンあっ……ああンっ……牝だなんてぇ……はぁぁんっ」

全身を桃色に上気させながら、いっそう激しく腰をクネクネ舞わせる。上下運動に捻るようなグラインドを加えて、コルク栓を抜くようにペニスを扱き上げるのだ。結合部からは白濁した本気汁がネットリと滴り、ボブの陰嚢まで濡らしていく。

「いいぞ、もっとチンポを搾れ。牝らしく己の意思で孕むのじゃ」

追い打ちをかけるようにシリンダーを断続的に押し込んで、祐美子を魔薬地獄に引きずり落とす。

「ハアハアッ……ああン……お尻がぁ……あああ……あつい……だめぇ！」

もう四〇〇ccは注入されただろうか。ズーンズーンと巨根に子宮を突き上げられるたび、膨らみ始めたお腹の中で便意と魔薬の快感とがせめぎ合う。眉を寄せ瞼を閉じて仰け反る美貌には、女の絶望と幸福が混ざり合って、壮絶なまでの被虐美を醸し出していた。

「ヒヒヒ、踊れ踊れ。大好きな男の上で腰を振って妊娠するのじゃ、羽村祐美子」

興奮した金城が、さらにお尻をピシャピシャと打ち据える。尻肌が真っ赤になるほどの打擲だが、その痛みにすら被虐の情感が燃え上がってしまう。

「あうぅ……に、妊娠させてください……あああ……ボブ様の赤ちゃんを……祐美子に孕ませて……あああ……か、身体が……勝手に動いて……はああ……腰が止まらないのっ……ああ……イっちゃう……あっ、あぁっ……また、イクイクイクイクイクぅっ！」

ジュボッ！　ジュボッ！　ジュボォッ！　ジュブジュブジュブジュブゥッ！

立て続けに絶頂しながら、汗まみれの女体がカエル跳びのように黒人の膝の上で躍動する。破廉恥で浅ましい音が鳴り響いて、祐美子は耳を塞ぎたくなるが、それでも腰は止まらず、乳房がゴム鞠のようにタプンタプンと跳ね回った。

（あああ……あなたぁ……ゆるして）

必死に夫の面影にすがろうとするも、ドクッドクッと腸管に流れ込んでくる高濃度魔薬がそれを許さない。混濁した頭に浮かぶのは、ボブのどす黒く巨大なペニスとそこから噴き上がる白濁の噴流だ。

「オオゥ、いいゾ、ユミコ」

ボブは悠然と構え動こうとしない。祐美子が自分の手で堕落の階段を転げ落ちるのを待っているのだ。両手も腰に添えてはいるが、祐美子の身体を支える程度だ。

「あう、あうぅンっ……子宮が……降りちゃう……ふぅあぁ……あああっ……絶対、妊娠しちゃう……あぁぁ……欲しい、赤ちゃん欲しいのぉ……あはぁぁっ！」

心と裏腹に、牡精を欲しがるように子宮が下がり、子壺の底を鈴口に擦りつけ始める。亀頭が食い込む子宮口が猛烈に熱くなり、そこに勢いよく精液を浴びせて欲しくなる。ブルブルと全身が瘧《おこり》にかかったように震えだし、これまでで最大のエクスタシーの波が訪れようとしていた。

「フフフ、親の仇に孕まされながら気をやるのか。なんとも浅ましい女だ」

「死んだお前のオヤジに謝れよ」

「あぁぁ……お父さんごめんなさぃ……わたし……今からお父さんの仇の人の赤ちゃんを……妊娠します……あぁぁっ」

ゲラゲラと男たちは嗤うが、もう祐美子の耳には届かない。相手が仇の男だと言うことも忘れ、ひたすら背徳の精を求めて腰をうねらせ、どこまでも暴走していく。

「あ、あぁン……早く……ボブ様の子種を……子宮に飲ませて……あぁぁ……妊娠させて……オマ○コにいっぱい出してぇ……あああンっ」

絶望とも随喜ともわからない涙をハラハラとこぼしながら、膣肉がおねだりするようにギュッギュッと収縮し、ボブの男根を食いちぎらんばかりに締め付けた。

尿道を走る快美電流が輪精管を伝わって睾丸を直撃し、牡の射精本能が爆発する。

「オオオオッ！　ユミコォォ！」

獣のように吠えたボブが、祐美子のお尻をガッシリと抱き、上下に揺さぶり出す。体重を乗せた自由落下で、奥の奥にまで肉棒を突き立てた。

ドビュッッ！　ドビュッッ！　ドビュルルルルッ！

「アヒィィィ～～～～～ッッ！」

串刺しの衝撃と射精の快感が稲妻のように交錯しながら、身体を上下に貫いた。鼻先に真っ赤な火花が散って、頭の中が真っ白になる。

「そぉれ、孕むのじゃ、羽村祐美子」

それに合わせて金城もシリンダーを最後まで押し切った。ドッと流れ込む魔薬浣腸が腸管を灼熱させる。

「あひいっ！　妊娠しちゃうっ！　赤ちゃんできちゃうぅっ！　あああああっ！」

ガクンガクンと電撃を浴びたように祐美子の身体が跳ね上がる。後ろが見えるほど背中が反り返り、逆さまになった美貌が恍惚の色に染まっていく。両脚は痙攣しながらボブの腰に絡みついて、きつく足首をロックさせた。

「あああ……イクッ、イクイク、イクゥッ！　オマ◯コ、イッちゃう～～～～ッ！」

妊娠の恐怖すらマゾの悦楽に代えて、祐美子は被虐の桃源郷へ上り詰めていく。行き着く先が天国なのか地獄なのか、もうわからない。今感じる法悦だけが、祐美子にとってのすべてであった。

「はあぁ、ひいぃ……ボブ様の……ああ……赤ちゃん……あはぁぁン」

子宮の中へドロドロと流れ込んでくる大量ザーメンの熱さに妊娠を確信させられながら、祐美子はピーンと背筋を硬直させた。やがて脱力した裸身をボブの胸にガクリと預け、偽りの幸福感とめくるめく肉悦の渦に呑み込まれていくのだった。

第五章　愛牝誕生

　圭三は妻と娘が来るのを心待ちにしていた。入院して初めの一ヶ月は、二人ともほぼ毎日のように見舞いに来てくれたが、三ヶ月たった最近では週に一、二回になっている。入院が長期化して慣れてきたのは仕方がないが、やはり寂しいモノがあった。

　それに気のせいか態度がよそよそしく感じられるときがある。祐美子は会話をしていてもどこか上の空という感じがするし、楓も掛かってきた電話に気を取られて、ほとんど会話にならない時があった。

「まさか……」

　夫が単身赴任で不在のうちに妻が浮気に走り、娘もグレてしまったという妄想が頭をかすめて、圭三はブルブルと頭を振った。

「祐美子や楓に限って、そんなはずはないさ。それに……」

　自分の手をジッと見つめる。角膜移植は成功し、視力を取り戻すことができたのだ。これで妻や娘の負担を減らすことができるし、仕事だって条件に合ったものは見つかるだろう。後遺症でまだ歩くことはできないが、それもリハビリで一年以内に回復できる自信があった。

「早く会いたいな」

ちらっと時計を見る。約束の時間まであと一〇分ほど。三ヶ月ぶりに愛する妻や娘の顔を見ることができるのだ。それだけで今、最高に幸せな気分だ。

その期待に応えるように、病室のドアがノックされた。

「あなた……起きてる？」

「お父様、お元気？」

「祐美子！　か、楓……ええっ⁉」

病室に入ってきた二人を見て圭三は声を詰まらせた。この三ヶ月間、脳裏に描き続けた愛しい妻子とは、あまりにもかけ離れた姿なのである。

祐美子が身につけているのはなんと、異様に丈の短いデニムホットパンツと身体にぴったり張り付くピンクのタンクトップ。乳房がこぼれそうなほどに薄い生地を突き上げ、ノーブラなのか乳首の形をクッキリと浮かび上がらせている。

お尻は小さい生地が食い込んで、左右の桃肉がはみ出してしまっている。ムチッと熟れた太腿は付け根から剥き出しで、パンストもない生足を飾るのは赤いハイヒール。生地面積の小ささを考えれば、下着を着けていないことは明白だ。

楓の方は学校の制服だがスカートはやはり超ミニで、少しでも風が吹けば下着が見えてしまいそう、というか動くたびチラチラとヒョウ柄パンティが見えている。シャツブラウスの胸元も大きく開いて、パンティと同じヒョウ柄のブラジャーと胸の谷間が見えている。だが、それ以上に驚かせたのは楓自身の変化だ。ツインテールは茶髪になり、肌の色もこんがり小麦色に日焼けしているではないか。テニス部所属なので元から少し焼けてはいたが、これは明らかに意図的に焼いている感じがする。

そして二人とも化粧が濃く、アイシャドーとマスカラで目元を飾り、口紅も真っ赤なラメ入り。耳には大きなハートのピアスをぶら下げ、手首や指には安っぽいプラスティック製のアクセサリーをゴテゴテとはめている。ネイルも祐美子は真っ赤なマニキュア、楓は青や赤や紫などカラフルなデコレーションが施されていた。

さらに二人の香水の匂いが混ざりながら病室いっぱいに拡がって、気分が悪くなるほど。あまりの淫蕩な空気に圧倒され、目のやり場に困ってしまう。

「……ど、どうかしたの、あなた？」

「わ、私たちの顔に何か付いてるかな？」

「いや……その……ふ、二人とも……どうしたんだ……その格好は？」

三ヶ月経って、ようやく目が見えるようになったのに、待っていたのは別人のような妻と娘。浦島太郎にでもなったような気分だ。もしかして角膜移植手術が失敗したのではないか？　そんな考えまで浮かんできて、目を擦ったり口をポカンと開けてしまう。

「さ、三ヶ月も経てば、女は変わるものよ……ねぇ、楓」

「え、ええ……そうね……お母様」

ふたりは笑みを浮かべているが、どうにもぎこちない。拳を握り締めているのは羞恥や緊張のせいなのではないだろうか。

「お父様ももっと悦んで。お父様に見てもらうために……ハアハア……お母様も頑張ったんだから……ね、ねえ、そうでしょ？」

「か、楓……あぁッ……そ、そうよ……恥ずかしかったけど……せっかく目が見えるようになったんですもの。あなたのためと思って……ど、どうかしら、あなた」

「……あ、ああ……綺麗だよ、祐美子も楓も……」

相づちを打ちながら、どことなくぎくしゃくした会話に違和感を覚える圭三。外見だけでなく母と娘の内面までもが変質しているような気がする。

（それにしても……）

楓ならともかく三十代の祐美子が身につける服とは思えない。しかも祐美子は捜査課長という立場だ。こんな格好で公道を歩き、病院まで来たのかと思うと、見ている方が心配になってくる。

「ところで、あの……あなたに……紹介したい人がいるの」

「な、なんだい、急に……？」

嫌な予感が圭三の背筋を引っ掻いていく。

「私たちにとって……とても大事な人……入ってきて……」

「えっ⁉」

ドアを開けて入ってきたのは、天井に頭がぶつかりそうなほど大柄の黒人男性だった。

「ボブっていうの……私たちの……恩人よ……」

「お父様がいない間、私たちを……さ、支えてくれたの」

「ヨロシク……」

「う……こ、こちらこそ……」

反射的に挨拶をしたモノの、予想外の出来事の連続で頭がパニックに陥る。まさか恩人という男が外国人だとは。しかも祐美子だけでなく楓とも親しい間柄のようだ。

「その……私の家族とは……ど、どういう関係で……？」

「彼は国際警察の特別捜査官なの。マフィアを追いながら、私たち家族の……サ、サポートもしてくれたのよ」

「モノだけでなく、心も……ね」

「イエス」

ボブは両手を母娘の腰に回し抱き寄せ、耳元や首筋にチュッチュッと唇を這わせていく。

「う……ち、ちょっと……」

「アン！　か、海外ではこれくらいのスキンシップは……当たり前よ、あなた……あうん」

「そうよ、お父様。焼き餅なんて……あぁん……みっともないよ」

祐美子はホットパンツの腰をくねらせ、楓もうっとりした表情で首をしならせる。

「しかし……」

親密という言葉ではおさまらない三人の関係……。一体自分の家族に何が起こっているのか。悪い夢の世界に迷い込んでしまったのではないかと思えてきた。

「フフフ、ユミコ。旦那に報告があるだろウ」

ボブに囁かれた祐美子の肩がビクッと震えた。

「ええ……あ、あなた……私……そ、その……あ、赤ちゃんが……できたの……」

「えええっ!?」

ショックの玉突き事故が脳内で起こり、圭三は口をパクパクさせた。

妻とセックスしたのは爆破事件より前だから、今からおよそ四ヶ月近くも前のこと。しかも避妊具も着けていた。今さら妊娠するなどあり得るのだろうか。疑惑の芽は、ジワジワと心を蝕み根を下ろしていく。

(まさか……)

チラリと黒人の方を見ると、ボブは相変わらず二人の肩や腰を抱いて、ニヤニヤと嗤っている。嫌な予感がうなじから背中へと這い降り、冷たい汗がこめかみに滲んだ。本当に自分の子供なのかと聞きたいところだが、それを聞く勇気はない。

「じ、じゃあ、妊娠四ヶ月……くらいかな」

「はい……まだあまり目立たないけれど……ああ……どうぞ……見てください」

短めのタンクトップを捲り、そこからはみ出すお腹は、そう言われれば少し膨らんでいるようにも見える。

「触って、あなた」

「え……あ、ああ……」

祐美子につかまれた手をそっと当ててみる。温かな肌の温もり、その向こう側にある、小さな命の鼓動が感じられたような気がした。

「ハアハア……ど、どうかしら、あなた……」

「う、うん……よくわからないけど……赤ちゃんを感じた気が……するよ……」

とりあえず話を合わせるが、心のモヤモヤは消えはしない。深く重い疑念が、コールタールのようにみぞおちの辺りに沈殿していく。

「ねえ、嬉しい？　あまり喜んでないみたいだけど……」

「そんなことはないよ……驚いただけで……もちろん……う、嬉しいさ」

視力が回復し、妻が身籠もった。本来ならこれほど嬉しいことはないはずなのに、素直に喜べない自分がいる。

（これは本当に僕の？　もしかして……あの男の子供じゃないのか……？）

疑惑が疑惑を呼び、頭の中で渦を巻く。妻のお腹に触れた指先が次第に体温を失っていくのを圭三は感じていた。

そしてさらに半年が過ぎた。

「くそ……二人とも、どこに行ったんだっ」

イライラしながら焼酎のロックを飲み干す圭三。松葉杖で動けるくらいに回復し、退院することができたのだが、祐美子も楓も迎えに来なかったのだ。

祐美子のお腹が膨らんでいくのと反対に、見舞いの回数は激減して月に一回程度しか会っていない。楓はますます色黒に日焼けしてメイクもケバケバしくなり、太腿や肩にタトゥまで彫っていた。そのことを注意してから、楓もまったく顔を見せなくなった。退院して、家を再建したというのに愛する家族はいない。ガランとした室内の空気が妙に寒々しい。

「やっぱり、あのボブとか言う黒人の男が……」

ずっと思っていた疑念が、どす黒い澱のように心の底に沈殿していた。夫である自分がいない間に、妻を奪い、穢らわしい子供まで身籠もらせた。そしておそらくは娘までも毒牙にかけた……。そんなおぞましい妄想が、妙なリアリティをまとって頭に浮かぶ。いや、もうそれ以外考えられない。

「くそぉっ」

愛する妻の胎内に異国の男の子供がいる……。想像しただけで胸が悪くなり、やけくそな気持ちでさらに酒をあおる。ギラギラ光る目が虚無の闇を見据えていた。

そのとき、インターホンの音が鳴り響き、圭三はむしり取るように受話器を取った。

「ご主人、いらっしゃいますか」

「う……あんたは……中村さんか……」

画面に映る痩せた中年男を見て、ため息をつく。わずかでも期待してしまった自分が腹立たしい。

「実は……課長の……奥様のことでお話ししたいことが……」

「祐美子の……？」

得体の知れない期待と不安で、胸がざわつくのを圭三は感じていた。


その頃、祐美子は再建された自宅から一キロも離れていないボロアパートにいた。

「おおっ、いくぜ、奥さんっ！」

「あぁぁ……オチンポミルクゥ……んぐっ！　むぐっ！　ごくごくんっ！」

白い喉をしならせて、大量のザーメンを嬉々として飲み下す祐美子。

「おらあ、赤ん坊にもミルクの時間だ！」

「あああぁっ！　イクッ……孕みマ◯コ、イクゥッ！　あああぁっ！」

膣内射精で絶頂させられ臨月のお腹を戦慄かせる。

「尻にもくらえよ、エロ妊婦！　おらっ！」

「んあぁぁ……お尻ぃ……イっちゃう！　あひぃぃいっ！」

直腸にも夥しい精液が注ぎ込まれ、何度目かもわからない官能の頂点に祐美子は登り詰めた。

「はあはぁ……あぁあ……うぅぅ……ん」

激しく全身を痙攣させた後、白目を剥いて祐美子は失神してしまう。敷きっぱなしの布団の上に臨月の裸体を投げ出し、三つの孔からは注がれたばかりのザーメンがドロドロと溢れ出してくる。

「ふう、よかったぜ奥さん」

「金はここに置いていくからな。また頼むぜ」

五百円硬貨を放り投げて、男たちはアパートから出て行った。

「あう、うう……」

この二週間、出産費用を稼ぐという理由で、祐美子は毎日十人以上を相手に売春をさせられていた。それも魔薬を使ったヤクキメ輪姦だ。

「もう……死にたい……」

ヨロヨロと起き上がった祐美子はバスルームに入るとシャワーのコックを捻った。熱めのお湯ですべての穢れを洗い流したかった。

何度も舌を噛んで死のうと思ったが、お腹の子のことを考えるとそれもできなかった。どんなに憎い男に孕まされたと言っても、自分の子供に違いはない。魔薬と母性に縛られた身体では、死ぬことも許されないのだと思い知らされた。

「ユミコ」

「あ……ボブ……様……」

そこにボブが戻ってきた。

「ユミコ、久しぶりダナ」

地獄のような輪姦売春をさせられている間、なぜかボブは姿を見せなかった。二週間ぶりの再会は、なぜか祐美子の心をときめかせる。

「よく頑張ったナ」

キスマークとザーメンにまみれた祐美子の裸身を、泡立てたタオルで優しく丁寧に清めてくれる。

「ああ……」

優しく囁かれながら黒髪を撫でられて、ドキンッと心臓が跳ねてしまう。

「俺、ボスにお願いしタ。これからは他の男に手をださせなイ。ユミコ、俺だけのモノ。安心しロ」

「え……」

魔薬と輪姦で心身共に疲れ切っている祐美子にとって、その声は天からの救いに聞こえた。

「そ、そんな……優しいこと言うなんて……ああ……卑怯です……あうっ」

ドキン！　ドキン！　ドキン！　ドキン！　ドキン！　ドキン！

ボブがそんな優しいことを言うわけがない、何かの罠に違いない。頭ではわかっていても、肉体がボブの方になびいている。

「ユミコ、俺の子を産む女。とても愛してル」

祐美子のために日本語を練習したのだろうか。出会ったときよりも流暢な言葉で、ボブが愛を囁いてくる。

「ああ……う、うそ……うそです……」

頬が赤くなっているのを見られたくなくて、サッと顔をそらす。しかしそれ以上の抵抗はせず、臨月のお腹をタオルで拭かれる間も、ジッとしている。

「ウソじゃない。だからもうエンジェルフォールも使わなイ」

囁きながら股間に温かなタオルを滑り込ませるボブ。撃ち込まれた他の男のザーメンを拭い去り、丁寧に洗い清めていく。

「あ、ああ……魔薬を……使わないって……ほ、本当に……？」

ゾクゾクッと背筋を走る快美に喉を反らせる祐美子。この魔薬地獄から逃れられるという微かな希望にグッと魂が引き寄せられる。

「イエス。お前の娘も、解放されるだろウ。そしてお前は俺の妻にナル」

分厚い唇で祐美子の唇を奪う。

「ンああ……うぅんッ」

ねっとりと舌を絡まされて感極まってしまい、涙が溢れてきた。相手が親を殺し、夫に重傷を負わせた爆弾魔であることも、だんだん頭から消えていく。

（ああ……ダメ……このままじゃ……好きになっちゃう……ッ）

普段の祐美子なら相手の邪悪な意思を読み取れただろう。しかし魔薬輪姦で疲弊しきった頭では、そこまで思考力が働かない。

相手を憎もうと思っても、キスされながら乳房やボテ腹を撫でられると身体に力が入らなくなる。拭かれたばかりの秘肉が、熱い蜜をジワジワと湧かせてしまう。

「これが俺からのプレゼント」

祐美子が抵抗できないのを見計らって、ボブは黒いボクサーパンツをズリ降ろした。

「ハアハア……ああっ！」

そこにそびえ立つ巨根棒を見て驚きの声を上げる。二週間前にはなかったイボが、陰茎からいくつも突き出ているではないか。

「真珠ダ。ユミコのプッシーに合わせて埋め込んダ」

「あ……あぁぁ……」

以前なら見るもおぞましい大粒の真珠入りのペニスを見ても恐怖は湧いてこない。逆に自分のためにそこまでしてくれるボブという男に、祐美子の心は強く惹かれてしまう。

「これはユミコのモノ。舐めロ」

「はあ……はあ……私の……モノ……？　そんな……はぁ……」

「そうダ。舐めればもっと、俺を好きにナル」

（ちがう……騙されちゃダメ！　この男は……敵、仇よ……っ）

わずかに残った理性が叫ぶが、それも数秒のこと。異形のペニスを見つめたまま、操り人形のようにゆっくり身を起こすと、ボブの股間に吸い寄せられていく。

「はあっ……あン……オチンポ……いけないのに……はぁ、あぁぁン」

甘い唾液が口中にじゅわぁっと湧き出る。得体の知れない衝動に背中を押され、祐美子は亀頭に唇を押し当てていた。

「ぴちゃ……ぴちゃ……はあぁ……好きじゃない……あぁぁん……あなたのことなんか……きらいです……はあああ……ン」

濡れた音を響かせながら、唾液をたっぷり溜めた舌が亀頭の上を這い回り出す。鼻を突く牡の匂いも、どこか懐かしく感じられた。

「オオ……ユミコ、ラブミー……」

「ぺろっれろぉっ……はぁ……いや、いやん……そんなこと……あぁ……言わないで……くちゅぱ……ぁはぁ……ん」

否定しながらも、巧みな舌使いを見せる美貌は情熱的だ。頬から目尻、耳までも赤く染め、眉を切なげにたわめながら、巨根を磨き上げていく。長く軽くカールした睫に囲まれた黒瞳も、キラキラと光彩を放っている。まさに『女』そのものを凝縮したような蠱惑的な表情だ。

「真珠も舐めるんダ」

「あああ……イボイボが……すごい……ああはぁ……ん」

舌先に当たる丸く硬い感触はかなりの大きさだ。

(もしも……こ、これを……あそこに入れられたら……)

大きさだけでも凄まじい威力なのに、まさに鬼に金棒である。想像しただけで身体の芯がカアッと熱くなり、蜜肉がじゅんっと濡れてしまう。

「はあ……はあ……こんなすごいオチンポ……あぁぁ……い、いやです……ああ……んちゅ、くちゅぱぁ……入れられたら……狂ってしまいます……はぁぁあぁ……」

言葉と裏腹に、期待を込めた上目遣いでボブを見つめる。自分を支配する強大な牡の姿が、神々しくさえ思えた。

「グフフ。狂わせてやるゾ」

フェラチオを中断させ、ボブは祐美子の身体を軽々と抱き上げた。いわゆるお姫様だっこである。

「あああ……」

男の逞しさを誇示されて、うっとりしてしまう。久しぶりに嗅がされる牡のワキガの匂いもまったく気にならない。そして気付いたことがある。

(これ……私と……同じ匂い……)

数ヶ月に及ぶボブとの同棲生活のせいだろう。祐美子の体臭もボブに近いモノに変化していたのだ。自分の股間や腋から漂う甘く爛れた汗の匂いは、ボブの女になった子はボブの首に腕を回して、いっそう身体を密着させてしまうのだった。

証の一つと言えるかも知れない。そう思うと新たな興奮と幸福感がこみ上げて、祐美

「ユミコ、カモン。ヒップをこっちに……」

六畳間に敷きっぱなしの布団の上に仰向けになったボブがユミコを呼ぶ。前戯をタップリ楽しむボブは、すぐに犯す気はない。

「は、はい……」

なぜかアイマスクをされた祐美子は、言われるままにボブの上に上下逆さまの四つん這いになる。ボブが最も好むシックスナインの体勢だ。

「はあ、はぁ……ご奉仕します……あむ……ちゅ、ちゅぱぁ……」

視界はなくてももはや慣れた奉仕だ。唇を限界まで広げて、そそり立つ肉棒をくわえ込んでいく。長大なモノを根元まで飲み込む、ディープスロートだ。初めは魔薬の麻酔効果で助けられたが、今では魔薬なしでもできるようになっていた。

「グフフ。ベリーグッド、ユミコ。とても上手ネ」

嬉しそうに嗤いながらボブも秘園に舌を伸ばしてきた。

ジュルッ……ジュルジュルッ……クチュルルルッ！

「んふぅあぁ……あああぁっ……ボ、ボブ様……はむ、くちゅ……じゅぱぁ……」

舌が蠢くたび、腰骨が溶かされそうな快美のさざ波が何度も何度も押し寄せる。さ

らに深く潜り込んだ舌先に、子宮をツンツンと突かれると、お腹の赤ん坊をいやでも意識させられ、母性愛を刺激されてしまうのだ。

ボブは濡れそぼったラビアに指を当てて、グッと左右に押し広げる。剥き出しのサーモンピンクに口を寄せ……。

「アイラブユー」

「あぁぁ〜〜〜〜〜ッ！」

膣孔に唇を押し当てられたまま囁かれると、声が膣洞の中でこだまし、子宮の胎児にまでズーンと響くような気がした。

「チュッ、チュパッ……ラブユー……ラブ・マイベビー……ジュルルッ」

「ひっ、あぁ……そんなこと……あぁっ……言わないで……はひぃぃんっ！」

声が魔薬をまとったペニスのように、蜜肉を深く抉り込んでくる。そのたびにビクンビクンと背中を反らせ、牝の恥声を放ってしまう祐美子。牝としての悦びを掘り返されて、子宮も膣粘膜もトロトロにされていく。蜂蜜とバターを混ぜ込んだような、かつてないほど濃厚な愛液が滲み出し、それをボブに啜り飲まれてしまう。そしてお返しとばかりに、愛の囁きを子宮に向けて繰り返すのだ。

「ジュルルッ……ラブジュース、とてもアマイ……チュパ、ジュバァッ……俺を愛してる証拠……グフフ……愛してルゾ……ユミコも、俺のベイビーも」

「ンあぁ……だめ……これ以上、愛さないで……あああ……っ」

蜜を吸われながら『愛』を囁かれるたび、ゾクゾクッと脊椎が戦慄き、孕まされた子宮がきゅ〜んっと疼いた。母性が愛情を呼び起こし、ボブのことが愛しくて、恋しくて仕方がなくなる。

（ああ……こんな……この人のこと、どんどん好きになっちゃう……）

心がときめけばときめくほど、身体の奥底に空いた隙間を、逞しいモノで埋めてもらいたくなる。激しい欲求をぶつけるように、祐美子は異形男根を深々と根元までしゃぶり尽くす。

「んちゅ、ちゅぱぁ……はあはあ……ああ……お、お願いです……はあぁ……もう……我慢できません……ねろ、れろぉ……く、ください……くちゅぱぁ……はぁああンっ」

視界を塞がれていても不気味な瘤を持つ黒い巨根が、ハッキリと瞼の裏に浮かんだ。巨大な陰嚢に頬ずりしながら、お尻を左右にくねらせて媚肉をボブの顔に擦りつける。まるで発情した牝犬のような浅ましい姿だ。

「ファックして欲しイカ？」

「ううぁ……犯して……ああ、ボブ様の……逞しいオチンポで……ああぁ……祐美子の……オ、オマ○コを……あああ……犯してください……はうぅぅ」

「ククク。俺を愛しているのダナ？」

「うう……あぁ……はい……あ、愛して……います……はあぁ、はあぁン……祐美子は……ボブ様を……あぁん……心から愛しています……はぁあぁンっ！」

言ってしまった途端、頭の中で何かがプツンと切れた気がした。そして一度理性のたがが外れてしまえば、もう肉体の暴走を抑えるモノは何もない。

「今の夫より愛しているカ？」

「はあぁ……夫よりも……ああ……ボブ様の方が好き……あああぁ……オチンポ……ボブ様の太くて逞しいオチンポ、大好きです……あぁぁ……愛してますぅ……ちゅぱちゅぱぁ」

狂ったように頭を上下させ、唇を突き出し、頬をすぼませたひょっとこのような無様な顔で、濃厚フェラチオを繰り返す。深くくわえたまま顔を前後左右にくねらせ、極太の幹をシコシコ扱きながら、陰嚢を優しく揉み撫でる。

「グフフ……」

勝利を確信したボブがゆっくりと身を起こす。魔薬漬けにし、妊娠までさせても、なかなか最後まで折れなかった祐美子の心を、完全にへし折ったという達成感が心と海綿体を熱く満たしてくれる。改造ペニスはこれまでにないほど雄々しく勃起した。

「ユミコ、ドッグスタイル」

「はあはあ、はい」

薄汚れた布団の上で四つん這いになり、ハアハアと涎まで垂らして挿入を待つ。凛とした捜査官の面影はなく、そこにいるのは発情しきった一匹の牝犬だった。

「グフフ、ファックユー」

爛れるほど濡れて熱くなった蜜肉に凶暴なイボだらけの剛棒があてがわれ、そのまま一気に埋め込まれてきた。

「あひぃぃぃいっっ！」

いつもの拡張感の後、想像を遥かに超える快美に襲われて、祐美子は喉を反らせて絶叫した。ゴツゴツと突き出した真珠の突起は、正確に祐美子の膣内の急所を抉ってきたのだ。

「ンあぁぁっ……ボ、ボブ様ぁ……こ、これ……すごすぎます……あおおぉっ！」

最も感じやすいGスポットに真珠がゴリッゴリッと食い込むと、快楽の稲妻が神経を直撃して、頭の中が真っ白になる。最奥のポルチオを亀頭で抉りながら、数の子天井も敏感な入り口付近も同時に刺激してくる。祐美子にとって気も狂わんばかりの淫悦の爆発だった。

「グフフフ。ドウダ？」

パンッ！　パンッ！　パンッ！　パンッ！　パンッ！　パンッ！

丸太の杭を撃ち込むような勢いで、ごつい腰を振るボブ。祐美子の腰が浮き上がるほどの激しさでイボペニスが抜き差しされ、愛液の飛沫が飛び散った。

「うあぁっ……はひぃ……ンあぁぁ……イボイボが当たって……す、すごいです……あぁあ……もっと、もっとゴリゴリして……あぁぁ……ボブ様の赤ちゃんに届くくらい、深く犯して！　ああぁぁ〜〜〜〜〜んッ！」

　魔薬によって過敏になった媚粘膜を巨大なイボマラで擦り上げられる快感は、この世のモノとは思えない法悦だった。夫とのセックスなど子供の遊びでしかなく、今味わっている快楽こそが本物のセックスなのだと思い知らされた。これほどの快楽を教えてくれた金城やボブに心の底から感謝したい気持ちだった。

「夫よりイイカ？」

「おほぉおっ！　イイ……イボイボチンポ……最高ぉ……あぁぁ……夫は全然違うの……あああおぉうう……もうあの人のオチンチンなんていりませんッ……あぁぁむ」

　まるで洋モノのAVのように大声を上げ、乱れまくる祐美子。もう家族のことも捜査官のことも、頭の中から消えていた。

「あああっ……赤ちゃんに当たってる……ああ、妊娠中なのに感じちゃう……はぁぁん……妊娠してるから……ああ……気持ちが良いのぉ」

　ボブとぴったり息を合わせて腰を振りまくる。祐美子の白い肌とボブの黒い肌が混じり合い、溶け合ってしまいそうなほど濃厚なセックスだ。

「ユミコ……セイ、アイラブユー」

「ハアハア、す、好きぃ……あおぉぉっ……ア……ア、アイラブ……ユー……ボブ様ぁ、愛してます……あああぁ……一生、死ぬまで……愛しますぅ……ア、アイラブユー……ボブ様ぁ……だから私も愛してぇ……あぁぁぁン！」

ついに愛してると言わされてしまう。しかも相手の国の言葉で。完全敗北の屈辱と共に押し寄せるのは、狂おしいほどの快楽だった。ピクピクと四肢に痙攣が走り、汗まみれの背筋が強張っていく。

「ククク」

薄く嗤ったボブがいきなりアイマスクをむしり取った。

「え……!?」

まなじりが裂けんばかりに目を見開く祐美子。

「あ……あああ……あ、あなた……!?」

唐突に開かれた視界に飛び込んできたのは、なんと夫の圭三ではないか。

「祐美子……信じていたのに……くっ」

「退院初日に妻の浮気現場を目撃してしまうとは……同情しますよ、ご主人」

松葉杖の夫に寄り添う中村が、白々しく慰める。すべては彼らの計画通りなのだ。

「ひいぃいっ！　そんな……あ、ああ……あなた……ち、ちがうの……こ、これはぁ……あっ、ああっ、だめぇ～～～～っ！」

「グフフゥ、ユミコは俺のモノ、子供も俺の子ダ」

ボブが祐美子の身体を抱き上げ、後背座位に移行する。膨らみきった臨月のボテ腹も、極太ペニスを埋め込まれた蜜穴も、すべてを夫の眼前に見せつけるのだ。

「ウオォウッ、ユミコォ！」

ドビュッ！　ドビュッ！　ドピュルルルルゥウゥウッツッ！

独占を宣言するように、ボブが大量の白濁精を祐美子の膣内にぶちまけた。

「あひぃぃぃいっっ！」

閃光が子宮から心臓を貫いて脳天に駆け上がる。内側から背徳の邪精に焼かれ、外からは夫の視線に焼き尽くされる。羞恥と屈辱と背徳感とが混ざり合い、マゾの愉悦となって祐美子を焼き尽くした。

「あひゃあぁ……イクッ！　祐美子……あぁぁ……オマ◯コイっちゃうぅ～～～～ッ！」

白い喉を反り返らせ、恥知らずなエクスタシーへと上り詰めていく。激しい痙攣に立て続けに襲われ、祐美子はボブの膝の上で腰を振り、踊り狂う。

「……さよならだ、祐美子」

不倫アクメに溺れる妻に背を向け、中村に支えられながらアパートから出て行く夫。後に残されたのは一枚の離婚届だけだ。

「あ、あ……あなた……待って……あああぁ……あなたぁ……」

「フフフ。これで結婚できルル」

大粒の涙をこぼす祐美子の顔を捻って、背後から唇を奪う。さらに垂直串刺しの剛棒をゆっくりと動かし始めた。

「う……うう……あぁ……そんなぁ……あひぃ……」

身も心もズタズタなのに、舌を絡めとられ、唾液をたっぷりと飲まされ、蜜壺をかき混ぜられて……魔薬調教された祐美子の肉体は浅ましく反応を始めてしまう。新たな愛液が滲み出す粘着音が、結合部から漏れ出した。

「グフフ。ユミコ、俺のモノ……俺の牝ダ。セイ、ファックミー」

「ハア、ハア……うぅ……あ、ああ……祐美子は……ボブ様の牝です……はあぁぁンッ……ファックして……はあぁ……フ、ファック・ミー……プリーズ……あぁぁん」

（ああ……私……もうだめぇ……）

すすり泣きもいつしか甘い喘ぎへと変わっていく。もうどうにもならず、祐美子はドロドロした淫欲の渦に呑み込まれていくのだった。

さらに二ヶ月後。ついに祐美子と楓の合同結婚披露宴が行われることになった。

鏡の前で化粧しながら、陶然としてしまう祐美子。

（とうとう……私……）

これから憎むべき男と結婚させられるというのに、怒りや悲しみはあまり感じない。むしろ幸福感が胸一杯に甘くこみ上げて、祐美子は狼狽する。

「美しいぞ、羽村祐美子」

迎えに来た金城がニヤニヤと嗤っている。

「儂の狙い通り、ボブを愛するようになったな。フヒヒ、親を殺し、夫を半殺しにし、娘をレイプした男をな」

嫌味タップリに嗤われてチクリと胸が痛む。

「うう……」

反論しようにも言葉が浮かばない。事実今ではボブの顔を見るだけで胸が熱くなり、媚粘膜がグッショリ濡れてしまうほどなのだ。変化は肉体のみならず、心も強く依存させられて、ボブに抱かれていないと、とても心細くなり落ち着かない。まるでボブが自分の一部……いや、むしろ自分が彼の身体の一部なのではないかと思えてくるのだ。

「私をこんな女にしたのは……あなたでしょう……あんな魔薬を使って……」

「ふむ。じゃが……今は魔薬は切れているはずじゃぞ」

「う……」

「それでも逆らえまい。ククク、女を愛という最も強い感情で縛る。それが改良型エンジェルフォールなのじゃよ。一度愛情の絆ができてしまえば、逆らうことはできん。たとえ相手がどんな男であろうとな」

金城が得意げに語るのを、黙って聞くしかなかった。

「式の準備ができましたよ、課長」

そこへタキシードを着込んだ中村が飄々と現れた。この卑怯な裏切り者が愛する娘の結婚相手なのだと思うと気が遠くなる。

「もうそんな時間か。つい見とれてしまうわい」

「ヒヒヒ、確かに課長は妊婦になっても美しいですからねぇ」

中村は祐美子の花嫁姿に眼を細める。頭を飾る精緻なレースのベール、ブラと一体化したシルクのマタニティビスチェ、極小のスケスケショーツ。そしてロンググローブにガーターとストッキングとハイヒール。それらすべてが、花嫁に相応しい純白で統一されている。首に嵌められた頑丈な黒い首輪だけが、祐美子の奴隷の立場を象徴していた。

「とはいえ、大きなお腹ですなぁ」

いやらしい眼を祐美子のボテ腹に這わせてくる。薬によって出産予定日を結婚式に合わせて、数週間遅らされたため、祐美子のお腹は丸々と風船のように膨らんでいた。あまりの大きさに自力で歩くことすら困難なほどだ。

「赤子は四〇〇〇グラムを超える巨大児じゃ。フフフ、ボブと祐美子の子に相応しい最高の出産披露宴になるじゃろう」

「そ、そんなに大きな子を……」

娘の楓を産んだときは二六〇〇グラム。それでもかなり辛かったのだが、四〇〇〇グラムともなると、もはや拷問と言っていい。それを大勢の前で自然分娩させられるのだ。

出産という女にとって最も大事で最も幸福な瞬間さえもが、淫靡で残酷な見世物にされてしまう。祐美子にとって女に生まれたことを後悔したくなるような、悪魔の計画だ。

「課長がいよいよあの黒人の子を……それは楽しみですな。いずれ楓ちゃんも出演させましょう」

「フヒヒ。お主も悪よのぉ」

悪党たちが顔を見合わせて嗤い合うのを、祐美子はうつむいて諦念の表情で聞いていた。もはや怒りすらも湧いてこないのは、奴隷の本能を魂にまで刻み込まれてしまったせいだろう。

「ではいくぞ祐美子。客が待っておる」

「ああ……」

首輪に繋がった鎖を引かれ、祐美子は屠蓄場に連れられる家畜のような心境で、よろめきながら金城の後に続いた。


ステージには緞帳が降ろされており観客の姿はまだ見えない。しかし淫らな熱気は伝わってきてステージ上の空気もムンムンと上昇していた。

「中村様」

先にステージに待機していた楓が、母を無視して中村に駆け寄る。

祐美子と同じ純白の被虐花嫁衣装を身に纏い、中村に抱きついて熱烈なキスをしている。

「楓……」

金髪のツインテールが艶々と光り、肌はさらに黒く日焼けして、身体のあちこちに『ｂｉｔｃｈ』や『ｓｅｘ』といった淫語のタトゥーが彫られている。メイクもケバケバしくなり、耳やお臍にも派手なピアスが光り輝いていた。

祐美子と同様に魔薬による刷り込み調教を受けた楓は、中村を愛するようになっていた。もはや祐美子のことなど眼中にないようだ。

「楓ちゃん、今日はお母様の出産披露宴を手伝ってもらうからね」

中村に諭された楓はようやく母の存在に気付いたように祐美子の方を見つめた。

「お母様、とうとうボブ様の赤ちゃんを産むのね。フフフ、とっても楽しみ」

意地悪く囁きながらお腹を撫で回してくる楓。

変化したのは外見だけではない。無理矢理とは言え黒人の子を妊娠し、父を裏切った母に対して、強い憎悪を持つようにもなっていた。

「オマ◯コいっぱい拡げて、奥の奥までお客様に見られながら、黒人様の赤ちゃんをひり出すのね……あぁぁん……想像しただけで興奮しちゃうよ」

「あ、ああ……やめて……あうう」

さらに滑らせた指先がパンティの中へ潜り込む。

エンジェルフォールによって祐美子に対する憎しみや軽蔑を強化された楓は、あの優しく快活だった少女とは同一人物と思えないほど淫らな小悪魔少女に豹変していたのだ。

「やめてと言いながら、もうグチョグチョだよ。いやらしいお母様ね」

「あ、あぁぁ……はぁうんっ！」

出産間際の膣孔に指を挿入され、クチュクチュとかき混ぜられて、思わず声が昂ぶってしまう。

「どんな男のチンポも悦んでくわえ込んじゃう浮気好きの不倫マ◯コ……ここから私が産まれたなんて……一生の恥だよね」

耳元でネチネチと嫌味を言いながら、指を二本に増やして抜き差しする。たちまち淫欲の火を着けられて、牝粘膜は娘の手指に恥蜜を滴らせてしまうのだ。

「ああン……うう……もう、ゆるして……はあはあ……ああ」

淫らの炎に炙られ、頭がぼうっとしてくる。夫から離婚され、娘からも見捨てられ、祐美子が一番守りたかった家庭は完全に崩壊してしまった。

愛するモノをすべて奪われ、代わりに与えられるのが、ボブの愛という名の異常性欲と背徳の子供という新たな家庭なのだ。

「ウフフ、ボブ様と幸せな家庭を作ってね、お母様。元気な赤ちゃんが産まれるように、私も手伝ってあげるから」

濡れた指を抜け出させ、ぴしゃりとお尻を叩く。普段はMだが祐美子を虐める時は

Sの興奮を感じている様子だ。

「フフフ、いつまでじゃれておる。ショーを始めるぞ」

「はい、金城様」

「わ、わかりました……」

結婚式のファンファーレが鳴り、祐美子にとって最悪の地獄の幕が上がっていく。

「皆様、本日は羽村祐美子とその娘、羽村楓の結婚式にお集まり頂きありがとうございます」

中村が軽い口調で司会を進める。客席は満員で百人近い男たちが集まっていた。もちろん全員カタギではない。日本のヤクザはもちろん、中華系のマフィアの姿もあった。

「では自己紹介といきましょう。まずは楓ちゃんから」

「はい、H学園一年生、羽村楓と申します」

日焼けした頬を赤らめながら、にっこりと微笑む楓。背後のスクリーンにはまだまじめな優等生だった頃の楓の写真が映し出されていた。

「金城様とおクスリとセックスの素晴らしさを教えて頂いて、今ではビッチな黒ギャルビッチになって、ヤクキメセックスにはまっていまぁす。クスリ代を稼ぐために毎日援交したり、本番ありのソープで働いてますので、ヨロシクお願いしまぁす」

挨拶が終わると、楓はブラとパンティを脱ぎ捨てる。

ツンと尖った二つの乳首から金色のピアスチェーンが伸びて臍ピアスに繋がってい
る。そこからさらに南下してクリトリスピアスにまで連結されていた。小麦色の肌の
上でキラキラと光る金鎖は妖艶で、観客の目を楽しませる。

「H学園と言えば名門のお嬢様学校じゃないか」

「ふうむ、あんな清楚な感じの娘が、ここまでビッチに堕ちるとは」

「フフフ。皆さん気に入っていただいたようで。ちなみに彼女の結婚相手は私でござ
います」

中村の言葉に男たちがさらにざわめき、会場のボルテージが徐々に上がっていく。

(楓……)

そんな娘をただ見守ることしかできない自分が情けなく、惨めだった。

「では続きまして、私の上司、羽村捜査課長の挨拶です」

拍手と嘲笑が湧き起こる中、祐美子は一歩前に出る。集中するスポットライトが肌
を熱く焦がす。

「は、はい……羽村祐美子と申します……ああ……麻薬捜査課の課長をやっておりま
す。これまで皆様に……多大な迷惑をお掛けしたこと、心よりお詫びいたします……」

「おお、あれが羽村祐美子か。噂通り、すごい美人だな」

「しかも、かなりお腹が膨らんでますなぁ。妊娠何ヶ月なのかね?」

「あ、あの……妊娠して……もうすぐ十一ヶ月……です……これから……私が赤ちゃんを産むところを……ご覧に入れますので……あぁぁ……身体の奥の奥まで……ああ、全部見てください」

祐美子の言葉におおっとどよめく男たち。

「十一ヶ月とは、かなり大きく育っていそうですなあ」

「敏腕捜査官もボテ腹抱えては手も脚もでないようだな。いい気味だぜ」

さらに熱を帯びた嘲笑と罵声と視線が、祐美子に浴びせられる。

（ああ……くやしくて、惨めなのに……感じちゃう……）

恥辱のどん底に堕とされながらも、祐美子の身体は熱く滾り始める。恥ずかしく惨めな目に遭えば遭うほど興奮する、露出マゾに調教されてしまったのだ。

「綺麗になった身体を見てもらいましょうか」

「あうう……はい……」

音楽に合わせて腰を振りながら、祐美子はマタニティビスチェのホックを外す。ぶるんっと豊満な二つの乳果が弾けるように丸見えになった。妊娠によって乳房は一回りは大きくなり、ピアスされた乳首からは、今にも母乳が噴き出しそうだ。

そして弾けんばかりに膨らんだ臨月のお腹、そのお臍の下あたりには青龍の淫紋が描かれている。

「おお、あれは……龍の刺青か」

妊娠線を隠すように彫られた鮮やかな蒼い龍。それは祐美子が青龍会の所有物になった証であった。美しくも残酷な彫り物が女の運命のはかなさを象徴するようで、見る者を興奮させた。

「祐美子の腋毛も……み、見てください……あぁぁ……」

さらに両手を頭の後ろで組み、恥ずかしい腋の下を衆目に晒す。フサフサに生えた腋毛、そこからムワァッと漂う濃厚な汗の匂いが、男たちを驚かせた。

「なんと、腋毛まで生やしているのか」

「それになんだか甘酸っぱい匂いがしますな。奥さんのワキ汗の匂いかな」

「ああ……そうです。祐美子はワキガなんです……ああ、恥ずかしい……」

女として体臭を指摘される恥ずかしさは格別だ。ある意味裸を見られるよりも恥ずかしいのだ。だがそんな惨めさすらもが祐美子の牝肉を燃え上がらせる。そして恥辱のショーはまだ始まったばかりだ。

「ハアハア……お、お尻も……ご覧になってください……」

パンティをずり降ろし、後ろを向いて観客席にお尻を突き出す祐美子。尻タブを左右に押し広げると、三つ目の牡丹の花がアヌスを取り囲むように咲き誇っていた。

セピア色の肛門はふっくらと柔らかそうに盛り上がり、口を開く寸前まで弛んだかと思うと、キュッときつく窄まる。そこが性器であることを観衆に強烈にアピールしているかのようだ。

「尻にも花を咲かせるとは、素晴らしい牝だ」

「なんてムチムチの尻だ。これは最高級のアナル奴隷ですな」

男たちは卑猥な嗤いを浮かべながら、高級ブランデーをあおって、さらに盛り上がっていく。

「あああ……」

見られている祐美子にとってお尻の花は絶望の象徴以外の何物でもない。こんな身体にされてしまっては、もはや通常の社会に復帰することすら困難だろう。

(それなのに……あぁぁ……)

羞恥地獄の中で悶絶しながらも、祐美子の肉体は淫らに燃え始めていた。乳首も陰核も充血して膨らみ、媚肉はひくひくと蠢きながら愛液をジクジクと湧かせていく。

「見事な尻でしょう。なんと数億円の魔薬を注入して磨き上げた至高の尻ですからねぇ」

中村の言うとおり、脂ののった尻肉はコンパスで描いたような半円を描いてぶつかり合い、ムッチリと盛り上がっている。それが妊娠によってさらに熟れて、牡の本能を鷲づかみにする究極の媚尻となっていた。

「ふうむ、見られているだけで濡らしているじゃないか」

「とんだ変態女だ。これで捜査官だなんて、笑えるぜ」

口々に罵声を浴びせゲラゲラと笑う男たち。かつて祐美子に煮え湯を飲まされてきたヤクザたちには最高の見世物だった。

「盛り上がってまいりましたね。それでは新郎の入場です」

ボブが登場すると場内は驚きの声に包まれた。二メートル近い巨体とそれに相応しい黒光りする巨根、その根元に重そうにぶら下がる陰嚢。牡としての能力を極限まで凝縮したようなボブの姿に、男も女も圧倒されてしまう。

「ああ……ボブ様……」

ボブの顔を見ただけで、初恋の少女のように胸がときめき、身体の芯がジーンと熱く痺れる。

そしてボブが抱えるように持っている巨大浣腸器にも目を奪われた。容量は二〇〇〇cc。いつもの薬液とは違って赤い半固形状のモノが充填されている。それが一体何なのかわからないが、お尻を責められると思っただけで期待とも恐怖ともつかない戦慄きが背筋をゾクゾクと駆け上がる。

「ああ……祐美子……浣腸されるのね……」

身動きできない祐美子を黒服たちが鎖で拘束していく。天井から伸びた鎖が両手を万歳に吊り上げ、両脚も大きく開いて床の鎖に繋がれた。空中でX字に固定された祐美子の裸身は、蝶の標本のような残酷にして美しい被虐美を醸し出していた。

「そしてもう一人、スペシャルゲスト、祐美子の元夫の入場です」

ステージ奥のカーテンが開かれ、金城が車椅子を押しながら入ってきた。素っ裸で車椅子に鎖で縛り付けられているのは、なんと圭三だった。

「うう……祐美子……すまない……魔薬を使われていたなんて……君を信じられずに……僕が馬鹿だった」

「あ、ああ！　あなた、あなたぁ！」

それまで従順な人形のようだった祐美子の顔が生気を取り戻し、吊られた身体を足掻かせ始めた。

「おお、旦那の登場か！」

「やはり人妻は夫の前で責めるのが一番だぜ」

場内はさらに一段階ボルテージが上がる。すべてを諦め、堕ちた姿もいいが、やはり心が折れるその瞬間を見たいのだ。

「フフフ。こうでなくては面白くないからのぉ」

金城が眼鏡の底に邪悪な笑みを浮かべる。わずかな希望を持たせてから、祐美子を再び地獄のどん底に突き落とす。金城らしい悪辣な計画だった。

「お父様、大人しくしなさい」

その計画をサポートするのが小悪魔に堕ちた娘の楓だ。ペロリと唇を舐めた後、圭三のペニスを純白のシルクグローブで握り締め、シコシコと扱き始める。

「うあぁ……か、楓……やめるんだ……ううっ」

「ウフフ。諦めなさいよお父様。お母様はもうボブ様のモノなんだから」

魔薬によって人格までも改変されてしまった楓は、嬉々として魔薬クリームを父の肉棒に塗り込んでいく。

「これは男性用エンジェルフォールだよ。タップリ塗って、射精することしか考えられない猿にしてあげるよ。ウフフ」

「ああ……楓、やめて……そんなことしてはダメよ！」

娘が父親を調教支配するという異常な事態に、祐美子は戦慄し、狼狽え喚いた。

「他人の心配をしている暇はないぞ。そろそろボブの子を産んでもらうぞ」

「ああ……いや、いやです。夫の前では……産みたくありませんっ」

花嫁のベールを振って拒否する。祐美子がここまで抵抗するのは数ヶ月ぶりだろう。愛する夫の前で、無理矢理孕まされた子を産まされるくらいなら、いっそ死んだ方がマシだった。

「無駄なことを。いやでも産みたくなるわい。ボブ、やれ」

「ユミコ、ユーアーマイワイフ」

ボブが構える巨大な浣腸器が背後から迫る。いつもより太いノズルの先端が、菊門の中心をズブリと貫いた。

「うあ、ああッ……な、なに……これ……ああうぅっ」

注入されてくる異様な感覚に双臀がブルッと震える。以前ゼリー浣腸を使われたが、それよりも重い感じだ。

「花嫁が浣腸されているのは挽肉に酢と陣痛促進剤を混ぜたモノでございます」

「ほほう、人間腸詰めか。これは面白そうだ」

「あ、ああ……挽肉なんて……ああ……やめて……そんなモノ入れないで……ああ……うぅぅむ」

「グフフ、ラブリーユミコ」

祐美子の反応を楽しみながら長大なシリンダーを押すボブ。ノズルを張り形のように操って直腸奥深くをこね回した。

「あ、ああ……だめ……あぁぁ……ン」

ドロドロと流れ込む挽肉が腸管を埋め尽くしながら、這い上がってくる。薬液とは全然違う重々しい感触が祐美子を悩乱させ、さらに染み込む酢で腸襞が焼けただれる。

辛く苦しいはずなのに、媚肉は妖しく花開き、濡れた粘膜を衆目に晒してしまう。アヌスもヒクヒク蠢いて浣腸ノズルをいっそう深く呑み込もうとしている。

「あ、ああ……はあはあ……こんなぁ……き、きちゃう……ああっ」

二〇〇CC程注入された頃、祐美子の呼吸が荒ぶり、全身がブルブルと震えだした。拘束された四肢が突っ張って背筋が反り返る。

「ひぃあぁぁ、イク……祐美子……イキますっ！　ンあぁぁ～～～ッ！」

白いベールを揺らして美貌が仰け反る。キュッと尻タブがすぼまって、夥しい汗の滴がパアッと飛び散った。

「おお、挽肉浣腸だけで気をやったぞ」

「なんて敏感な尻だ」

祐美子の感度の素晴らしさに驚き、次の瞬間には感嘆したようにうなり声を上げる。これまで何百人という女を食い物にしてきた男たちだが、祐美子ほどの魅力的な尻を持った女は初めてだった。

「イケ。ユミコ。モットダ」

「あああ……そんなにされたらぁ……はひぃっ……あなたぁ……はあぁ……イ、イク……イクゥッ！」

挽肉を注入されるたび、祐美子は宙づりの身体を仰け反らせ、立て続けに絶頂を極めさせられた。

「夫が見ているのに派手に気をやるじゃないか」

「挽肉浣腸が気に入ったようだな」

「あああ……あ、あなた祐美子を見ないで……ううむ……またぁ……あああ……イクゥ！」

夫に見られているのに、恥ずかしい姿をさらしてはいけないのに、後から後から押し寄せる肛悦を抑えることができない。

「た、頼む。妻にこれ以上ひどいことをしないでくれ」

「もう遅いわい。離婚は成立しておるのじゃからな。何をしようと自由じゃ」

「あ、あなた……見ないで……こんな私を……あああっ……イクゥッ！」

祐美子が生々しいほどの絶頂痙攣を晒すたび、夫は絶望に沈み込み、会場はさらなる興奮に包まれていく。しかし半分を過ぎた辺りから祐美子の声が苦しげな呻きに変わる。快感よりも浣腸の苦しさや陣痛が上回ってきたのだ。

「ハアハァ……も、もう無理です……あぁ……お腹が……壊れちゃう……赤ちゃんが……はあううっ」

吊られたつま先が苦しげに、空中で丸まったり反り返ったりを繰り返す。挽肉を詰め込まれて、巨大児を孕まされたボテ腹がさらに膨らみ、今にも破裂してしまうのではないかと思うほど。

「どうじゃ、産みたくなってきたか」

「あうう……い、いや……です」

それでも祐美子は唇を噛み首を横に振る。女のすべてを掛けた儚くも最後の抵抗だ。

「強情な牝め。ならば、こいつで蓋をしてやるわい」

金城は野太い張り形を祐美子の媚肉にブズブと埋め込み、産道を塞いでしまう。

「あひいぃ……そんなことされたら……あ、赤ちゃんが……出られないわ……あううぅ」

浣腸の刺激で既に陣痛が始まっており、祐美子は汗まみれの美貌を歪ませた。子宮口も緩み始め、いよいよその時が近づきつつあった。

「ふむ、だいぶ子宮口が開いておるな。陣痛も繰り返し起こっているようじゃ」

祐美子の胎内を探るように張り形でこね回す。

「はぁ、あぁっ……う、動かさないで……かき混ぜないで……あぁぁうっ」

「や、やめろ！　妻が、祐美子が死んでしまうっ！」

「大丈夫よ、お父様。お母様は悦んでいるんだから。ねえ、金城様」

「その通りじゃ。エンジェルフォールに染められた身体は、どんな刺激も快楽に変換してしまうのじゃよ」

皺だらけの指でラヴィアを拡げ、夫に見せつける。極太バイブをくわえ込まされた膣孔は、妖しく蠢きながら愛液を吐き出し、ドロドロの泥濘状態だった。

「あの状態でも濡らすとは、たいした女だ」

「新型エンジェルフォール……是非とも手に入れたいものだ」

観客も祐美子の女としての魅力と、それを極限まで引き出すエンジェルフォールの効果に賞賛の声を惜しまない。

「そ、そんな……祐美子……」

あの清楚で気品に溢れた祐美子が、浣腸責めで気をやり、出産直前の蜜壺を淫具に抉られて快感を感じている……信じられない光景に圭三は絶句するしかない。

「もう諦めたら、お父様。お母様は手の届かない所へ行ってしまったのよ。んふふ」

可憐な唇を拡げて、父親の肉棒に舌を這わせ始める楓。

「あ、ああ……楓……だめだ……そんなこと……やめてくれっ」

必死に抗う圭三だが魔薬と楓の手業によって、ペニスは次第に勃起し始めていた。

「これで全部ダ」

シリンダーを押し切ったボブがニヤリと嗤う。

「はぁ……はぁあぁ……あ、あなた……楓……あうぅ……くるしい……ううむっ」

二キロ近い挽肉を詰め込まれ、祐美子は脂汗をタラタラとこぼして、息も絶え絶えに喘いでいた。それでも家族のことを心配するのは祐美子の心の強さだろう。ノズルを抜かれた肛門もぴったりと閉じて、漏らすまいと窄まっている。

「ユミコ。アナルセックス」

「ひっ!」

ボブのイボ巨根を肛門に押し当てられて青ざめる祐美子。これまで色んな男に何度もアナルセックスを強要されたが、ボブのモノを受け入れたことはない。しかも今は大量の挽肉を詰め込まれた状態なのだ。

(ああ……こわい……)

肛門を破壊されてしまうのではないかという恐怖を感じつつも、身体は抵抗らしい抵抗を見せない。ボブに背後からボテ腹を撫でられ、耳たぶを甘噛みされると、全身の力が抜けまったく何もできなくなってしまうのだ。

「ユミコのアヌス、ラブリィ、プリティ」

愛の囁きで祐美子の動きを封じつつ、巨根をグイッとせり出す。

「ああ……いや、入れないで……ひああ～～～～～っ！」

巨大なモノに肛径を押し広げられる衝撃に祐美子の身体が伸び上がる。しかし鎖で空中磔状態では逃れることはできない。メリメリと音が聞こえそうな迫力で、肛門粘膜が掘削されていく。

「あぁぉぉ……アヒイィィッ！」

やがて亀頭の一番太い部分がくぐり抜け、祐美子は鼻先に赤い火花が散るのを見た。ガクンガクンと跳ねる腰を押さえつけられ、さらに深く結合されてしまう。

「ああ、さ、裂けちゃう……ううむ……あひっ⁉　イ、イボが……あひぃぃんっ！」

普通なら亀頭が通過すれば少しは楽になる。だがボブの巨根には真珠がいくつも埋め込まれているのだ。それらが一つ、また一つと肛門に潜り込んでくるたび、高圧電流を浴びたように祐美子は絶叫を搾り取られた。

「ひっ……あぁぁ……これだめぇ……ンあひぃッ……イボが、こすれちゃうぅっ」

「オオ、グッドネ、ユミコ」

それでもなんとか根元まで埋め込んでボブがニンマリと嗤う。

「す、すごいな」

「よくあんなものが入るぜ」

観衆はどよめきつつ熱い視線を祐美子に送る。肛門粘膜は限界まで拡がっているが出血などは見られない。ボブの巨根をアヌスで受け入れた女は祐美子が初めてで、ますますボブを夢中にさせた。

「ユミコ、俺のモノ」

夫の前で独占を宣言し、ズンズンッと極太ピストンを撃ち込んでくる。腸内で挽肉がかき混ぜられ、グチュグチュと破廉恥な音を立てながら剛棒に絡みつく。それが双方に異様な快感を与えた。

「あ、ああっ……ヒィ、イイ……お腹の中……ああ……かき混ぜちゃ、らめぇッ……ンあぁ……イボがぁ……ひぃぃんっ！」

（ああ……もう……死んじゃう……ッ）

特大サイズのペニスで突かれるたび、陣痛と便意と快感が混ざり合い、ボテ腹の中で嵐のように暴れ回る。もうわけがわからないほど追い詰められ、祐美子は我を忘れてボブに合わせて腰を振り出した。

「ほほう、たいしたものよ」

極限状態に追い込まれながらも、貪欲に快楽と牡精を求める祐美子の姿を見て、金城は興奮を抑えられない。長い調教を経て祐美子はついに最高の牝として、覚醒しつつあるのだ。

「フフフ、どうじゃ、そろそろ産みたくなったじゃろう、羽村祐美子」

ヴゥイィィ～～～～ン！　ヴゥイィィ～～～～ン！

バイブのスイッチが入れられ、過激な振動が女の最奥をこね回す。

「あぁぁ～～～～～～～～～～～～～～っ！」

怪鳥のような悲鳴を上げて顎を反り返らせる。子宮が胎児ごと揺さぶられ、出産欲求を爆発的に膨れ上がらせた。

「う、産みたいです……あぁぁっ……もう我慢……できません……はあはぁ……産ませてくださいぃ……っ！　あうっ、あう……おほぉぉっ！」

牝の本能を全開にされて、獣じみた鳴き声を噴き放つ祐美子。汗まみれの腰がねじ切れそうに捻られ、四肢が激しく突っ張って、鎖を引きちぎらんばかりだ。

「夫の前で、不倫相手のボブの子を産みたいのじゃな？」

さらに張り形を深く押し込み、ドーナツ状に弛んだ子宮口の中心を刺激してやる。

「あがぁぁ……は、はい……あぁぁ……夫の前で……あぁぁ……ボ、ボブ様の……不倫の赤ちゃんを……あぁぁ……産みたいのぉ……あぁぉぉうっ！」

ほつれた黒髪を頬に貼り付けて、ガクガクと頷く祐美子。妻としての貞淑も母としての矜持も、すべてかなぐり捨てて肉欲の塊になり果てる。

「フフフ。いいぞ。儂が取り上げてやるから、思い切り息むのじゃ」

極太張り形を引っこ抜き、巨大胎児と挽肉浣腸でパンパンに膨れたお腹を撫で回して狂った笑みを浮かべた。

そして数十分後。

「はぁ……はっ、はぁっ、ふぅあぁぁ……あはぁぁ……ン」

祐美子は空中磔のままボテ腹を振るわせて喘いでいた。下腹には超音波エコー装置が取り付けられ、赤ん坊の様子をステージの大型モニターに映し出されていた。

「ユミコ、ラブユー」

ボブはゆっくり直腸に埋め込んだイボマラを抜き差ししながら、お腹を撫で回し、内からも外からも、祐美子の出産を促す。

「おお、あんなに子宮が拡がって……いよいよ出産か」

「だいぶ赤ん坊が降りてきましたな。どんな子が生まれてくるのか楽しみです」

喘ぎ悶える祐美子と、モニター内の巨大児を交互に見て、男たちはさらなる興奮に息をのむ。普通なら生々しすぎる過激な光景だが、祐美子の美しさがそれを中和し、神話を描いた名画のような神々しさすら感じさせた。

「ああ……うう……祐美子……こんなやつらに……ま、負けちゃだめだ……ううっ」

ただ一人、夫の圭三だけが悔し涙を流している。

「情けない男。そのくせチンポはビンビンなんだから、お父様は卑しい寝取られマゾよ」

父を嘲りながら、楓はさらにふかくディープスロートで責め立てる。ペニスはコチコチに勃起して、今にも射精してしまいそうだ。

「うぁぁ……楓……そんなにされたら……」

「まだよ、私が良いって言うまで射精しちゃだめだからね」

楓は男根の根元をギュッと握り締めて、射精を封じたまま濃厚フェラで父を責めまくる。

「うぅ……あぁぁ……あなた……見ないで……」

夫の声に一瞬だけ理性を取り戻す祐美子だったが……。

「ユミコ。マイベビー」

「ひぃあっ……ああ……ンあぁ～～～っ！」

パシャパシャッ！　ピチャアァァッ！

ズンッと肛門から子宮の裏側を突かれた直後、ついに破水してしまう。大量の羊水が流れ落ち、スポットライトを浴びて光り輝く様は幻想的ですらあった。

「腰を振レ、ユミコ」

「はあ、はあぁ……ボブ……様……お許しを……あぁぁん」

再び淫界へと引きずり戻され、命令通りに腰を振り始める祐美子。豊満な乳房が跳ねまわり、母乳の滴がポタポタと滴り始める。性欲と母性が完全に一つに融合し、祐美子を剥き出しの牝へと堕落させていく。

「分娩が始まったな。それ、もっと息め。牝になりきって、ひり出すのじゃ」

「はあ、はあぁ……ううう……くるし……うぐぅぅ……あぁぁっ」

どんなにイヤでももう後戻りはできない。繰り返す陣痛に美貌を歪めながら、必死に下腹部に意識を集中させる。巨大児の圧力は凄まじく、楓を産んだときとは比較にならない拡張感で、身体が真っ二つに裂けてしまいそうだ。

しかし魔薬漬けにされた肉体はそれすらも快感に変えてしまう。驚くほど拡がった膣孔から夥しい愛液を滲ませて、それを潤滑にして赤子を産み落とそうとする。媚肉が妖しく蠢きながら、赤ん坊を愛しげに抱擁する様がモニターにも映し出されていた。

「ううむ、あんなに拡がるものなのか」

「おお、見ろ。頭が出てきたぞっ」

透き通るような白い肉を押し広げて出てきたのは、似ても似つかぬ胎児の黒い頭部。それは紛れもなく祐美子とボブとの間にできた子であった。

「すげえ……あの肌の色……やっぱり黒人の子だ」

「なんて……で、でかいんだ」

「あ、あああ……う、産まれちゃう……おおお……」

震える膝が外を向いて拡がり、がに股になって開脚する。四〇〇〇グラムを超える巨大児が回転しながら産道を下り、日本人とは違う赤黒い顔立ちもはっきりと見える。

「おおお、ユミコ！　産メ！　牝！　産メェ！」

我が子の誕生に興奮したボブが、ドスンッと根元まで撃ち込んで精を放った。

ドビュッドビュッ！　ドクドクドクドクゥッ！

「ひっ、ひぃぃ～～～っ！」

背後から灼熱に貫かれ、青龍の淫紋を彫られたボテ腹を突き出して、白目を剥いて仰け反る祐美子。大量の射精を注がれて腹圧が高まり、赤ん坊を一気に押し出していく。

「旦那に報告するのじゃ、羽村祐美子」

開ききった膣孔を指でまさぐり、クリトリスをグリグリ揉みながら金城が迫る。

「あああっ！　あ、あなたぁ……見て……祐美子が……はひぃ……不倫の赤ちゃんを産むところを見て……ああ、イクッ！　祐美子、イっちゃうう～～～～ッ！」

夫を裏切る背徳感と、母になる幸福感とが混ざり合う。グチャグチャになった頭の中を強烈な出産アクメの閃光が突き抜けた。もう自我すらも溶かされて、肉の悦びだけが祐美子のすべてだ。

パシャッ……バシャ、パシャッ！

羊水がさらにほとばしり、ついに赤子の肩が抜け出る。後はもう一気だった。

「やった、産まれたぞ！」

「なんと。赤子を産みながら気をやるとは。これがエンジェルフォールの力か」

場内が異様な興奮に包まれる中、助手が生まれたばかりのハーフの胎児を素早く取り上げて、高々と掲げて観客に見せつけた。

「ユミコ、ベリーグッド」

唇を吸いつつ、剛棒をアヌスから引っこ抜いた。

「あ、ああ……あぁぉぉ……ま、またぁ……来ちゃう……あひぃ～～～～～～っ！」

出産を終えても絶頂はおさまらなかった。ボブが肉棒を抜くと同時に、今度は肛門から挽肉の塊を産み落とし始めたのだ。

「ひぃいいっ……お尻から、産まれちゃう……イクッ！　あうう、イクイクゥッ！」

限界を超えていた便意に押し出され、ポッカリ拡がった肛門から生きた蛇が這い出すように挽肉が延々と這い出てくる。それが凄まじい快感をもたらし、祐美子は気も狂わんばかりの連続アクメに呑み込まれた。

「今度は尻からソーセージを産みながらイってているじゃないか」

「ハハハッ。なんて素晴らしい。最高の牝だ」

自分の身体がヒリ出しているモノが赤ん坊なのか挽肉なのか、その区別すらつかないまま、ヨガリ、泣き叫び、浅ましい肛門絶頂を繰り返す被虐の花嫁。肉も骨も溶けて、自分はもう淫らな肉塊、生きた性器になった気がしてきた。

「あああぁ……お尻で……産んじゃうの……あひぃっ……しんじゃう……もう……くるっちゃうぅ……あぁぁ……イクゥッ！」

プッシャアァァッ！

潮吹きと同時に双乳からも母乳を噴き出し、ビクンビクンと背筋を反らせる。衆人環視の中、緋色の粘膜を捲り返らせながら、ウネウネと桃色のソーセージをひり出し、無限とも言える連続絶頂地獄に堕ちていく。

「ああン……お母様、とっても素敵。お父様もそう思うでしょ？」

「うう……祐美子……あぁ……祐美子……」

妻が他人の、しかも黒人の子を産む姿を見せつけられ、娘に虐待されながら、圭三はかつてないほど大量の精液を迸らせてしまうのだった。


「ハアハア……ハァアッ……ああ……うぅ」

汗まみれでグッタリした裸身を吊られたまま、白目を剥いてゼエゼエと喘ぐ祐美子。出産により、女としての力をすべて使い切り、さらに連続排泄絶頂を味わわされて、意識を完全に飛ばされていた。

「グフフ。ユミコ」

だが絶倫のボブはまだ満足していなかった。

「セイ、ファックミー」

射精してもまったく衰えない剛棒を、正面から聖域に押し当ててくる。

「うう……」

祐美子は意識を喪失して、口からは泡まで吹いて失神している。とてもボブの相手ができる状況ではない。

「構わん。やれ」

だが金城はまだ責めを止める気はない。

「オイオイ。まだやる気かよ」

男たちがざわめく中、ボブが祐美子の正面に立つ。

「ユミコ、ファック」

真下から剛直でズブリと貫いていく。出産直後で弛緩した媚肉は、まったく抵抗を見せずに規格外の男根を呑み込んでいく。

「う……あぁ……あああ……な、なに……？　ひあっ……ボブ……様⁉」

無理矢理覚醒させられる祐美子。ボブに犯されていると知って、美貌を引き攣らせる。

「エンジェルフォールで鍛えた身体は疲れ知らずじゃ。もっと楽しむがよい」

「はあはあ……いや、もういやぁ……限界なんです……あぁあっ、ゆるして」

「女の限界を超えたお前の姿を見てみたいのじゃよ。ヒヒヒッ。やれ、ボブ。祐美子をとことんまで犯し、牝に変えるのじゃ」

「グフフ、ユミコ、ラブミー」

空中磔の身体をガッシリと抱き締め、剛棒をズンズンと突き上げる。

「あっ、あがぁっ、ボブ様……お許しを……ンあぁぁ～～～っ！」

身体全体を揺さぶる激しいピストンに、祐美子は仰け反り、イヤイヤするように頭を振った。

（どうしてぇ……）

身体はクタクタのはずなのに、ボブに抱き締められていると、子宮と胸が熱くなる。膣肉が別の生き物のように蠢いて男根に絡みついていく。出産直後の子宮も降りてきて、早くも次の子種を望んでいるかのように亀頭にぶつかる。

「はぁはぁ……あ、ああ……こんなぁ……うぅ……ふ、深いぃ……あぁっ」

そして肉棒に貫かれている膣奥から波紋のように拡がってくるのは、これまで感じたことのない異様な快楽。自分の身体の中心がドロドロに溶かされて、ボブの巨根と一体化していくような気がした。

「グフフ、イクゾ。オオオオッ！」

頃合いを見計らったようにボブが吠え、一際深く最奥を抉る！

ズブズブズブゥゥッ！

「ああ……あきゃあああぁぁぁっ！」

それまで限界と思われていた深度を超えて、長大な巨根が祐美子の中へ沈み込んだではないか。

「はあはあ……かはぁ、あああ……な、何が……起こって……あぁぁ」

「フヒヒ。ボブのデカマラと子宮で繋がったのじゃよ。フフフ、これぞ女の限界を超えた牝のセックスじゃ」

「な、なんと……子宮にまで……そんなことができるのか」

「モニターをご覧ください。出産直後は子宮口が開いていますからね」

「ほれ、お前も見るのじゃ」

顔をねじ曲げられモニターを見せられる。

お腹に取り付けられている超音波エコーが、祐美子の子宮内にまで潜り込んだイボだらけの巨根の映像を映し出していた。観客も予想を超える凌辱に息をのみ、声を出すのも忘れて見入っていた。

「あうぅ……そんな……し、子宮でなんて……あぁぁ……こんなぁ……あぁぅ……」

青龍を彫られた下腹がそこだけポッコリと盛り上がる。女の命の中心まで犯されて、息も絶え絶えに喘ぐ祐美子。完全な串刺しに、口から亀頭が飛び出るのではないかと思うほどの息苦しさだ。

「グフフ。ユミコの子宮……最高ネ」

亀頭を包み込む妖美な感触に、ボブも興奮を抑えられない。始めての子宮姦を味わいながら、腰をゆっくり回転させ、子宮の内側をこね回してくる。

「ンあぁっ、あぁぁっ……こ、こんなの……すごすぎるぅ……あむぅ、ぬ、抜いて……あぁぁ～～～ッ！」

逞しい牡棒で子宮の中を直接かき混ぜられるという信じられない責めを受けて、祐美子はあられもなく鳴き声を放った。

「子壺でも感じる牝に仕込んでやるわい。チンポか子供が、子宮に入っていなければ我慢できない牝にな。フフフ」

「そ、そんな……はあぁぁ……あひぃぃんっ」

　胎児がいなくなり、徐々に収縮するはずの子宮を無理矢理押し広げられ、祐美子は再び妊娠してしまったような錯覚に襲われた。わけがわからなくなり、半狂乱へと追い込まれ、白目を剥いたまま呻き喚くばかりになった。

「ンあああ……もう……だめぇ……イクッ！　イクイクイクゥッ！」

　牝に変えられていく……その実感が、恐怖と快美を伴って祐美子を悩乱させた。一突きされるたび、強烈な子宮セックスの快楽に脳が焼かれ、理性も品位も蒸発させられた。後に残るのは爛れるような肉悦だけだった。

「ユミコ、ラブユー」

　ボブが祐美子の腋の下に鼻先を潜り込ませ、匂いを楽しみながら舌をベロベロ這わせてきた。

「ユミコ、良い匂いネ」

「そんな、あぁぁ〜〜〜ン」

　黒々と柔毛を茂らせ、牝汗の匂いを放つ腋の下をグチュグチュと舐め回され、くすぐったさと恥ずかしさと心地よさがせめぎ合う。

「舐めてもらって気持ちよかろう、もっとおねだりするのじゃ」

「はあぁ……はい……も、もっと舐めてください……あぁぁ……祐美子の……腋毛がいっぱい生えた……臭い腋の下を……ああもっと舐めて……はああン……もっと……私の……くさい、ワキガの匂いを嗅いでください……あはぁぁん」

祐美子の声に応えるように、ボブは腋の下に唇を押し当ててチュウチュウと舐め吸ってくる。ムワッと甘酸っぱい退廃的な牝の匂いが漂い、観客の鼻までもくすぐった。

「ふううむ……俺と同ジ、とてもいい匂いネ」

鼻の穴を拡げて祐美子の匂いをいっぱいに吸い込むボブ。腋の臭いが催淫フェロモンのように作用したのだろう、硬度を増した剛棒が子宮にズンズン撃ち込まれる。

「ユミコ、セイ、アイラブユー」

「あ、ああ……ア……アイラブ……ユー……ボブ様……あ、愛してます……はあぁ……イクッ！　子宮で……はあぁぁ……イっちゃうぅぅ～～～ッ！」

腋から大量の汗を、弾む双乳から母乳を、抉られる膣孔から愛液と羊水と牝潮を、仰け反る美貌から鼻水も涎も涙も垂れ流し、祐美子は一匹の牝に堕ちていく。

「あ、あ……もうやめて……くれ……楓……あぁぁ」

妻が子宮まで犯されているそのすぐ前で、圭三は情けない声を絞られていた。

車椅子から床に引き降ろされた夫は、娘の楓に騎乗位で逆レイプされているのだ。

「はあはあ……楓……」

「射精していいのよ、お父様。お母様だってあんな不倫の赤ちゃんを産んだんだから。もうお母様のことなんか忘れて、私と子作りしましょうよ」

グチュッ、グチュッ、クチュンッ！　楓は若い子宮を亀頭に擦りつけて、父を誘惑する。

「あぁあ……」

血の繋がった実の娘と交わらされる……背徳と恐怖に圭三の心は凍り付くが、魔薬責めされた勃起はおさまらない。海綿体の中で血流が暴れまくり、このまま射精しなければ血が噴き出しそうだ。

「うう……ゆ……祐美子……」

ちらりと妻の方を見る。祐美子は半ば意識を失って、ボブに犯されるままに吊られた身体を上下に揺さぶられていた。それでもピクピクと膣肉が蠢きながら、黒人の巨根を食い締めている。悪魔の子供を産まされ、子宮まで犯されて……苦悶に歪む美貌にも、時折マゾの恍惚が浮かぶのを圭三は見た気がした。それは自分との生活では見せたことのない、満ち足りた幸福そうな顔に見えた。

「う、うう……あんな、穢らわしい男に……子宮まで……ちくしょおっ！」

ブチッと音がして、頭の中で理性が切れる。圭三は腰を突き上げて、ついに父娘の腰が密着し禁断の結合が完成してしまう。

「あぁぁん、私、排卵誘発剤も使ってるから……今日、すっごい危険日なの。ンフフ、中に出したら……ああ、絶対妊娠しちゃうんだから」

「あああっ……楓……楓ぇ……ハアハアッ」

娘の言葉も耳に入らない様子で、圭三は目を血走らせ、狂ったように娘に膣奥を突き上げ続けた。

「楓ちゃんは実の父親の子を孕みたがっているようですが、私は心が広いので許しましょう。子供も別に欲しくはありませんからね」

中村は余裕たっぷりに嗤っている。年のせいもあって子供に執着はないようだ。

「フフフ。ちゃんと見るんですよ、課長」

「ぅあ、ああ……あなた……楓……あああぁ……だめぇ」

夫と娘がケダモノの関係に堕ちていく姿を見せられても、祐美子は子宮セックスの魔悦に逆らえない。

「あ、ああう……ボブ様ぁ……祐美子は牝……あああ……いやらしい牝です……もっと、犯してぇ……あああぁン」

おぞましい近親相姦に胸を切り裂かれながらも、腰や手足を痙攣させ、ボブとの空中ペアダンスを踊り続ける。肉悦に没頭してすべてを忘れようとしているのかも知れない。

「あはあぁん……気持ちいいでしょ、お父様？　お母様より私のオマ○コがイイでしょ」

「はあぁ……祐美子よりも……あああぁ……娘の、楓のオマ○コのほうが……気持ちいい……ああ」

騎乗位の腰を屈伸させ、父親の肉棒を扱き上げていく楓。魔薬で理性を狂わされ、ペニスの感度を上げられている圭三に堪えられるはずもなく、求められるままにいやらしい言葉をわめき散らしてしまう。

「あああっ、で……出る……楓の中に……っ！　おおおぉぉっ！」

堪えきれず、娘の膣内に白濁を迸らせてしまう圭三。

「あああ……いっぱい出しちゃって……もう妊娠確実よ……あぁん……これからも魔薬をいっぱい使って一滴残らず搾り取ってあげる……ハアハア……お父様はもう私のペット、チンポ奴隷なんだからぁ……あああぁ……イっちゃうっ！」

子宮に禁断の精液を中出しされながら、楓もまた頂点へ上り詰める。

「グハハッ、ユミコもイケ」

ドビュッドビュッ、ドビュウウ〜〜〜〜ッ！

「あ、あああ……あなたぁ……楓……あああぁ……私も……ううぅ……イクッ！　子宮アクメでイクゥッ！　ああああぁぁぁッ！」

子宮内へ直接大量ザーメンをぶち込まれて、祐美子も二人の後を追うようにして、牝虐のエクスタシーに沈んでいった。


翌日。

「あ……ああ……」

意識を取り戻すと、そこは薄暗い倉庫で、祐美子は産まれたままの裸身を諸手吊りに吊られていた。

愛する夫の前で不貞の子を産まされ、夫と娘のおぞましい相姦を見せつけられながら、子宮セックスで何度も絶頂してしまった記憶が蘇る。

「う……うう……っ」

焦点を失いぼんやり開かれた瞳から、涙がポロポロと零れた。もうすべてが終わった。守るべき何もかも失ったのだ。

「フフフ。目が覚めたか、羽村祐美子」

金城がニヤニヤ嗤いながら立っている。

「香港の金持ちが是非お前でAVを撮りたいというのでな、一ヶ月ほど貸し出すことにしたのじゃ。今からリハーサルじゃよ」

「ああ……AV……なんて……」

パッとまばゆい照明が点灯する。気がつくと祐美子の周囲を、カメラマンや音声スタッフが取り囲んでいた。

「AVデビューさせられる気分はどうじゃ？　フヒヒ」

「ああ……」

あれほどAVなど性風俗の取り締まり強化を訴えていた自分が、AV女優に身を落とす。なんという皮肉な運命だろうか。

「泣くナ、ユミコ」

「ボ、ボブ様……」

泣き濡れた黒眼が目の前の屈強な黒人の男を見つめる。自分を孕ませ、子宮まで犯し、数え切れない快楽を味わわせた絶倫の男。カラッポになってしまった祐美子の心と身体を満たしてくれるのは、もうこの男しかいないのだ。

「ああ……もうどうなってもいい……ボブ様……もっと、祐美子を犯して……あぁぁ……メチャクチャにして……何もかも……忘れさせてください……あぁぁ……ボブ様ぁ……愛してますわ……あぁんっ！　キスしてくださいぃぃ」

さっきまで嗚咽を漏らしていた唇が、ボブの唇にぴったり押し当てられ、ネチャネチャといやらしく舌を絡めていく。

「あ、ああン……愛しいボブ様の……ふ、太くて逞しい……オ、オチンポを……入れて……あああ……オマ○コにも、お尻の穴にも入れて、欲しいんです……あぁぁンっ」

誘うように刺青を彫られたお尻を振り、ボブと舌を絡ませる。鎖で拘束されていなければ抱きついていただろう。

「ククク。牝になりきったようじゃな。望み通り、メチャクチャにしてやるわい」

金城がパチンと指を鳴らすと、倉庫の奥からもう一人の黒人が姿を現した。屈強な体つきのみならず、顔つきもボブにそっくりだ。

「はぁ……ああ……だ、誰なの……？」

「ヤツはボブの双子の弟ジョージじゃ。兄に負けず劣らずの絶倫よ。そして……」

二人に向かって薬瓶を投げ渡す。ボブとジョーは指ですくい取った高濃度魔薬クリームを自慢の逸物に塗り始める。双子だけあってペニスはほぼ同じ大きさであるばかりか、真珠までも同じように埋め込まれていた。

「そ、そんな……二人同時に……なんて……」

牝に堕ちる覚悟をしたものの、現実はさらに過酷であった。震え上がる祐美子を前からボブが、後ろからジョーが挟み込む。

「フフフ、ファックユー、ユミコ」

「グフフ。アナルファック」

ニヤリと嗤った二人が、同時に魔薬巨根を挿入してきた。

「んぐぐっ……あぁぁ……二本も入って……くるぅ……あぁぉぉ……お、大きい……うぐぐ……あひぃっ」

括約筋で連結された二つの孔が、極太によって伸びきり、限界まで拡張されていく。

一本だけでも相当な圧力なのに、それを二本同時にくわえ込まされるのは最早拷問と言ってもいいだろう。

「きついか、羽村祐美子。じゃがオマ〇コも尻の穴も悦んでおるわい。これならいけそうじゃな」

結合部を覗き込んだ金城がニヤリと嗤う。既に祐美子の前後の穴は、驚くほど柔軟に拡がって子供の拳ほどもある亀頭を呑み込み始めている。さらに花蜜と腸液を滲ませて、潤滑をよくしようとさえしているのだ。

「よし、カメラを回せ、ぶっつけ本番だ。ぼやぼやするな！」

監督らしき男が興奮気味に叫ぶ。カメラが三人に寄っていき、撮影現場全体の熱気が跳ね上がった。

「う、ううむ……あぁ……こんなぁ……うううぅむ」

身体を真っ二つに裂くような衝撃に、身体を捩って悶絶する祐美子。しかし屈強な黒人に挟み撃ちにされて、逃れることはできない。

「ユミコ。アイラブユー」

すかさず正面のボブがまずは唇を重ねてきた。牛のように太い舌をねじ込み、唾液を送り込んでは、グチュグチュと混ぜ合う。

「コッチモダ」

次に後ろのジョーが首をねじ曲げさせて唇を奪う。

「うう……ん……ぐぐ……ああ……ボブ様が……二人ぃ……あぁうぅ……頭が変になっちゃう……あはぁンっ」

朦朧としている祐美子に二人の区別はついていない。愛しい恋人が二人に増えた事に、狂った幸福感が湧き起こり、むしろ激しい興奮を感じている。キスするたびに声が少しずつとろけ、それに合わせて蜜肉も肛門もとろけていく。出産したときと同じくらいに拡がった膣道と直腸に、二本の魔薬巨根がズブズブと埋め込まれていった。

「あ、あああ～～～～っ！」

ジョーの巨根が根元まで肛門に埋まりきり、ボブの肉棒は再び子宮内にズブリと突入する。骨盤が割れそうな破壊力で、目の前で紅蓮の火花が散った。

「こ、こすれてるぅ！　あひぃ……しぬ……死んじゃう……っ」

黒いイボマラが薄膜を隔てて擦れ合う感覚に、祐美子は白目を剥いたまま仰け反り、吊られた手足にビクビクッと痙攣を走らせた。人格も理性も崩壊しそうなほどの凄まじい肉の快美だった。

「グフフ。牝メ」

祐美子の片脚の鎖が外され、ジョーが膝の裏を抱えて持ち上げた。二本差しの聖域が露わにされ、そこにカメラがズームアップしスポットライトも集中する。

「おお……す、すげえ……あんなデカイものを二本も……」

「たいした女だぜ」

特大サイズの極太を二本もくわえ込んだ祐美子に、スタッフたちは生唾を呑み込んで見とれていた。ギラギラした目線が蜜部に集中的に送り込まれる。

「黒人を二人もくわえ込んで、どんな気分じゃ、羽村祐美子」

「うあああ……はあはあ……ゆ、ゆるして……あぁぁ」

「メチャクチャにしてと言ったのは、お前じゃぞ。ヒヒヒ」

「ハアハア……で、でも……ンあ、ああ〜〜〜っ！」

それでも苦痛に歪んで血の気を失っていた美貌が次第に赤みを増す。無機質なカメラの視線にも露出の快感を刺激され、褐色の巨体に挟まれた祐美子の身体がブルブルと小刻みに震え出す。さらに巨根に塗られていた魔薬が、ジワジワと直腸と子宮に染み込んできて、内側から祐美子を狂わせようとする。

ジュブッ！　ジュブッ！　ズブズブズブゥッ！

「あはぁぁっ、深いぃ……ンあぁぁ……中で擦れて……ああ、たまんない……あぁうんっ」

特大サイズの黒い肉棒が祐美子の中で擦れ合った。イボとイボが粘膜越しにゴリゴリとぶつかり合うたび、快美の火花が爆竹のように連続で炸裂する。

これまで色んな男に犯され、輪姦もされたが、ボブたちのサンドイッチ責めはそれらとは次元が違う。身も心も狂わせる、快楽という名の拷問、それすらも超えた快感地獄であった。

ジョーの男根が肛門粘膜を捲り返らせながらズルズルと後退し、そうかと思うと再び根元まで撃ち込まれてくる。ボブのイボだらけの肉棒が、子宮口を擦りながら抜き差しされるたび、気も狂わんばかりの快美が湧き起こった。

しかも二本の肉棒にはたっぷりと魔薬がまぶされているのだ。ピストンと共に直腸粘膜や子宮内にエンジェルフォールが塗り込まれ、女のすべてを堕落の色に染めていく。

「うあああ……こんな……ことってぇ……」

地獄のような責め苦の中、淫らに反応してしまう自分の身体が信じられない。

「おいおい、感じ始めたぞ」

「あんなデカイモノを二本もくわえ込んで、こりゃあ傑作が撮れるぞ」

スタッフたちも驚きの声を上げ、祐美子の痴態に引き込まれていく。

「あ、ああ……あぁぁ……だめぇ、気持ちよすぎるぅ……はぁぁん」

だめと言いながらも、自らも脚を開いてカメラに見せつけていく祐美子。レンズの視線に焼かれる媚肉がかつてないほどの淫熱を生み、それが全身に拡がっていく。チューブのように伸びきった膣粘膜からドロドロと濃厚な本気汁が溢れてきては、太腿を伝って落ちていった。

「セイ、ラブミー」

「セイ、ファックミー」

息つく暇も与えず、貪欲な二穴責めを再開させた。屈強な褐色の肉体に挟まれ、白い女体がもみくちゃにされていく。

「うあぁぁ……ボブ様ぁ……ラ、ラブミー……あああっ！　子宮まで……愛して……ああぁ……ジョー様……もっと……おおぉぉ……アナルを犯してください……あぁぁ……フ、ファック……ミー……プリーズ……ンおぉぉ」

祐美子の中でゴリッゴリッとイボマラが擦れ合う。家族のことも、捜査課のことも、この魔薬と黒人ペニスの前にはまったく無価値に思えた。これほどの快楽を自分に教え込んだ金城やボブたちには、絶対に勝てないのだと心の底から思い知らされた。

「ア、アア～～～っ！　イイ……子宮で……イ、イクッ……ひぃぃ、イっちゃうぅ～～～～ッ！」

目も眩むような快美の津波に襲われて、祐美子は生々しい叫びを上げながら絶頂に登り詰める。ガクガクと頭が揺れるたび、乱れた黒髪が波打ち、牝に堕ちた人妻捜査官を可憐に彩る。

「ンあ、ああ……お尻もイクッ！　ああっ……イクイクイクゥッ」

（ああ……私は……私は牝……祐美子は牝なの……）

熱く爛れた肉欲の激流にどこまでも流されていく。その果てが天国なのか地獄なのか、祐美子自身にもわからなかった。

リアルドリーム文庫167

囚われた人妻捜査官 祐美子

母娘奴隷・黒い淫獄

2017年3月9日　初版発行

◎著者　筑《ちく》摩《ま》十幸《じゅうこう》

◎発行人
岡田英健

◎編集
野澤真

◎装丁
マイクロハウス

◎印刷所
図書印刷株式会社

◎発行
株式会社キルタイムコミュニケーション
〒104-0041 東京都中央区新富1-3-7ヨドコウビル
編集部　TEL03-3551-6147／FAX03-3551-6146
販売部　TEL03-3555-3431／FAX03-3551-1208

ISBN978-4-7992-1004-8 C0193